MICHAEL BOENKE

Riedripp

RUHE IN FRIEDEN Das Schicksal meint es gut mit Daniel Bönle, Lebenskünstler und Mädchen für alles in der Kirchengemeinde eines kleinen Dorfs am Rande des Pfrunger-Burgweiler Rieds in Oberschwaben. Endlich erhält er die Chance, seinen erlernten Beruf auszuüben, als Religionslehrer im nahen Bad Saulgau. Doch die Anfangseuphorie weicht blankem Entsetzen: Als Bönle nach dem Unterricht den Schüler Tobias Fränkel nach Hause bringt, entdecken sie, dass am Torpfosten der Scheune Ohr, Nase und Mund eines Menschen geheftet sind. Es sind die Körperteile von Tobias' Klassenkameradin Alexandra Hold. Ihre Leiche wird kurz darauf im Ried gefunden. Wenig später taucht auch noch der Schädel eines älteren Leichnams auf. Was geht vor im beschaulichen Städtchen Bad Saulgau? Im Dorf spekuliert man bereits, dass ein Riedweib sein Unwesen treiben würde. Bönle schlittert wider Willen in die Ermittlungen …

Michael Boenke wurde 1958 in Sigmaringen geboren und lebt heute im Oberschwäbischen Bad Saulgau. Er absolvierte ein Studium der Germanistik und Katholischen Theologie. Von 2002 bis 2010 war er am Institut für berufsorientierte Religionspädagogik an der Universität Tübingen und als Schulbuchautor tätig. Seit September 2010 unterrichtet er am Berufsschulzentrum in Bad Saulgau. Nach Veröffentlichungen als Schulbuch-, Sachbuch- und Kinderbuchautor gab der begeisterte Harley-Fahrer 2010 sein erfolgreiches Krimidebüt, das nun mit »Riedripp« seine Fortsetzung findet.

Bisherige Veröffentlichungen im Gmeiner-Verlag:
Gott'sacker (2010)

MICHAEL BOENKE

Riedripp

Kriminalroman

GMEINER *Original*

Personen und Handlung sind frei erfunden.
Ähnlichkeiten mit lebenden oder toten Personen
sind rein zufällig und nicht beabsichtigt.

Besuchen Sie uns im Internet:
www.gmeiner-verlag.de

Im Ehnried 5, 88605 Meßkirch
Telefon 07575/2095-0
info@gmeiner-verlag.de

2. Auflage 2011

Lektorat: Claudia Senghaas, Kirchardt
Herstellung / Korrekturen: Julia Franze / René Stein
Umschlaggestaltung: U.O.R.G. Lutz Eberle, Stuttgart
unter Verwendung eines Bildes von: Michael Boenke
Druck: Fuldaer Verlagsanstalt, Fulda
Printed in Germany
ISBN 978-3-8392-1131-1

Für Gavin
The best die young

Ripp hat mich ausgelacht
Ich seh, hör, rieche sie im Haus
Pilze hab ich angemacht
Pust das Lebenslicht ihr aus und schneid ihr eine Ripp heraus

RIP(P) steht am Kreuz mit blut'ger Schrift
Ich seh, hör, riech sie immer noch
Pilze wirken durch ihr Gift
Pein und Not leid ich all Tag, ich seh die Rippe immer doch

Requiescat
In
Pace
Puella

Da ließ Gott, der Herr, einen tiefen Schlaf auf den Menschen fallen, sodass er einschlief, nahm eine seiner Rippen und verschloss ihre Stelle mit Fleisch.

Gott, der Herr, baute aus der Rippe, die er vom Menschen genommen hatte, eine Frau und führte sie dem Menschen zu.

Und der Mensch sprach: Das endlich ist Bein von meinem Bein und Fleisch von meinem Fleisch. Männin soll sie heißen; denn vom Mann ist sie genommen.

Darum verlässt der Mann Vater und Mutter und bindet sich an seine Frau, und sie werden ein Fleisch.

Das Buch Genesis

1 BAUERNZORN

Das Buch Ezechiel
45:19 Der Priester nimmt etwas Blut von dem Sündopfer und bestreicht damit die Türpfosten des Tempels und die vier Ecken der (mittleren) Stufe des Altars und die Türpfosten des Tors zum Innenhof.
45:20 Dasselbe sollst du am siebten Tag des Monats tun für die, die sich aus Versehen oder aus Unwissenheit verfehlt haben. So sollt ihr den Tempel entsühnen.

Bauer Fränkel schob die quietschende Schubkarre aus dem kleinen Schweinestall in Richtung des dampfenden Misthaufens. Die acht Schweine kreischten aufgeregt. Immer wenn jemand den Stall betrat, rechneten sie mit Futter, das in ihrem speziellen Kleinstall-Dasein oft aus leckeren Küchenabfällen bestand. Vor allem die Kartoffelschalen, die es fast jeden Tag gab, liebten sie sehr.

Der Morgen war für einen Tag Anfang Oktober empfindlich kühl, daher hatte der dunkelhaarige, große Bauer einen dicken, grauen Strickpullover über sein kariertes Flanellhemd gezogen. Der 45-Jährige, der deutlich jünger wirkte, trug eine braune Breitcordhose, die von Hosenträgern, welche er über den Pullover mit den rot-grünen Bündchen installiert hatte, fest im Schritt gehalten wurde und somit sein Gemächt vortrefflich zur Geltung brachte. Der untere Abschluss des Landwirtes steckte in schmutzigen, kotverschmierten Gummistiefeln.

Die über 30 Meter hohen Birken, die das bäuerliche Anwesen nach Süden säumten, standen still, von den Spitzen ihrer goldgelb gefärbten kleinen Blätter tropfte der zu Tränen verdichtete Nebel. Der Ahornbaum dazwischen verschwendete das rotgezackte Gelb ungesehen im trüben Oktoberdampf. In jedem Nebelkristall, der ängstlich an den Blattspitzen zitterte, spiegelte sich milchig die kleine Bauernwelt – und stand auf dem Kopf. Der weiße, morbide Schleier überzog Hof und Landschaft, wie meist zu dieser Jahreszeit. Das nahe Ried sorgte mit recht zuverlässiger Klimasteuerung von Mitte September bis Ende November für morgendlich-dunstige Aussichten.

Bauer Fränkel fluchte, als die Schubkarre mit der dampfenden Ladung Schweinemist ins Schwanken geriet, da er längs mit dem luftgefüllten Solorad in eine tiefe Traktorspur fuhr.

»Heilandsakrament, Scheiße!«

Und so roch es auch.

Als er die Fuhre Mist wieder stabilisiert hatte, schimpfte der gut aussehende Mann laut weiter:

»Alles kann man allein machen und den Hof übernimmt er dann doch nicht ... Auf die Berufsschule muss der feine Herr, Fachhochschulreife, so ein Scheißdreck!«

Schwungvoll kippte er die letzte Ladung Schweineexkremente mit der Kraft der Wut über ein schräg ansteigendes Dielenbrett auf den Misthaufen, der von einer maroden Mauer umgeben wurde.

Die geleerte Schubkarre schob er energisch zur Riedseite des sanierungsbedürftigen Anwesens unter die brüchige Treppe zur ehemaligen Gesindekammer. Dann holte er die verwitterte, lederne Traktorjacke, seine Helmut-Schmidt-Gedenkkappe, wie er sie nannte, und ging zur Scheune, um den alten Fendt-Traktor herauszufahren. Auf dem Weg zur Scheune trat er nach der schwarzen Katze, die von links nach rechts seinen Weg kreuzte:

»Drecksviech, bringst bloß Unglück!«

Als er auf das hölzerne, verwitterte Scheunentor zuging, bemerkte er auf dem rissigen, grauen Balken des Türpfostens die seltsamen Flecken in Kopfhöhe. Als er näher kam und die feinen, kühlen Tröpfchen des Herbstnebels den Blick auf das Tor nicht mehr beeinträchtigten, sah er, dass es keine Flecken waren. Irgendjemand hatte irgendetwas mit kleinen Nägeln in Form eines Dreiecks an das Scheunentor geheftet.

Er schritt weiter auf das Tor zu und begann zu schimpfen:

»Ja Heilandsakrament, pfui Teufel, so eine Sauerei, dem werde ich seine dummen Späße noch austreiben. Die Schlachtabfälle macht er selbst weg, wenn er aus der Schule kommt.«

Als er die drei ekelerregenden Objekte näher betrachtete, schüttelte er angewidert den Kopf. Nicht, dass es ihn vor den organischen Hängseln und dem süßlichen Geruch, der ihnen entströmte, grauste, vielmehr störte ihn die scheinbar absurde Anordnung der Schlachtabfälle. An einem Nagel war etwas gefaltetes Fleischkäseartiges aufgespießt, am zweiten Nagel hing ein rundes, runzeliges, schlauchartiges Gebilde. Es war undefinierbar und etwa kleinfingerdick, von braunrötlicher Färbung. Der dritte Nagel befestigte etwas mit getrocknetem Blut verschmiertes Nasenartiges. Die Mitte des Dreieckes zierte ein bräunlich gezeichnetes Auge.

Der Bauer schüttelte noch einmal den Kopf und fuhr danach seinen altersschwachen, stumpfgrünen Fendt mit der stolzen gelben Aufschrift ›Dieselross‹ aus der Scheune, um Einkäufe im nahen Ostrach zu erledigen. Die roten Radfelgen leuchteten durch den Nebel.

Das braune gemalte Auge blickte dem Bauer aus dem fleischigen Dreieck vorwurfsvoll nach, als er auf seinem knallenden Traktor im Nebel verschwand.

2 LEHRERGLÜCK

Der Brief des Jakobus
Nicht so viele von euch sollen Lehrer werden, meine Brüder. Ihr wisst, dass wir im Gericht strenger beurteilt werden.

3:2 Denn wir alle verfehlen uns in vielen Dingen. Wer sich in seinen Worten nicht verfehlt, ist ein vollkommener Mann und kann auch seinen Körper völlig im Zaum halten.
3:3 Wenn wir den Pferden den Zaum anlegen, damit sie uns gehorchen, lenken wir damit das ganze Tier.
3:4 Oder denkt an die Schiffe: Sie sind groß und werden von starken Winden getrieben, und doch lenkt sie der Steuermann mit einem ganz kleinen Steuer, wohin er will.
3:5 So ist auch die Zunge nur ein kleines Körperglied und rühmt sich doch großer Dinge. Und wie klein kann ein Feuer sein, das einen großen Wald in Brand steckt.

»Sergej, lass das! Weg mit dem Feuerzeug!«

Der Angesprochene schaute mich kurz herausfordernd an, dann ließ er das Feuerzeug in seiner Tasche verschwinden. Sergej hatte versucht, den Hintern seines Vordermannes zu erhitzen. Dieser war nun aufgesprungen, fuhr sich mit der Rechten über sein Gesäß und rief:

»Du Russenarsch, lass den Schwachsinn, das nächste Mal fängst du eine!«

»Ich nix Russenarsch«, konterte Sergej erstaunlich gesprächig.

Meist schüttelte der 17-jährige Russlanddeutsche nur den Kopf. Entweder vertikal, meist jedoch horizontal.

»Ruhe, Leute, benehmt euch nicht wie im Kindergarten.«

Diese Aufforderung und einer meiner pädagogischen Standardsprüche, vermochte es vermutlich nicht, die beiden Kampfhähne zu beruhigen, es war wohl eher ihre Müdigkeit in der letzten Schulstunde, die eine heftigere Auseinandersetzung verhinderte.

Seit einem Jahr war ich Berufsschullehrer honoribus causa, mit einem Sechs-Stunden-Deputat unterrichtete ich Religion in Friseurinnen I und II, Metall II, Puddingakademie I und Fototechnische Assistenten – wobei ich die Elitegruppe Fototechnische Assistenten zweistündig unterrichtete, immer donnerstags und am Freitag in der ersten Stunde. In dieser Klasse der gewerblichen Bad Saulgauer Vorzeigeausbildung befand ich mich gerade.

»Also zurück zum Thema, wer weiß noch, wo wir stehengeblieben waren?«

Stille.

Vorwurfsvoll blickte ich in die illustre Runde von 24 eher gelangweilten Gesichtern. Ich wusste selbst nicht mehr, wovon wir gerade geredet hatten. Als ich meine Stirn sorgenvoll runzelte, meldete sich die zarte Alisa:

»Sie haben gesagt, Sie finden den obszönen Endkapitalismus echt zum Kotzen und letztendlich müsste unsere Generation wieder auf die Straße und Molotowcocktails werfen.«

»Ähm, so habe ich das nicht, ähm gesagt.«

»Doch ziemlich genau so.«

Das doppelte Dutzend grinste mich – plötzlich erstaunlich aufmerksam – forsch an. 23 Köpfe nickten, nur Sergej, von dem keiner wusste, warum er ausgerechnet in dieser Klasse war, schüttelte den Kopf. Ich deutete vom Pult aus in seine Richtung und nickte ihm dankbar zu – einen Verbündeten wähnend:

»Sergej scheint das auch anders zu sehen?«

Sergej schüttelte weiterhin seinen kleinen Kopf mit den glatten, blonden Haaren und bemerkte:

»Ich nix Russenarsch!«

»Also, zurück zum Thema. Wir haben versucht zu klären, was Trinität ist. Wer kann das noch mal in einem Satz wiedergeben?«

Die anämische Alisa hob wiederum ihr dünnes, dunkel behaartes Ärmchen und schnipste ungeduldig mit den Fingern.

»Nicht immer Alisa, weiß das sonst noch jemand? Das ist echt zum Kotzen mit euch, Heilandzack!«

»Aber Herr Bööönle, man darf doch nicht fluchen«, klimperte Vicky mit ihren verlängerten Wimpern. Sie saß in der ersten Reihe mit ihrer Busenfreundin Anita. Und Busenfreundin war noch untertrieben. Anita war vorbildlich gebaut und für die herbstliche Jahreszeit eindeutig zu leicht beschürzt.

»Sag mir lieber, was Trinität bedeutet.«

Die schöne, dunkelhaarige Vicky schaute mich treu an.

»Herr Bönle, können Sie mir mal sagen, warum ein Mann wie Sie Religion in einer Berufsschule unterrichtet?«

Dabei begutachtete sie mich ausgiebig von oben bis unten. Ganz unten blieb sie hängen und forderte keck:

»Und die Geschichte mit Ihren Stiefeln müssen Sie auch noch einmal erzählen. Die war ja voll crazy!«

Ich ignorierte ihre kokette Aufforderung und ging oberflächlich auf ihre erste Frage ein:

»Das frage ich mich auch. Herrgottzack, Sergej, steck dein Feuerzeug jetzt endgültig weg oder ich nehme es dir ab, dann kannst du es am Ende des Schuljahres beim Rektor wieder abholen.«

»Ich nix Russenarsch.«

»Ist ja okay, du Arschloch«, schrie der füllige Rolf aus der letzten Reihe, »du bist kein Russenarsch!«

Die Situation war noch unbedenklich und weiterhin pädagogisch zu retten.

»Mit euch macht das ja wirklich Spaß, ihr seid eine Kombination aus Geriatrie, Kindergarten und forensischer Psychiatrie.«

Da in meiner Aussage mindestens zwei Begriffe waren, die achtzig Prozent der körperlich Anwesenden nicht verstanden, sie mich aber mittlerweile gut kannten und zu Recht eine kumulative Schülerbeleidigung erahnten, war es schlagartig still im überheizten Klassenzimmer.

»Erklären Sie das mal!«, forderte ein Backbancher.

»Das kann ich euch sehr wohl erklären, geriatrisch in dem Sinne, dass ihr umgekehrt proportional zu eurem Alter dement seid, Kindergarten betrifft eure progressive Infantilität, der erwähnte Begriff forensisch bezieht sich auf eure latente kriminelle Energie.«

Endlich war es im Klassenzimmer für lange fünf

Sekunden unerträglich still. Ich nutzte die Zeit zum Regenerieren.

»Können Sie das mal übersetzen?«

»Ja, ihr seid Deppen.«

Einige fingen an zu grinsen, die übrigen gingen ihren vorherigen unterrichtsirrelevanten, stereotypen Tätigkeiten nach.

Sergej meldete sich.

»Ja, Sergej?«

Ich ahnte es.

»Ich nix Russenarsch!«

Am Ende der nur bedingt erfolgreichen Unterrichtsstunde im Fach katholische Religionslehre an der Berufsschule in Bad Saulgau kam der schwarzhaarige Tobi aus der letzten Reihe mit dem Sturzhelm in der Hand auf mich zu. Zuerst griff ich mir aber noch Sergej heraus, um ihn zu ermahnen:

»Sergej, provoziere doch nicht ständig. Ich habe nichts dagegen, wenn du dich hier nur reinsetzt und deine Klappe hältst und niemanden störst, okay? Und übrigens, deine Schwester, wann kommt die wieder? Ist sie krank? Bring doch wenigstens eine Entschuldigung, der Klassenlehrer ist schon sauer.«

»Ich weiß nix, wo meine Schwester, vielleicht ist sie wieder in Ukraine. Mit der сука will ich nix zu tun chaben! Außerdem, fragen Sie da lieber Tobi!«

»Was, die ist abgehauen?«

»Egal, sie ist alt genug, die подстилка.«

Ich fragte Tobias:

»Weißt du, wo Alexandra steckt?«

Er zuckte mit den Schultern, warf Sergej einen giftigen Blick zu und ging zum Fenster.

Sergejs ältere Schwester Alexandra war ebenfalls in der Klasse der Fototechnischen Assistenten, aber seit Tagen nicht mehr zum Unterricht erschienen.

Tobi mit dem Sturzhelm in der Hand räusperte sich lautstark, er wollte aufbrechen. Er nickte mir kurz auffordernd zu. Ich verabschiedete mich von Sergej:

»Wenn deine Schwester auftaucht, schick sie einfach mal bei mir vorbei. Das ist doch keine Lösung, einfach von der Schule wegzubleiben.«

»Das ist mir egal, meine Schwester ist eine Schlampe, eine сука, eine подстилка!«

3 STRASSENGEDANKEN

Das Buch der Sprichwörter
4:25 Deine Augen sollen geradeaus schauen, und deine Blicke richte nach vorn!
4:26 Ebne die Straße für deinen Fuß, und alle deine Wege seien geordnet.
4:27 Bieg nicht ab, weder rechts noch links, halt deinen Fuß vom Bösen zurück!

Ich packte meine wenigen Utensilien in den schwarz-orangenen Rucksack, zog meine schwarze Lederjacke über mein schwarzes Sweatshirt, das wiederum harmonierte farblich hervorragend mit meiner schwarzen Lederhose im Jeansstil. Ich vergewisserte mich, dass alle Fenster geschlossen waren, damit die wertvolle Energie, wie Rektor Saitling zu sagen pflegte, nicht verloren ging. Ich nahm meinen schwarzen Helm mit der bescheidenen Aufschrift Harley Davidson und verließ als Letzter zusammen mit dem 16-jährigen Tobias Fränkel das dunstgeschwängerte Klassenzimmer der Fototechnischen Assistenten. Die lederbesohlten Holzabsätze meiner Pythonlederstiefel – gelbe Python aus Brasilien, gepaart mit braunem Rindsleder – gaben bei jedem Tritt einen dumpfen hallenden Ton im schon menschenleeren Gang von sich. Tobi schritt wortlos neben mir her. Wieder hatte ich eine Schlacht geschlagen – und gewonnen; noch unzählige werden folgen. Ich kam mir vor wie John Wayne in Rio Bravo als Sheriff John T. Chance und neben mir mein stummer Deputy. Passend dazu fiel meinem erstaunlichen Gehirn Bob Marleys Liedchen vom bedauernswerten Sheriff und vom Deputy ein und es swingte dazu im Reggae-Rhythmus:

> I shot the sheriff, but I did not shoot the deputy.
> I shot the sheriff, but I swear it was in self-defense.
> I shot the sheriff, and they say it is a capital offense.

Zur Berufsschule war ich gekommen wie Politiker zum Verstand, das Telefon hatte geklingelt: Wir hätten da etwas Attraktives auf Angestelltenbasis für Sie. Sechs Stunden Religionsunterricht an der Berufsschule … Gute Bezahlung … Pädagogische Herausforderung … Mit Ihrem Studium gar kein Problem … Nette Kollegen, ehrlich, erdig, unkompliziert.

Und schon konnte ich meinem erlernten Beruf nachgehen. Nach Jahren beruflicher Inkontinenz – immer wieder tröpfelte etwas mehr oder weniger Attraktives an mich heran – nun endlich mal was Festes und dann gleich sechs Stunden. Das war überschaubar und von meinem Wohn-, Heimat- und Lebensort Riedhagen aus benötigte ich mit meinem Milwaukee-Eisen gerade mal 16 Minuten von meinem Erbhaus bis zum Arbeitsplatz Schule. Nun könnte ich auch meine Arbeit als Mädchen für alles in der Gemeinde etwas reduzieren. Die katholische Kirche hatte gern auf mich als studierten Theologen zurückgegriffen, um mich mit so wichtigen Tätigkeiten wie Friedhofspflege, Aushilfs-Mesnerei und Lebensberatungskursen kostengünstig anzustellen. Nach dem Unfalltod meiner Eltern war ich nach Riedhagen zurückgekehrt, um deren Haushalt aufzulösen. Über die Planung des Auflösungsprozesses war ich nie hinausgekommen. Mittlerweile fühlte ich mich sehr wohl im geerbten Haus, mit der herrlich riedblickenden Wohnlage. Ich hatte alles, was ich brauchte. Ein Haus, ein Motorrad, Erbgeld, eine gute Figur und vor allem Cäci. Riedhagen war für mich die Wahlheimat der Bequemlichkeit geworden. Es mangelte mir an nichts.

Tobi schwieg immer noch neben mir her. Donnerstags nahm ich ihn von der Berufsschule mit nach Hause, ansonsten hätte er noch zwei Stunden auf eine günstige Busverbindung ins abgelegene Riedhagen warten müssen. Tobi war das einzige Kind des Bauernehepaares Fränkel. Sie hatten einen kleinen Hof am Rande des Pfrunger-Burgweiler Rieds und kamen, nachdem sie die Dorfmetzgerei vor zwei Jahren aufgeben mussten, eher schlecht als recht über die Runden. Mit sechs Milchkühen und acht Schweinen, einem Deckeber und einem alten Haflinger war das Leben im Ried kein Ferien-Traumschiff vor Ibiza. Mit Schwarz-Metzgern in Riedhagen und Umgebung verdienten sich Fränkel und sein Sohn etwas dazu. Die Jäger-Schweinswürste mit viel Majoran und ›geheimen‹ Kräutern genossen sogar überregionale Anerkennung.

Für den donnerstäglichen Personennahverkehr hatte ich extra das Klebesitzpad für meine nachtschwarze Schöne aus Milwaukee im Rucksack mitgebracht. Eigentlich war meine Harley Davidson Street Bob für den Ein-Mann-Betrieb konzipiert. Es gab jedoch Situationen, in denen ein Sozius-Betrieb von erotischem Vorteil war, und so hatte ich an mein Eisen zusätzliche Fußrasten angebracht und mir ein sündhaft teures Saugnapfsitzpad für den hinteren Kotflügel käuflich erworben. Auf diesem Hasenfänger thronte nun Tobi, als wir in südliche Richtung ins 20 Kilometer entfernte Riedhagen aufbrachen.

Mittlerweile hatte die morgendlich-nebelige Stimmung einem fast schon frivol dunkelblauen Herbsthimmel Platz gemacht. Herrlich war es, mit der drehmomentstarken Kraft des schweren, grummelnden 1.600 Kubikzentimeter fassenden Motors, in klassischer V-Form angeordnet, nur durch einen zarten Dreh am Gasgriff durch die Landschaft des Rieds geschoben zu werden. Heute wählte ich zur Rückfahrt die längere, aber reizvollere Strecke, die uns von Ostrach ab über Spöck, Burgweiler, Waldbeuren, Ulzhausen und Egelreute direkt durch das Riedgebiet schließlich nach Riedhagen führte. Sonor schüttelte uns das brachiale Kult-Eisen mit lässigen 2.500 Motor-Umdrehungen pro Minute über die wellige Riedallee. Das Weiß der Birkenrinden verschwendete seinen Glanz auf fast schon unanständige Art und Weise an die Umwelt. Das Goldgelb der Blätter zitterte an uns vorüber. Schlaglichtartig leuchtete großzügiges Rot von Beeren und Blättern. Ein Hase sprang plötzlich aus dem hohen Gras auf die Straße, bemerkte die Gefahr, unterbrach die beabsichtigte Überquerung der schmalen Straße und hüpfte in wildem Zickzack einige Meter panisch vor uns her. Immer wieder brachen die Hinterläufe auf dem rutschigen Asphalt aus. Dann hatte Meister Lampe die beste Idee dieses Tages, er verschwand von der Straße, wenige Meter vor meinem bremsenden Vorderrad, in die rettende Wiese.

Harleyfahren hatte für mich immer etwas Meditatives und immer wenn ich meditiere, aber auch ganz unverhofft, macht mein Hirn, was es will. Dieses Mal wollte es singen, als ich mit meiner 16-jährigen Schülerfracht durchs Ried schaukelte. Ich schämte mich für mein Gehirn und fragte mich, wer eigentlich der Herr im Hause ist – mein Wille, also ich, oder das alberne Hirn. Es summte stumm einfach eine Melodie, die mir irgendwie bekannt vorkam, und schon bald setzte auch der schweigende Text dazu ein:

Schööön ist es auf der Welt zu sein
Sagt die Biene zu dem Stachelschwein
Du und ich wir stimmen ein:
Schön ist es, auf der Welt zu sein.
Du kannst atmen, du kannst gehn
Mmmmhhh … irgendwas sehn … tatata
Das Beste am Tag, das sind die Pausen,
Das ist auch in der Schule so
Das Schönste im ganzen Jahr, das sind die Ferien
Dann ist sogar der Lehrer froh
Dann kann man endlich tun und lassen, was man will
Dann sind wir frei und keiner sagt mehr: Du sei still
Das Schönste im Leben ist die Freiheit
Schön ist, es auf der Welt zu sein
Wenn die Sonne scheint für groß und klein
Dann singt sogar das Stachelschwein …

Ich zweifelte aufrichtig an meinem Geisteszustand, vielleicht war die Schule doch nicht das Richtige für mich. Vielleicht sollte ich mir aber auch ein neues, intaktes Unterbewusstsein zulegen.

Gerhard Höllerich, manchen, vor allem unreifen,

reiferen Damen auch als Roy Black bekannt, hatte dieses Liedchen mit der zehnjährigen Anita Hegerland Anfang der 70er-Jahre geträllert. Schon damals als Kind fand ich dieses Lied peinlich. Sinnvollerweise tat sich die blonde Kindersängerin in reiferen Jahren mit Mike Oldfield zusammen. Der sang wenigstens nicht von Schweinen. Roy Black starb dann irgendwie irgendwann – zu jung. Nicht nur die Besten sterben jung.

Das arme Schwein stand mitten im Hof. Es hatte aber keine Chance. Von der Hofeinfahrt her kündigte ich mich mit der donnernden Harley an. Zeitgleich näherte sich von der gegenüberliegenden Seite der knallende und rauchende Fendt von Fränkel und von der Haustür her schwang die rundliche Mutter Tobis, mit einer blau-weißen Kittelschürze bekleidet, einen Reisigbesen und versuchte, den quietschenden schweinischen Ausbrecher zurück in den Stall zu treiben. Bauer Fränkel sprang mit Zornesmiene vom Traktor, fuchtelte weit ausladend mit den Armen, seine Frau schlug mit dem Besen auf das Hinterteil des Schnitzel produzierenden Borstentieres. Dieses sah nur noch einen Ausweg und floh kreischend, das Kringelschwänzchen steil erhoben, zurück in den Stall.

Der Bauer kam auf seinen Sohn Tobi zu und als dieser gerade den Helm abgenommen hatte und sein schulterlanges schwarzes Haar ordnete, klatschte die rechte Hand des Vaters mitten in sein Gesicht. Tobis Augen weiteten sich, er machte einen Satz rückwärts, stolperte und landete mit dem Gesäß im Dreck. Auf seiner linken Wange erschien ein rot-weiß marmorierter Fleck.

Tobis Mutter stürzte auf ihren Mann mit erhobenem Besen zu und holte aus. Geschickt fing der kräftige Bauer das Schlaginstrument ab und entwand es ihr.

»Wehe …«, drohte er nun seinerseits mit dem Kehrutensil.

»Was hat der Bub dir getan?«

»Schau dir doch die Sauerei am Scheunentor an!«

Tobi schaute zum Torpfosten.

»Was soll das?«

»Das frage ich mich auch. Seit du auf dieser Schule bist, hast du nur noch Scheißdreck im Kopf! Kreativität und so ein Blödsinn … Von Kreativität wird hier auf dem Hof keiner satt. Das sollte wohl wieder ein Fotomotiv werden, experimentelle Fotografie oder so ein Rotz! Mach sofort die Sauerei vom Tor weg, sonst fängst du noch mal eine!«

Der Bauer fuchtelte mit dem Besen in Richtung des Scheunentores.

»Das war ich nicht«, fauchte Tobi trotzig.

Mittlerweile war ich von meinem Bike abgestiegen, hatte den Helm abgenommen und versuchte, die angespannte Lage durch ein paar besänftigende Leerformeln zu beruhigen.

Der Bauer wurde nur ärgerlicher.

»Sieee geht das sowieso nichts an. Sieee wissen ja gar nicht, was Arbeit ist, was es bedeutet einen Hof und eine Familie über die Runden zu bringen. Nicht jeder kann mit Nichtstun oder vom Erbe seiner Eltern überleben.«

Mittlerweile waren wir alle vier vor dem surrealen Arrangement am Scheunentorpfosten versammelt.

»Das war ich nicht. Was ist denn das, das sieht ja aus wie eine Nase.«

Tobi deutete auf die rechte Ecke des Dreiecks. Der Bauer zog am Nagel des gefalteten fleischkäseartigen Objektes, das die Spitze des Dreiecks bildete, und zog das Aufgespießte mit Kraft vom Nagel. In seiner Hand entfaltete sich ein Ohr. Es war zweifelsohne ein menschliches.

»Scheiße«, hauchte der Bauer entsetzt.

Seine mollige Frau fasste ihn fest am Oberarm, Tobi stand bleich neben mir. Der Bauer zog die Hand wie elektrisiert zurück. Das Ohr fiel auf den Boden.

»Das ist von keinem Tier …«

»Wir müssen die Polizei rufen.«

»Das andere sieht nicht nur aus wie eine menschliche Nase, das ist bestimmt eine.«

»Das daneben, was da noch hängt, das runde wurmartige, was ist das?«

Mittlerweile hatte ich mein altes, blaues Handy gezückt, das beinahe die Größe einer Telefonzelle besaß und noch mit dem Atavismus einer schwarzen Stummelantenne ausgerüstet war, und informierte die Polizei in Bad Saulgau vom Gehänge am Scheunentor. Sie versprachen mir, sofort jemanden zu schicken.

Das Ohr hatte ich mit zwei herumliegenden kurzen Stecken in der Art des Aufstocherns chinesischer

Speisen auf ein Papiertaschentuch gelegt. Bis zum Eintreffen der Beamten betrachtete ich das makabre Dreieck mit dem bräunlichen Auge in der Mitte. Ich zog meine neue Spiegelreflex-Digitalkamera aus dem Rucksack. Zehn Millionen Pixel, tolles lichtstarkes Zoom und alles herrlich kompakt gebaut. Bald hatte ich all das abgelichtet, was ich von Interesse fand. Um nachzudenken, lief ich um das Fränkelsche Anwesen und fotografierte, bis der Akku im Haltegriff der Kamera eine wohlige Wärme ausstrahlte.

Ganz weit vorn in meinem bedauernswerten Gehirn, wo die assoziativen Prozesse gesteuert wurden, dämmerte im riedigen Nebel des Frontallappens eine Idee. Ich erschrak.

Der Vorhang des Küchenfensters, von dem aus ein altes runzliges Gesicht mit wachen, wasserblauen Augen das Geschehen auf dem Hof aufmerksam beobachtet hatte, wurde mit gichtigen Fingern sorgfältig wieder zurückgezogen.

4 WITWENSITZ

Der erste Brief an Timotheus
5:4 Hat eine Witwe aber Kinder oder Enkel, dann sollen diese lernen, zuerst selbst ihren Angehörigen Ehrfurcht zu erweisen und dankbar für ihre Mutter oder Großmutter zu sorgen; denn das gefällt Gott.
5:5 Eine Frau aber, die wirklich eine Witwe ist und allein steht, setzt ihre Hoffnung auf Gott und betet beharrlich und inständig bei Tag und Nacht.
5:6 Wenn eine jedoch ein ausschweifendes Leben führt, ist sie schon bei Lebzeiten tot.
5:7 Das sollst du ihnen einprägen; dann wird man ihnen nichts vorwerfen können.
5:8 Wer aber für seine Verwandten, besonders für die eigenen Hausgenossen, nicht sorgt, der verleugnet damit den Glauben und ist schlimmer als ein Ungläubiger.

»Eigentlich hätte ich mir das ja denken können.«

Provokativ legte die blonde Kommissarin ihr hübsches Köpfchen in den Nacken.

»Herr Bönle, Daniel Bönle.«

»Freut mich aufrichtig, dass Sie meinen Namen noch kennen, Frau Dings … ähm Frau Hauptkommissarin.«

»Kommissarin reicht.«

Mittlerweile hatte sie einen grauen Minicomputer und einen winzigen Plastikstift aus der Brusttasche ihres dunkelblauen Blazers gezogen, der sehr gut zu ihrer blau-weiß längs gestreiften Bluse passte. Die obersten Knöpfe waren nicht geschlossen. Meine Augen blieben eine Millisekunde zu lang an ihrer Bluse und ihrem geschätzten Inhalt hängen. Mit schlanken Fingern zupfte die fesche Beamtin ihren Blazer enger zusammen. Ohne sichtlichen Erfolg.

»Längsstreifen machen schlank«, bemerkte ich.

Sie funkelte mich an:

»Herr Bönle, ich nehme mit Erschrecken zur Kenntnis, dass Sie noch genauso infantil sind wie im vorherigen Jahr. Und zu neuen Stiefeln hat es wohl immer noch nicht gereicht.«

Das saß.

Ihr uniformierter Begleiter grinste dümmlich in meine Richtung.

»Wollen Sie nicht zum Wesentlichen kommen?«, forderte ich die schlanke Schöne mit ihrem elektronischen Notizblock auf.

Ich führte die Kommissarin zum Scheunentor. Bauer, Sohn und Bäuerin trotteten in hierarchischer Formation hinterher.

»Wer hat das Ohr vom Nagel entfernt?«

Umständlich, mit ausladenden Gesten und dramatischer Mimik erklärte Bauer Fränkel der Wohlgeformten, wie und was er schon in der Frühe entdeckt und wofür er es gehalten hatte. Und ohne seine Lesebrille hätte er sowieso nicht genau erkennen können …

Die ernste Kommissarin tippte mit dem Plastikzahnstocher alles in ihr elektronisches Begleiterchen. Danach wurden kurz die Bäuerin und anschließend auch ich befragt, wenn auch etwas länger.

Tobi hatte sich in die Küche mit der niedrigen Decke verzogen. Er saß neben dem alten Holzofenherd, hatte mit einem Schürhaken die gusseiserne Kasserolle mit dem Schweinsbraten auf eine kalte Herdstelle gezogen und mit einer überdimensionalen Fleischgabel ein paar abgelöste Stücke vom weich gegarten Fleisch stibitzt. Nun stocherte er noch in der Soße herum, um ein Scheibchen Steinpilz zu ergattern. Die Oma saß in ihrer schwarzen Kleidung auf der Eckbank, gebeugt unter dem Herrgottswinkel, der die üblichen Utensilien, nämlich ein schräg hängendes Holzkruzifix, verblasste Heiligenbildchen und einen dürren Thujawedel vom letzten Palmsonntag barg. Die 83-jährige Witwe grinste ihren Enkel kurz an, dann zog sie eine Perle des Rosenkranzes weiter, der in ihren altersfleckigen, gefalteten Händen verschlungen war:

»… und gebenedeit sei die Frucht deines Leibes Jesu.«

Sie unterbrach ihr Gebet und schaute zu ihrem Enkelkind:

»Das hat dir schon als kleiner Bub geschmeckt, weicher Schweinebraten und Pilze.«

Nachdenklich, das faserige Fleisch kauend, blickte Tobi durch die kleine, verdreckte Scheibe mit dem vergilbten Häkelvorhang. Dann wanderte sein Blick auf das ehemals weiß gestrichene hölzerne Fensterbrett, auf dem sich ein Panoptikum unterschiedlichster Gegenstände befand. Das Auffälligste war eine 30 Zentimeter große Madonnenfigur mit Kind. Das Jesuskind, das mühelos von seiner blau bemantelten Mutter auf dem linken Arm getragen wurde, sah aus wie ein kleiner Erwachsener mit blond gelocktem Haar und blauen Augen. Vermutlich war der junge Jesus ein Arier, mit Sicherheit kein Jude. Die Nasenspitzen von Mutter und Kind waren abgebrochen, sodass der weiße Alabaster zum Vorschein kam. Hinter der Madonnenfigur stand ein silbernes Beistellkreuz, das man ansonsten neben Verstorbenen aufstellte. Um das Kreuz war ein Rosenkranz gewickelt, der wiederum einen rindenlosen Stecken an das Kreuz fesselte. Neben der Madonna mit Kind saß, deutlich kleiner, eine Engelsfigur, sie hob Blick und Hände gen Küchendecke. Zum Engelsarrangement gehörte eine leere Eierschale aus Porzellan, aus der der kleine Racker wohl gerade geschlüpft war. Am Rücken trug er winzige, blaue Flügelchen mit vergoldeten Spitzen. Neben dem Eierengel stand ein Aral-Wackeldackel aus den 70er-Jahren. Tobi ging kauend zu ihm hin und verpasste ihm einen sanften Nasenstups. Der Dackel nickte dankbar mit dem Kopf.

Tobi schüttelte ebenfalls den Kopf und murmelte:

»Mittelalter, das ist alles wie im Mittelalter, alles Scheiße.«

»Was hast du gesagt?«

»Ach nichts, ich denke, dass ich heute noch in die Pilze geh. Steinpilze gibts gerade.«

Die Oma nickte und erhob ihre Stimme zum schmerzhaften Rosenkranz:

»Jesus, der für uns Blut geschwitzt hat. Jesus, der für uns Blut gegeißelt worden ist. Jesus, der für uns Blut mit Dornen gekrönt worden ist.«

Tobi fuhr seiner Oma kurz über das graue Haar und verschwand lautlos aus der Küche.

»Jesus, der für uns Blut das schwere Kreuz getragen hat. Jesus, der für uns Blut gekreuzigt worden ist.«

Auf dem Hof stand die wohlgeformte Kommissarin mit einem adretten, blütenweißen Handy – es war fünf Mal kleiner als das meinige – und sie sprach fast zärtlich leise mit ihm. Ich verstand Worte wie:

»Spurensicherung, vermutlich menschlich, seltsam, Verbrechen, Bönle, wer sonst.«

Nachdem das winzige Telefon mühelos in einer noch winzigeren Krokoleder-Imitat-Handtasche verschwand, meinte sie freundlich in meine Richtung:

»Wir brauchen Sie hier nicht mehr, Herr Bönle, die Spurensicherung kommt gleich.«

Ihr rangniedrigerer Kollege in Uniform, der bis jetzt schweigend neben ihr stand und sie auf Schritt und Tritt wie ein artiges Hündchen begleitete, nickte wichtig. Meinem Blickkontakt konnte er jedoch nicht lange standhalten.

»Ich habe Zeit.«

5 KRAUTGESPRÄCHE

Das Buch der Weisheit
8:8 Wenn jemand nach reicher Erfahrung strebt: sie kennt das Vergangene und errät das Kommende, sie versteht, die Worte schön zu formen und Rätselhaftes zu deuten; sie weiß im voraus Zeichen und Wunder und kennt den Ausgang von Perioden und Zeiten.

Zuhause erwartete mich die zweite große Überraschung des Tages. Als ich in den Tulpenweg einfuhr, sah ich, dass Cäcis roter Opel in meiner Garageneinfahrt stand. Freudig betätigte mein Daumen dreimal das dumpf klingende Horn meiner potenten, amerikanischen Maschine.

Cäci kam mir von der Veranda her barfüßig entgegengehüpft. Sie trug ein rotes, der Jahreszeit nicht entsprechendes Top, enge Bluejeans formten ihre schlanken Beine trefflich. Bei jedem Schritt die steile Treppe herunter wippte ihr brünettes, langes Haar weich im warmen Licht der Herbstsonne, zwei meiner besten haptischen Freunde hüpften fest und klein mit. Ihre riedbraunen Augen blitzten vor Freude, als sie mich umarmte.

»Hi Dani, ich hab schon was gekocht, schnell, ich bekomme kalte Füße.«

Bei dem Wort gekocht erschrak ich, schaute misstrauisch und fragte:

»Warm gemacht?«

Sie ignorierte meine berechtigte Frage einfach. An und für sich bin ich ein moderner Mensch und habe nichts dagegen, wenn starre geschlechterspezifische Verkrustungen allmählich entkrustet werden. Es ist mir nicht unangenehm, wenn dem unterdrückten Geschlecht, uns Männern, wieder mehr Freiheiten zugesprochen werden. Immer bemerkenswert fand ich es, wenn sich Männer das Feuer, also den Herd zurückeroberten. Ich konnte das schwache Geschlecht, uns Männer, also nur unterstützen im Kampf um die Küche. Mittlerweile hatten wir in diesem kulinarischen Genre schon einen unserer wenigen Siege zu verzeichnen. Immer mehr Männer beherrschten die Kochkunst. Kaum ein Restaurant, das nicht einen Spitzenkoch hat. Hatte man jemals von einer Spitzenköchin gehört?

Andererseits erschreckte es mich, dass diese zurückeroberte, urzeitliche Männerdomäne so viele jetztzeitige weibliche Opfer forderte. Cäci war ein Paradebeispiel dafür. Als sie in mein Leben trat, war sie nicht fähig, ein Sechsminuten-Ei zu kochen, sie hatte das Wasser vergessen. Beim Aufwärmen der Speisen, die ihre Mutter zuvor aufwändig und köstlichst zubereitet hatte, roch ich heute noch oft Brenzliges.

Mit einer rhetorischen Frage versuchte ich das Thema zu ändern:

»Was machst denn du schon hier? Sind schon wieder Semesterferien?«

»Ich habe meine Prüfung vorziehen können. Jetzt habe ich verlängerte Semesterferien.«

»Wie liefs?«

»Ganz gut, bestanden habe ich auf jeden Fall.«

Ich ging hinter ihr her die schmale, steile Treppe zu meinem Erbheim hoch. Über die Veranda, unter der sich die Garage befand, gingen wir durchs Wohnzimmer in die Küche.

Dort warteten schon aufgewärmter Kartoffelbrei, aufgewärmte Kassler-Ripple und aufgewärmtes Sauerkraut auf mich.

»Und wie gehts denn meinem Lehrer?«

»Ganz okay, manchmal nervts.«

»Was ist los, freust du dich nicht, dass ich gekommen bin? Irgendwas stimmt doch nicht. Wir habens doch so schön hier, das Wetter stimmt, du hast endlich einen guten Job, ich hab dir was Feines mitgebracht. Was will man mehr?«

Mir ging schon wieder der Refrain des einfältigen Liedes wie ein schleimiger unendlicher Wurm durch das Musikzentrum meines bedauernswerten Gehirns: Schööhöön ist es auf der Welt zu sein. Sagt die Biene zu dem Stachelschwein …

Cäci, die Psychologiestudentin, hatte sofort bemerkt, dass meine Stimmung nicht dem herrlichen Herbstwetter entsprach.

»Beim Fränkel ist was vorgefallen«, unterbrach ich die Musik in meinem Gehirn.

»Beim ehemaligen Metzger?«, unterbrach sie mich.

»Ja, unten am Ried, du weißt schon, der vergammelte Fränkel-Hof.«

»Du hast doch den Jungen, den Tobi im Unterricht.«

»Genau.«

Ich schob mir ein trockenes, fettfreies Stück vom Ripple in den Mund und führte schnell zur Befeuchtung des Bissens eine Gabel vom fein gehobelten und lang gekochten Sauerkraut nach.

»Ist das von deiner Mama?«, fragte ich vorsichtig.

»Ja, hat sie gestern schon aufgesetzt. Ich habe aber alles allein aufgewärmt, für dich.«

Ich freute mich aufrichtig, dass nichts angebrannt war und genoss die schwäbische Spezialität, obwohl dem angetrockneten Kartoffelbrei zur neuerlichen Erwärmung ein Schuss Sahne oder wenigstens Milch gut getan hätte.

»Wir können ja heute Abend die anderen auf ein Bier in den Goldenen Ochsen bestellen. Dann brauchen wir nicht nach Saulgau reinzufahren. Mama hat schon den Tisch am Kachelofen für uns reserviert.«

»Und deine Mama verdient sich eine goldene Nase an uns.«

»Jetzt erzähl schon, was war beim Fränkel?«

Ausführlich erzählte ich der neugierigen Tochter der Wirtin des Goldenen Ochsen, was sich auf dem Hof ereignet hatte.

»Und die Kommissarin, die Krieger ist gekommen? Die wird ja schön blöd geguckt haben, als ausgerechnet du auf dem Hof standest. War ihr Chef, der Härmle, auch dabei?«

Ich schüttelte den Kopf.

»Was meinst du, was steckt dahinter?«

»Wenn es wirklich menschliche Teile sind – vermutlich ein Mord. Einem Lebenden kann man so was wohl kaum antun?«

»Und die Anordnung der Teile, was hat das zu bedeuten?«

»Ich habe da so eine Idee. In der Schule behandle ich auch gerade das Thema. Das Dreieck mit dem Auge steht eigentlich für den dreifaltigen Gott. Also den Vater, den Sohn und den Heiligen Geist. Was aber das abgeschnittene Zeugs bedeuten soll, das weiß ich nicht. Das Einzige, was eindeutig zu erkennen war, das war ein Ohr. Das andere sah aus wie der vordere Teil einer Nase und das andere … so rund und schlauchartig.«

Mit den Händen versuchte ich meine Beschreibung zu unterstützen. Nachdenklich spielte Cäci mit ihren Haarspitzen.

»Mir fallen da die Affen ein.«

»Welche Affen?«

»Augen, Ohren, Mund.«

»Hää?«

»Du hast doch beschrieben, dass in die Mitte des Dreiecks ein Auge gezeichnet war, dann hängt ein Ohr dabei, der andere Körperteil könnte eine Nase sein. Meinst du, das runde Wurmartige war ein herausgeschnittener Mund?«

Cäci schaute mich aus riedwasserfarbenen Augen entsetzt an. Ich küsste sie.

»Das ist ja genial, natürlich! Das passt zusammen: Augen, Ohren, Mund und Nase.«

»Es könnte eine Warnung sein – für jemanden vom Fränkel-Hof.«

»Was für eine Warnung?«

»Seine Nase nicht irgendwo reinzustecken, nicht zu lauschen, nichts zu verraten und nicht hinzuschauen.«

»Das Auge in der Mitte könnte aber auch eine Warnung sein, dass man beobachtet wird.«

Cäci zuckte mit ihren schmalen Schultern:

»Iss leer. Wie hat denn Tobi reagiert?«

»Nachdem sein Vater ihn geschlagen hatte, ging er in die Küche. Die blonde Kühle hat ihn wahrscheinlich abschließend verhört. Da habe ich aber nichts davon mitbekommen.«

»Hast du mal wieder fotografiert?«

»Klar.«

»Zeig mir die Bilder.«

Ich lud die 62 Bilder, die ich von dem Scheunentor und den angehefteten Körperteilen, dem auf dem Taschentuch liegenden Ohr sowie dem Hof und der allernächsten Umgebung gemacht hatte, in mein Notebook ein. Cäci betrachtete jedes Bild aufmerksam. Immer wieder vergrößerte sie Bildausschnitte.

»Mein Gott, wie viel hast du denn wieder fotografiert.«

Sie schüttelte vorwurfsvoll ihren Kopf und konzentrierte sich auf die ersten Bilder.

»Jede Wette, dass das ein herausgeschnittener Mund ist«, sagte sie würgend.

»Schau, das ist die Lippenstruktur, das vollere

ist die Unterlippe, das da die Oberlippe, hier ist zu weit hineingeschnitten worden. Das ist ein Teil der Wange.«

Sie vergrößerte den Ausschnitt weiter.

»Es war eine Frau.«

»Wie kommst du da drauf?«

»Hier zwischen den Riefen der Lippen, da sind Reste vom Lippenstift. Und hier, wo über die Oberlippe hinaus geschnitten wurde, sind ganz feine Härchen zu erkennen. Bei Männern wären da Stoppeln.«

Triumphierend schaute mich die clevere Wirtstochter an. Mir schmerzten plötzlich die Lippen. Dann verzog Cäci die Mundwinkel langsam nach unten.

»Pfui Teufel, ist das alles ekelhaft. Da kann man nur hoffen, dass das nach dem Tod stattgefunden hat. Was summst du denn die ganze Zeit für eine alberne Melodie? Ist das nicht … Nicht verraten, mir fällts irgendwann ein.«

6 BETTVERSTECK

Die Psalmen
10:7 Sein Mund ist voll Fluch und Trug und Gewalttat; auf seiner Zunge sind Verderben und Unheil.
10:8 Er liegt auf der Lauer in den Gehöften / und will den Schuldlosen heimlich ermorden; seine Augen spähen aus nach dem Armen.
10:9 Er lauert im Versteck wie ein Löwe im Dickicht, / er lauert darauf, den Armen zu fangen; er fängt den Armen und zieht ihn in sein Netz.
10:10 Er duckt sich und kauert sich nieder, seine Übermacht bringt die Schwachen zu Fall.

Die Gestalt schlich vorsichtig durch die Dunkelheit zur steilen Treppe der Gesindekammer. Sie war vom Ried her gekommen, von dort, wo Nebelfetzen sich wie in Zeitlupe drehten, legten, wieder aufstiegen und sich dann langsam zu einem weißen Nichts am Boden verdichteten. Die Gesindekammer lag auf der Nordseite hinter dem Haus, zum Ried hin.

Die zwei Stufen, die an der einfachen Holztreppe fehlten, überbrückte die Gestalt mit einem weiten, lautlosen Schritt, indem sie sich am Holzgeländer hochzog. Beinahe wäre sie vom Holz abgerutscht.

»Gottverdammt, das hätte noch gefehlt!«

Sie atmete kurz durch und zog sich behänd am Holzgeländer nach oben, um das Knarren der alten

Stufen zu vermeiden. Von der steil ansteigenden Treppe aus konnte sie über den Schopf in den Hof hineinsehen. Durch den nachlässig geschlossenen Vorhang des gegenüber liegenden Wohnzimmers störte sie das hysterische, helle Blitzen eines laufenden Fernsehgerätes. Schnell nahm sie, fast geräuschlos die letzten Stufen. Mit sanftem Druck öffnete sie die Tür zur Gesindekammer.

Die Person war nicht das erste Mal hier. Sie kannte sich bestens aus. Ein paar notwendige Dinge hatte sie schon seit Längerem liegen, eine raue Decke und eine ausgefranste Zahnbürste. In der nahen Stadt hatte sie feuchte Tücher mitgehen lassen, da sie sich nicht traute, den Wasserhahn des Waschbeckens zu bedienen, wegen der Fließgeräusche im Rohr. Sie legte ein paar Äpfel, Cox Orange, die sie aus einer der das Ried säumenden Obstwiesen mitgenommen hatte, auf das alte Nachttischchen. Fröstelnd schloss sie die Arme um den Oberkörper. Trotzdem war es hier in den langen Nächten wärmer, viel wärmer als im Ried. Sie lehnte sich an die Wand, hier war es sogar ein bisschen behaglich, hinter der Wand lief der Kamin der holzbefeuerten Waschküchenheizung. Sie ging vorsichtig zum kleinen Fenster, das sie immer wieder im linken, unteren Eck blank rieb, um einen besseren Einblick in das Hofgeschehen zu haben. Das bläulich zuckende Licht, das der Fernsehapparat gespenstisch durch das Wohnzimmerfenster über den dunklen, leicht benebelten Hof schickte, schien das einzig Lebendige zu sein.

Ihn hatte sie heute schon ein paar Mal gesehen, heute Morgen, als sie im Nebel hinter der Hecke stand. Er schien jedoch nicht verstanden zu haben, was das alles zu bedeuten hatte. Und zur Mittagszeit war richtig viel los auf dem ansonsten ruhigen Hof. Vom Fenster der Gesindekammer aus hatte sie mit trommelndem Herzen die eigenartige Szenerie beobachtet. Als der Motorradfahrer alles fotografiert hatte und die Kommissarin mit ihrem Begleiter wieder verschwunden war, nutzte sie eine ruhige Minute, um vor dem großen Ansturm der Spurensicherung in Richtung Ried zu verschwinden.

Nun legte sie sich in das alte Kirschholzbett und zog die Decke bis zum Kinn. Obwohl die alten dreiteiligen Matratzen feucht waren und diese Unterkunft immer wieder ein gewisses Risiko darstellte, vor allem jetzt, da häufiger Polizeibesuch zu erwarten war, lächelte sie und freute sich auf einen guten Schlaf. Das Messer in der engen Hosentasche störte sie. Sie nahm es heraus, löste die Klinge mit einem Druck auf den hinteren Teil des Griffes und fuhr mit dem Daumen über den hauchdünnen Grat des Eisens, um die Schärfe zu prüfen. Ihre Pupillen waren weit geöffnet. Sie zitterte, dann wurde ihr übel. Sie legte das Messer schnell auf das Nachttischchen. Sie war gern hier. Sie holte das alte, gefaltete Blatt Papier mit der Zeichnung aus ihrem Geldbeutel und betrachtete es eingehend.

Sie lächelte, wie man lächelt, wenn einem gesagt wird, ich mag dich schon, aaaber … und leise hauchte sie in den dunklen Raum:

»Ripp.«

7 GESICHTSENTGLEISUNG

Das Buch der Sprichwörter
1:8 Höre, mein Sohn, auf die Mahnung des Vaters, und die Lehre deiner Mutter verwirf nicht!
1:9 Sie sind ein schöner Kranz auf deinem Haupt und eine Kette für deinen Hals.

Paul-Josef Hallinger war der dicke Sohn des dicken Bürgermeisters von Riedhagen. Im 800-Seelen-Ort Riedhagen hatte Paul-Josef wenig Gleichaltrige zum Spielen, und so spielte der Sechsjährige oft allein. An diesem Tag tat er etwas, was ihn ein bisschen nervös machte. Seine speckigen Händchen hatten mit einem stumpfen Messer einen Haselnussstecken so lange bearbeitet, bis er mit einer Schnur daraus einen Bogen formen konnte. Zufrieden schaute er sein Ergebnis an. Jetzt benötigte er nur noch einen Pfeil. Aus dem Röhricht schnitt er vorsichtig einen kräftigen Rohrkolben heraus. Das dunkelbraune, samtige, zigarrenartige, obere Ende des Gewächses schlug er auf den Boden und freute sich. Tausende von winzigen Flugsamenschirmchen stiegen kurz in den herbstblauen Himmel auf, um dann irgendwann im Ried zu landen. Nervös war er vor allem, weil seine Mama ihm verboten hatte, ins Ried zu gehen.

Da holt dichs Riedweible, war ihm noch allzu deutlich im Ohr. Aber von den Älteren hatte er gehört, dass es das gar nicht gibt, und trotzdem … Auch der Vater hatte oft den Zeigefinger erhoben und sich groß vor ihn hingestellt:

»Da hast du nichts verloren im Ried. Da sinkst du ein und wirst eine Moorleiche, und in tausend Jahren zieht dich einer heraus, dann bist du ganz schwarz. So schwarz wie der Schwaaz Vere. Der hat im Ried gehaust.« Er hatte die Worte des Vaters nie richtig verstanden, aber sie waren in seinem Kopf wie zäher Kaugummi hängengeblieben und hatten ihm Angst eingetrichtert.

Paul-Josef war in Gedanken schon wieder bei seinem prächtigen Bogen und freute sich, obwohl er schon nasse Füße hatte. Immer wieder war er in den morastigen, weichen Boden eingesunken. Nun befreite er die scharfen Blätter vom Rohrkolben, schnitt die oberste, dünne Spitze des fingerdicken, flexiblen Halmes ab, machte in das untere, dicke Ende eine Kerbe für die Sehne. Fertig war der Pfeil. Stolz probierte er seine neue Waffe aus. Der Pfeil flog ausgezeichnet. Immer wieder lief er zum Pfeil. Immer wieder schoss er ihn ab. Weiter und weiter kam Paul-Josef ins Ried, das Röhricht wurde dichter. Der Pfeil stieg hoch in den azurblauen Riedhimmel, dann verschwand er zwischen den goldenen Blättern in einem jungen Birkenwäldchen. Aufgeregt jagte Paul-Josef hinter seinem Pfeil her.

Was er im Birkenwäldchen sah, war eigenartig. Da lag jemand auf dem Rücken und schlief. Es war eine schlanke Frau mit blonden, langen Haaren und sie trug eine komische Maske.

Das Riedweible! Oder hatte der Vere, von dem der Vater manchmal erzählte, mit ihr etwas zu tun? Paul-Josef musste beinahe lachen. Das Lachen geronn jedoch zu einem unsicheren Grinsen. Das Grinsen wurde zu einem ängstlichen Blick, die Augenbrauen waren weit hochgezogen, der Mund war leicht geöffnet. Die blasse Maske der Liegenden war ohne Nase, dafür waren umso mehr Zähne da. Fast das ganze Gesicht hatte Zähne. Und so große Zähne. Die Masken an Fasnet sahen manchmal ähnlich aus, vor denen hatte er keine Angst mehr.

»He, du! Steh auf.«

Aus der Angeredeten war jedoch jegliches Leben sorgfältig entfernt worden. Die Augen starrten trüb ins Blaue, das von goldenen Blättern durchwirkt war, ohne die Vergänglichkeit der herbstlichen Schönheit zu erkennen.

Paul-Josef wurde immer unsicherer, er stupste mit seinem Haselnussbogen gegen den Körper. Irgendwie wirkte alles eigenartig. Das Maskengesicht, der unbewegliche Körper, die verkrampften Hände. Die Bluse war um die Schultern gelegt und gab, da ein Unterhemd fehlte, den Blick auf die linke Brust und eine lange braunrote Wunde frei, die Paul-Josef an das Metzgern erinnerte. Aus der Wunde ragte etwas gelblich Weißes. Auch der Geruch signalisierte ihm, dass mit der Schlafenden etwas nicht stimmte. Ein frisch geschlachtetes Schwein roch ganz anders. So rochen höchstens die Schlachtabfälle auf dem Misthaufen, wenn sie alt genug waren. Die vielen Käfer, Würmer und Fliegen um die Frau machten ihm plötzlich

Angst. Überall schien hektisches, wuselndes Leben, nur nicht dort, wo er es erwartet hätte. Das Leben schien vom Tod zu leben. Und dann spurteten die feisten Beinchen los. Nie mehr in seinem Leben würde er diesen Geruch vergessen. Süß und Ekel erregend, schwer und flüchtig. 'S Riedweible, 's Riedweible!

8 GESCHWÄTZALLERLEI

Das Buch der Sprichwörter
14:23 Jede Arbeit bringt Erfolg, leeres Geschwätz führt nur zu Mangel.
14:24 Die Krone der Weisen ist ihre Klugheit, der Kranz der Toren ist ihre Narrheit.
25:9 Trag deinen Streit mit deinem Nächsten aus, doch verrate nicht das Geheimnis eines andern,
25:10 sonst wird dich schmähen, wer es hört, und dein Geschwätz wird auf dich zurückfallen.
25:11 Wie goldene Äpfel auf silbernen Schalen ist ein Wort, gesprochen zur rechten Zeit.
25:12 Wie ein goldener Ring und Schmuck aus Feingold ist ein weiser Mahner für ein Ohr, das zuhört.
25:13 Wie kühlender Schnee an einem Sommertag

ist ein verlässlicher Bote für den, der ihn sendet; er erquickt die Seele seines Herrn.

Das rustikale, psychische Gleichgewicht der 800-Seelen-Gemeinde war gestört. Ein Zeichen dafür war die hohe Fahrzeugdichte vor dem Goldenen Ochsen. Ansonsten lag Riedhagen wie immer sanft in den das Ried säumenden Hang eingebettet. Die untere Grenze zur morastigen Ebene des Pfrunger-Burgweiler Rieds hin, das landläufig nur Pfrunger Ried genannt wurde, war durch vielerlei Hecken wie Hagebutte, Holunder und wilde Himbeeren sowie Birnen- und Apfelbäume geprägt, die nun verschwenderisch ihre Früchte in der herbstlichen Abendsonne präsentierten. Auf den Weiden standen schwarz-weiße Kühe. Im Zentrum wachte der Kirchturm mit seinem Zwiebeldach. Die obere Grenze der Ortschaft bildete ein Aussiedlerhof. Unten rechts am Dorfrand stand das einzige Hochhaus Riedhagens, immerhin besaß es drei Stockwerke. Das am unteren Dorfrand zum Ried hin gelegene profane und kontemplative Zentrum war der Goldene Ochsen. Und hier war heute einiges los.

»Der Bub, der kriegt ja einen Schaden.«

»Ach was, so was schadet keinem.«

»Du mussts ja wissen.«

»Komm, hör mir auf mit deinem Psycho-Geschwätz!«

»Du bist gut, du kippst ja schon um, wenn eine Sau gemetzgert wird.«

»Schwätz doch keinen Scheiß!«

»Der Bub kann wahnsinnig davon werden, was meinst du, was der träumt. Die Leich muss ja fürchterlich ausgesehen haben, so ohne Nase, kein Mund, und im Leib hat sie wohl auch noch einen tiefen Schnitt gehabt … und das halbe Gesicht weggeschnitten. Das muss ja ausgesehen haben.«

»Auch nicht schlimmer als du.«

»Du Depp, mit dir kann man auch nicht normal reden.«

»So ein Blödsinn! Ein Toter ist ein Toter, der tut keinem was, vor den Lebenden muss man Angst haben. Vor den Lebenden.«

»Der Paul-Josef ist doch noch viel zu jung, um das alles zu begreifen. Der Bub muss in eine Behandlung, sonst wird der verrückt, das muss er verarbeiten. Er hat wohl was vom Riedweible gesagt, der hat bestimmt schon einen Knacks weg.«

»Dann hättest du schon lang eine Behandlung nötig.«

»Mit euch kann man wirklich nicht ernsthaft reden. Der Bub muss zum Pfarrer, damit der ihn wenigstens seelsorgerisch betreut.«

»Meinst du, der Neger hat das drauf?«

»Duuu, jetzt sei aber vorsichtig, der Ngumbu macht seine Sache klasse, dir würde ein Sonntagsgottesdienst auch nicht schaden. Außerdem heißt das Schwarzer oder Farbiger.«

»Oder Bunter.«

Der Bürgermeister Hallinger erhob sich plötzlich vom Stammplatz, klatschte seine flache Hand auf den Tisch und schimpfte:

»Hört ihr jetzt endlich auf, mit eurem Drecksgeschwätz! Meinem Buben macht das überhaupt nichts aus. Wenn gemetzgert wird, ist der immer mit dabei. Der hilft dem Metzger sogar das Blut rühren. Da braucht der jetzt keinen Pfarrer, die Leich braucht einen. Und das mit dem Riedweible, das kommt von meiner Frau, damit das Kind nicht ins Ried abhaut, da hat sie ihm halt immer ein bisschen Angst gemacht. Es ist ja nicht ganz ungefährlich für so einen Jungen im Ried.«

»Das hat ja viel genützt, die Riedweibles-Pädagogik deiner Alten.«

Allgemeines Gelächter wogte durch den Raum.

Der feiste Bürgermeister schlug mit hochrotem Kopf nochmals kräftig auf den Stammtisch im Ochsen, sodass die frisch gezapften Gläser und Krüge schäumend überschwappten, und forderte somit Ruhe im Lokal. Er hatte schon wieder zu viel vom alkoholhaltigen Regionalgebräu konsumiert und stand nun schwankend mit seinem Ein-Liter-Bierkrug am großen Holztisch. Er als Einziger, er als Dorfpatriarch hatte das Privileg, aus einem regional unüblichen Ein-Liter-Maßkrug zu trinken, den er, wie er immer wieder schmunzelnd betonte, bei der Wiesn in München 1971 ›ausgeliehen‹ hätte.

Leicht aus der Hüfte kreisend, mit dem schweren Krug in der Hand redete er zu seinen Bürgern, die seine Rede nicht hören wollten, und verfiel in ein lallendes Mayervorfelder-Hochdeutsch:

»Wieder hat unsere schöne Ortschaft ein foräääns…, ähm, krimineller Zwischenfall getroffen. Wir Riedhagener sind nun aufgefordert zusammenzuhalten, damit das Remone…, das Ansehen unserer idyllischen Gemeinde nicht durch den Schmutz gezogen wird. Jeder von uns weiß, dass kein Riedhagener zu soo einer Schandtat fähig ist! Wir lieben unser Ried … wie … wie unsere Kinder. Wir morden nicht im Ried!«

Der Zwischenruf kam hart:

»Und damals, das war dann wohl auch kein Riedhagener?«

Der Zwischenrufer spielte auf ein fürchterliches Verbrechen an, dem der ehemalige Pfarrer von Riedhagen, seine Haushälterin sowie ein deutscher Schäferhund zum Opfer gefallen waren.

»Jeeeeder von uns weiß, dass vermutlich, ich betone, vermuuutlich, kein Riedhagener zu soo einer Gräueltat fähig ist. Wir müssen auch darauf achten, dass die Medien unser Dorf nicht zu negativ darstellen. Also Leute, zeigt euch von eurer besten Seite!«

»Was ist denn mit Paul-Josef, wie hat ers verkraftet?«

»Dazu sag ich nur eins: Einen echten Hallinger haut so was nicht um.«

Verhaltener Höflichkeitsapplaus.

»So ein Arschloch!«

Cäcis unergründliche Ried-Augen funkelten noch dunkler als sonst zum betrunkenen Bürgermeister hin. Vom Nebenzimmer her verfolgten wir aufmerksam, was sich im großen Gastraum abspielte. Das

Nebenzimmer war einst das Jagdzimmer. Cäcis Vater hatte diesen skurril anmutenden Raum speziell für seine Jägerfreunde und deren wöchentlichen Stammtisch hergerichtet. An den Wänden hingen fleischlose Schädel, vermutlich alle Säugetiere heimischer Wälder, die groß genug waren, um sie zu erschießen. Auf den Geweihen von Rehen und Hirschen saßen heimische Vögel. Im Zentrum dieser erstarrten Fauna bleckte der borstige Schädel eines Ebers, dessen überdimensionale Hauer aus dem Maul herausstanden. Präparierte Fische rundeten das abstruse Gesamtbild ab.

»Gut, dass uns Frieda Plätze reserviert hat, so voll wie das heute ist«, meinte Butzi.

Joe, Butzi, Flaschen-Gordon und Gesicht waren mit ihren Milwaukee-Eisen nach Riedhagen gedonnert, um die Neuigkeiten aus erstem Munde zu erfahren. Joe hieß eigentlich Josef, Butzi hatte seinen Spitznamen über seine Kindheit hinweg gerettet, Flaschen-Gordon trank sein Bier immer aus der Flasche und Gesicht konnte, wenn er etwas nicht verstand, äußerst dümmlich in die Welt schauen. Die vier bildeten unter meiner Präsidentschaft den harten Kern des Milwaukee-Iron-Kings-Eagle-Boys-Only-Street-Stammtisch, kurz auch MIKEBOSS-Stammtisch genannt, der ansonsten in Bad Saulgau, freitags im Bohnenstengel tagte. Unser gemeinsames Hobby war das Hegen und Pflegen alter und neuer Harley-Davidson-Motorräder. Einer samstäglichen oder sonntäglichen gemeinsamen Ausfahrt waren wir auch nicht abgeneigt, wenn die Umstände es erlaubten. Am ersten Novembersamstag wollten wir unser zwölfjähriges Bestehen groß feiern. Flaschen-Gordon hatte schon einen Slogan entworfen: Das dreckige Dutzend ist voll. Frieda, die Wirtin des Goldenen Ochsen, hatte versprochen zur Feier einen ihrer Räume zur Verfügung zu stellen.

Gerade baute sie sich mächtig vor uns auf, für den heutigen Anlass hatte sie ihre weiße Servierschürze umgebunden. Ihr mächtiger Busen war von einer geblümten, bunten Seidenbluse umspannt, aus der Froschperspektive wirkte er noch bedrohlicher: ein Himmel, der herabstürzen könnte. Die resolute Wirtin des Ochsen stand auffordernd wippend vor uns:

»Noch was am Tisch?«

Ein kurzer Blick in die Runde, kumulatives Nicken. Frieda hatte den Kachelofen schon angeheizt. Ihre Devise war: Holz ist billiger als Bier, und wenns recht warm in der Wirtschaft ist, saufen die das Doppelte.

»Noch sechs Helle.«

»Meins bitte wieder aus der Flasche.«

»Und ein Leitungswasser«, rief es hinter der üppigen Frieda.

»Das hab ich mir gedacht«, murmelte die Wirtin und gab zum Tresen hin verschwindend einen angenehmen Blick frei.

Es war Hilde, die Lama züchtende Grundschullehrerin. Sie sah mal wieder klasse aus. Cäci beobachtete mich, wie ich Hilde beobachtete, die mich beobachtete, wie ich auf Cäcis Beobachtung reagierte.

Sie trug ein weißes, langärmliges, eng anliegendes Feinripp-Schiesser-Unterhemd, außer einer Jeans, in das das Schiesser gesteckt war, augenscheinlich nichts Weiteres – außer Ledersandalen. Offensichtlich hatte sie gerade ihre schicke Couch verlassen, um die wenigen Meter zum Goldenen Ochsen zu gehen. Die MIKEBOSSler waren sprachlos und jeder rutschte so, dass Hilde sich neben ihn setzen konnte. Da aber jeder rutschte außer mir, war plötzlich der Platz neben mir frei. Gesicht, der ewige Single, schaute, vorausahnend, wie es kommen würde, ratlos. Selbst Cäci konnte Schlimmeres nicht mehr verhindern. Ihr geplanter Rutschkonter kam zu spät. Hilde nutzte zum Entsetzen Cäcis die Gunst der Sekunde und setzte sich in die temporäre Lücke neben mich.

»Darf ich mich neben dich setzen, Dani?«

Sie gab mir einen kurzen Kuss auf die Wange. Das praktizierte sie ausschließlich in Anwesenheit Cäcis. Cäci verdrehte ihre Augen in Richtung der MIKEBOSSler, diese wiederum begutachteten die appetitliche, straffe Oberweite der dunkelhaarigen Lehrerin. Das Schiesser-Feinripphemd gab mehr preis, als es verbarg.

Frieda hinterm Zapfhahn beobachtete die Szene argwöhnisch.

Hilde klopfte besitzergreifend mit der Hand auf meinen Oberschenkel.

»Na Dani, erzähl, wie war das beim Fränkel?«

»Was machen deine Lamas? Machen die eigentlich einen Winterschlaf?«

»Du Simpel, lenk nicht ab, erzähl!«

Ich versuchte es auf eine Tour, die bei Hilde immer funktionierte:

»Und Hilde, wie läufts in der Schule? Ist manchmal ganz schön hart, die anstrengenden Schüler, die vielen Korrekturen und dann noch die Vorgesetzten. Ich bin ja jetzt Kollege von dir.«

Ich wollte ihr Gesprächsfutter geben, um nicht noch einmal meine Geschichte erzählen zu müssen. Ich hatte heute jedoch keine Chance. Normalerweise waren Diskussionen, in deren Zentrum arme, überarbeitete, outgeburnte und gemobbte Lehrer standen, hundertprozentige Hilde-Themen.

»Erzähl jetzt endlich und tu nicht wie ein Weib!«

Sie hatte das Innerste meiner weichen Männerseele mit grobkörnigem Schmirgelpapier aufgeschürft. Ich erzählte widerwillig zum wiederholten Male die ganze Geschichte. Für Hilde erhöhte ich jedoch den Ekelfaktor und als Freund Schiesser die Erregung der Zuhörerin in Form zweier Kirschkerne kundtat, legte ich noch eins drauf:

»… und das aufgespießte Ohr klappte auf, verkrustetes Blut splitterte ab und bröselte in mein Gesicht. Frau Fränkel fiel in Ohnmacht, die Oma kam mit dem Rosenkranz herausgestürmt, und Tobi kann bestimmt nie wieder Schweinsohrsülze mit seinem Vater zusammen machen.«

Hildes Augen waren weit geöffnet, der Mund stand ebenfalls offen, und ihre beiden Nippel standen wie zwei einsame, weiße Minisoldaten auf dem Exerzierplatz schneebedeckter Berge.

»Wo schaust du eigentlich hin, du Chauvi!«

Die empörte Hildegard verschränkte ihre zart behaarten Arme vor der Brust.

»Kühl hier.«

»Du hättest dir ja was Wärmeres anziehen können, einen Lamahaarpullover.«

»Du Depp.«

»Manchmal reicht schon ein BH«, murmelte Cäci in Richtung der MIKEBOSSler. Diese nickten aus Sympathie, das Gegenteil bezeugten ihre feuchten, hypnotisierten Blicke.

Hilde zischte in Richtung Cäci:

»Du brauchst ganz bestimmt keinen. Für was auch, bei dir tuns auch zwei Fingerhütchen.«

Die MIKEBOSSler kamen voll und ganz auf ihre Kosten, sie grinsten begeistert in meine Richtung. Butzi kicherte:

»War ne tolle Idee, mal wieder hierher zu kommen.«

»Was ists hier? Zu kühl? Soll ich noch ein paar Scheite auflegen, was meinst du, Danile?« Frieda, der nie etwas entging, schaute fragend in die Runde. Und ich ärgerte mich über die schwäbische Verkleinerungsform meines Namens.

»Alles in Ordnung, Frieda.«

Alle außer Hilde schüttelten den Kopf.

»Was denkt ihr, wen hat der Mops vom Bürgermeister da im Ried gefunden?« Neugierig rückte Hilde wieder etwas näher.

»Mops passt zum Thema«, bemerkte ich sachlich, nickte den MIKEBOSSlern zwinkernd zu und schielte auf Hildes Ausschnitt, »Gerüchten zufolge eine Frau.«

Die MIKEBOSSler bekamen rote Köpfe und konnten das Lachen kaum mehr zurückhalten.

Butzi wieherte: »Mops ist wirklich gut. Möpse ist besser.«

Die MIKEBOSSler waren außer sich vor Freude. Hilde nicht. Sie drohte:

»Das ist mir doch zu doof mit euch Chauvis, außer Möpsen habt ihr nichts im Kopf. Ich gehe jetzt nach Hause und ziehe mir einen BH an.«

Augenblicklich war es still am Tisch.

Flaschen-Gordon brach das Schweigen:

»Hi Hilde, das war nicht so gemeint. Wenn ich neben einer Kneipe wohnen würde, dann würde ich mich auch so leger anziehen, da braucht man ja nichts drüber. Wird jemand vermisst, ich meine, hier aus der Gegend?«

»Nicht, dass ich wüsste, wenn ich bei jedem Schüler, der fehlt, gleich eine Vermisstenanzeige …«

Schlagartig kam mir der Gedanke, der schon einmal da war, dann aber vom zwielichtigen Freund namens Verdrängung in wenig benutzte Regionen meines Hirns geschickt wurde.

»Alexandra, die Schwester vom Sergej, ihr wisst doch, von den Holds, den Russen, die unten im Hochhaus wohnen, die fehlt seit Anfang der Woche unentschuldigt. Und Sergej hat gemeint, die sei wahrscheinlich wieder in die Ukraine abgehauen.«

»Die wohnt doch gar nicht mehr zu Hause, die hat doch im Sternen bedient. Die wohnt doch in Saulgau.«

Gesicht hatte mittlerweile auch begriffen und sein Gesicht sah wieder wie ein Gesicht aus:

»Ach die, die Blonde, die sieht echt super aus, voll hübsch. Die hat doch in den Kneipen rumgekellnert.«

Ich sprang auf, ich musste es dem blonden Kriminalfräulein erzählen. Sie saß mit ihrem elektronischen Notizblock im großen Schankraum und befragte rundum die Anwesenden.

»Grüß Gott, Frau Hauptkommissarin, hätten Sie einen Augenblick Zeit?«

»Für Sie immer, Herr Hauptlehrer.«

»Guter Konter.«

»Nerven Sie mich nicht, es macht keinen Spaß, all Ihre rustikalen Freunde zu befragen.«

»Sie hätten ja Lehrerin werden können, aber da muss man halt schon etwas mehr auf dem Kasten haben … Außerdem sind die wenigsten meine Freunde.«

»Herr Bönle, wollen Sie mir etwas mitteilen außer guten Ratschlägen, wie ich mein Leben hätte gestalten können?«

»Alexandra fehlt.«

Ich drehte mich abrupt um und setzte mich im Nebenraum wieder an meinen Platz. Die kühle Blonde folgte mir auf dem Fuße.

»Darf ich mich setzen? Ah, Ihre Mopedfreunde sind auch hier. Wir kennen uns ja noch.«

Sie begrüßte jeden mit Namen. Ich war erstaunt. Nicht nur die Figur stimmte bei ihr, auch das Gedächtnis schien in ausgezeichneter Form.

Besonders herzlich begrüßte sie Cäci:

»Das freut mich wirklich, Sie mal wieder zu sehen. Haben Sie sich gut erholt, das ist ja nun auch schon über ein Jahr her. Aber als angehende Psychologin haben Sie bestimmt die Möglichkeit, das Geschehene gut zu verarbeiten.«

Erst jetzt ließ sie Cäcis Hand los.

Ich musste heftig schlucken, als die Erinnerung an jenen Sommer wie die Hitze eines zu schnell geöffneten Backofens in mein Gehirn schwappte. Um dem kehligen, widerspenstigen Schlucken Sinn zu verleihen, griff ich schnell zum Bierglas – und vergaß mein altes Leiden. Immer wenn ich Kaltes zu schnell konsumiere, fährt mir ein kryokonservierter Blitz in die Hirnrinde, genau ins Schmerzzentrum. Der gefrorene Schmerz explodierte winzig klein in der Hirnrinde und breitete sich dann in oszillierenden Wellen im ganzen Steuerzentrum aus.

»Aaaaah!«

Mit schnellen Handbewegungen massierte ich meinen Schädel und verwurstelte mein dunkles, schulterlanges Haar.

»Du lernst es wirklich nie. Und zum Friseur könntest du auch mal wieder.«

Cäci schüttelte ihren Kopf in Zeitlupe und die Kommissarin meinte nur kühl und blond:

»Sie werden auch immer empfindlicher, Herr Bönle. Ihr altes Leiden? Lassen Sie doch Ihr Bier stauchen, das machen die Herren dort drüben auch so.«

Sie zeigte auf den Nenetisch. Um diesen saßen fünf Nene, alte Männer eben, die vermutlich Johannes Heesters' Großeltern noch persönlich kannten, in fünf schwarzen, knöchellangen Breitcordhosen. Sie massierten mit einer Hand in rhythmischen Abständen ihre Schnurrbärte und hielten sich mit der anderen am lauwarmen Bierkrug fest.

Ich ignorierte die ausfälligen Bemerkungen der beiden Damen, mein Leiden betreffend.

Die streitbare Blonde nahm Platz. Der Abend schien richtig gut zu werden.

»Können Sie mir die kryptischen Worte erklären: Alexandra fehlt.«

»Ich versuche es, begreifen müssen Sie es selbst.«

Die wohlgebaute Wasserstoffhaarige schaute zur schlanken Cäci, danach zur weißbrüstigen Hilde und formulierte in die bunte Runde:

»Ich denke, die Männchen heute haben ein massives Problemchen mit emanzipierten Frauen, die ihre Frau im Beruf stehen. Aber Sie, Herrlein Bönle, Sie sind noch einige Stufen weiter. Wo Sie sich im Orbit des intellektuellen Machismos befinden, das ist selbst mir als Kommissarin ein großes Rätsel. Das wissen wahrscheinlich nicht einmal Sie selbst.«

Mein Mund öffnete sich von allein, das war hervorragende, ironisierende Polizistenrhetorik. Ich wollte gerade zu einem fairen Lob ansetzen, da traf mich tief das kreissägende Lachen der dementen Hilde. Noch mehr traf mich, dass Cäci wegschaute, als ich zu ihr hinschaute, sie ihre Hand zum Mund führte, einen roten Kopf bekam und ihre Schultern rhythmisch zuckten. Nein, sie weinte nicht. Die MIKEBOSSler, meine vermeintliche Stütze, schauten auf den Boden oder zur Decke oder tranken als Übersprungshandlung einen zu eiligen Schluck vom Hopfentrunk. Wie auf einen geheimen Startschuss hin fingen alle an, laut zu lachen. Im Schankraum wurde dies falsch interpretiert.

Der mittlerweile durch den Raum mäandernde Bürgermeister hatte überschwappende Wortwellen von sich gegeben:

»… damals war nicht alles schlecht. Die Autobahnen sind heute noch ein Segen, keine Überfremdung wie heute, Schwarze, die unsere Kinder zu Drogen verführen … Und in der HJ, da gab es noch wahre Knabenfreundschaft.«

Der schwarze Riedhagener Pfarrer Deodonatus Ngumbu aus Nairobi stand groß am Tresen, hielt einen Bierkrug in seiner starken Hand und lächelte süffisant. Und eben in diesem Augenblick wurde die stürmende Rede des alkoholgetränkten Bürgermeisters durch unser Lachen gestört. Er fühlte sich beleidigt und bellte in unsere Richtung:

»Euch wird das Lachen schon noch vergehen, mit euren Ami-Motorrädern und Ami-Frisuren und eurer Ami-Musik. Nicht alles, was vom Ami kommt, ist gut! Man kann es auch mit der Freiheit übertreiben. Aber das merkt ihr erst, wenn ihr mal Kinder habt. Mein Paul-Josef hat die Leiche gefunden. Der ist gerade erst mal sechs. Das macht ihm keiner nach.«

Tränen der Rührung, vielleicht auch schon redestillierter Alkohol lief Hallingers blaugeäderte Wangen hinunter.

Jetzt lachte auch ich mit. Selbst der dunkle Pfarrer am Tresen zeigte die helle Pracht seiner Zähne, laut dröhnte sein kehliges Lachen. Er winkte uns zu und unterhielt sich dann mit Frieda, der feisten Wirtin.

Gottseilobunddank hatte Cäci die Schlankheitsgene ihres Vaters geerbt.

9 SCHULGROLL

Das Buch der Sprichwörter
28:15 Ein grollender Löwe, ein gieriger Bär – ein frevelhafter Herrscher über ein schwaches Volk.
28:16 Mancher Fürst ist klein an Verstand und groß als Unterdrücker; wer Ausbeutung hasst, hat ein langes Leben.

Frühstück ist das wichtigste -stück des Tages. Darum gibt es auch kein Mittagsstück, geschweige denn ein Abendstück. Daher stand ich immer schon gegen sechs Uhr auf, um alle Vorbereitungen für ein gesundes Frühstück treffen zu können. Der Anruf kurz vor sieben Uhr störte mich deshalb nicht sonderlich, es war Frau Stachelberg, die Sekretärin der Gewerblichen Schule Bad Saulgau:

»Können Sie den Herr Pischer vertreten? Der hat mal wieder Migräne. Sie kennen ja die Fotoklasse, zeigen Sie halt einen Film.«

Die Fototechnischen Assistenten warteten also in der ersten Stunde auf mich, und nicht auf ihren Mathematiklehrer, und sie rechneten damit, von mir im Fach Katholische Religionslehre unterwiesen zu werden.

Draußen wartete der Nebel auf mich, um mich mit meinem schwarzstarken Eisen bis nach Bad Saulgau zu begleiten.

Bald kam der Winter, und ich musste mir fahrtechnisch etwas überlegen. Mit dem Motorrad machte es keinen Sinn im Winter zu fahren. Doch das einzige Auto, das zu mir passen würde, ein Ford Thunderbird, Baujahr 1962 mit einem 6,4 Liter V8 Big-Block und 340 SAE-PS, mit vier Doppelvergasern und echten Speichenrädern, schluckte durch seine armdicken Benzinleitungen leider zu viel des fossilen Brennstoffes. Und diese kleinen smarten Autos, die man heute querparkenderweise in allen überfüllten Innenstädten sieht, kann ich nicht ausstehen, sie sind für einen Mann peinlich. Jedes Auto, das eine Frau süüüß findet, ist für einen Mann peinlich.

Der Nebel machte mich depressiv, und die Vorstellung, nie ein passendes Auto fahren zu können, machte mich einsam. Ich legte, bevor ich an die routinierte Vorbereitung meines Wellnessfrühstücks ging, passende Morgenmusik auf:

Iron Maiden rieten mir:

If you're feeling down depressed and lonely
I know a place where we can go
22 Acacia Avenue
Meet a lady that I know.

Die Idee der Metal-Rocker war an und für sich recht gut, nur man weiß heutzutage auch nicht mehr so genau, was da in der Akazienstraße auf einen wartet. Alles ist unsicherer geworden.

Und so beschränkte ich mich darauf, meine morgendliche Herbstdepression mit einem gesunden, aber eiligen Frühstück zu vertreiben. Die Fotografen warteten.

Im Kühlschrank lachte schwarzweißkontrastig und fettfleckig die Blutwurst: Ein kräftiges Stück davon mit meinem japanischen Shun-Damast-Messer grob würfeln. Danach eine kleine weiße Zwiebel schälen und fein hacken. Knoblauchzehe feste mit dem Handballen drücken, Schale entfernen, ganz fein schneiden. Kurz in den nebligen Garten, strumpfsocks – Scheiße, nasse Füße – Schnittlauch abschneiden. Zurück in die Küche. Eisenpfanne – kein Teflon! – vom Haken an der Decke. Butter aus dem Kühlschrank. Daumendickes Stück abschneiden. Herd anschalten, Pfanne auf Platte, Butter in Pfanne. Schnittlauch fein schneiden. Zwiebeln andünsten. Nasse Socken kurz wechseln. Hitze hochfahren. Blutwurstwürfel anbraten, Knoblauch dazu geben. Zwei Eier aus dem Kühlschrank. Aufschlagen, mit Gabel verquirlen. In die Pfanne leeren. Rühren. Nicht fest werden lassen. Salzen. Pfeffern. Schnittlauch drüber.

Bon appétit, da würde sogar Paul Bocuse, der Faltenmelancholiker lachen. Wellness kann auch schmecken! Ich war gestärkt für die Vertretungsstunde bei den Fotografen.

Die Fahrt durch den Nebel zu Wochenbeginn nach Bad Saulgau war anstrengend. Ständig beschlug das Visier durch meinen Atem von innen, außen tat der Nebel heute sein Bestes, mir Milliarden von winzigen Tröpfchen auf die Außenseite des Visiers zu senden und somit die lebensnotwendige Sicht auf ein Minimum zu beschränken. Der linke, lederbehandschuhte Zeigefinger diente mir als Innen- und Außenscheibenwischer. Hätte ich nur nie diesen Lehrerjob angenommen. Mit meinem Erbe konnte ich es mir locker leisten, gar nichts zu tun, aber das sah einfach nicht gut aus. Nach dem Unfalltod meiner Eltern hatte ich nicht nur das Häuschen in Riedhagen geerbt, sondern auch noch ein erkleckliches Barvermögen, das meine Zukunft eigentlich hätte rosig aussehen lassen können. Wenn da nur nicht der Nebel wäre.

Ich musste mir eine Alternative zum Eisen überlegen. Nach der Schule würde ich gleich bei Herrmann vorbei fahren. Herrmann hatte garantiert eine gute Idee.

Die Foto-Grafen tröpfelten langsam herein. Ich trug jeden, der zu spät erschien, in das Tagebuch ein. Ich machte mit einem Sternchen hinter jedem Namen den Vermerk Verspätung wegen Nebels, wusste natürlich, dass der Nebel bei den meisten Dunst war – das leckere Frühstückszigarettchen. Die Stimmung im Klassenzimmer entsprach dem frühen Wetter dieses Montags. Unsicher sagte ich:

»Der Herr Pischer ist unpässlich. Mathe könnt ihr besser als ich. Also, wo waren wir das letzte Mal in Reli stehengeblieben?«

Die Klasse machte einen auffallend ruhigen und melancholischen Eindruck. Wie nicht anders zu erwarten war, streckte die blutarme Alisa ihr dünnes, dunkel behaartes Ärmchen in die Höhe und ließ nervös den Ringfinger vom Daumen weg auf den Handballen unterhalb des Daumens schnalzen.

»Sie haben gesagt, jeder Mann hätte auch das Recht, auf einem Frauenparkplatz zu parken, da ein Mann nichts dafür kann, dass er nicht als Frau zur Welt gekommen ist und niemand dürfe wegen seines Geschlechtes diskriminiert werden und es sei …«

»Ähmmm. So habe ich das nicht gesagt, ich meinte lediglich …«

»Doch, so haben Sie es gesagt!«

Aus der mittleren Reihe ging Gottseidank eine neue, schnipsende Hand hoch.

»Herr Bönle, in der Schwäbischen Zeitung steht, dass es die Leiche einer jungen Frau ist, die man im Ried gefunden hat. Stimmt es, dass es die Alexandra ist?«

Nun war die Frage heraus, die die Klasse belastet hatte. Jetzt war an einen normalen Unterricht nicht mehr zu denken. Ich versuchte, mich nicht festzulegen und meine Unsicherheit durch schulische Routine zu überspielen:

»Ich weiß es nicht. Hoffentlich nicht! Ich befürchte … Wer fehlt denn heute?«

Außer Sergej und Alexandra waren alle Schüler anwesend. Pflichtbewusst notierte ich dies im Heiligen Buch der Klasse.

»Wer war der sechsjährige Junge, der die Leiche gefunden hat?«

Ich musste meinen Schülern nun Rede und Antwort stehen. Da sie bestimmt schon aus Tratschquellen und von Tobi einiges wussten, überlegte ich mir genau, was ich sagte.

»Der Junge vom Bürgermeister.«

»Stimmt es, dass beim Tobi auf dem Hof, ähm, so Leichenteile gefunden wurden? Sie waren doch auch dort. Der fährt doch bei Ihnen mit.«

Tobi verschränkte die Arme vor der Brust und sein Blick wanderte desinteressiert zum Fenster hinaus. Mein aufforderndes Nicken, Stellung zu nehmen ignorierte er.

»Das wisst ihr doch alles schon von Tobi selbst. Ansonsten müsst ihr die Polizei fragen oder abwarten, was die Rechtsmedizin herausbekommt.«

»Denken Sie, dass die Leiche Alexandra ist?«

»Vielleicht. Sie fehlte seit Anfang letzter Woche, ich hoffe, dass sie noch auftaucht … lebendig.«

Ich musste heftig schlucken.

»Wann weiß die Polizei, ob es sich um die Alexandra handelt?«

»Bestimmt schon heute, vielleicht wussten sie es sogar schon am Freitagabend, die Leiche schien noch nicht arg verwest zu sein. Und wenn die Angehörigen anhand von Aussehen, Schmuck oder Kleidung sagen können, dass es Alexandra ist …«

»Wie ist das, wenn man tot ist? Sie haben doch Theologie studiert.«

»Gute Frage, aber kein Mensch kann sie beantworten.«

»Doch, die, die schon tot waren, bei einem Unfall oder bei einer Operation. Die sehen dann alles von oben und gehen durch einen Tunnel und so. Die gehen wie durch ein Rohr auf ein helles Licht zu und dann sehen sie ihr ganzes Leben noch einmal.«

Ich versuchte in die medial geprägten Vorstellungen meiner Schüler von Sterben und Tod etwas Ordnung zu bringen:

»Aber richtig tot waren die nicht, sonst wären sie nicht wieder ins Leben zurückgekommen.«

»Doch, die waren richtig tot, da gibt es auch den Film mit der, die so super aussieht, der Julia Roberts, wow. Und die sind auch richtig tot. Das sieht man an den Instrumenten ganz genau, und das sind ja sogar Ärzte.«

Wieder einmal hatte es das Genre Film geschafft, in den Köpfen der Schüler die Grenze zwischen Realität und Fiktion zu verwischen.

»Ja, aber das ist doch nur filmische Erfindung. Der Film heißt Flatliners oder so ähnlich, schildert aber kein reales Experiment.«

Und so kamen wir im Religionsunterricht gleich zu Stundenbeginn in eine interessante Diskussion.

Kräftig klopfte es an der Klassenzimmertür. Bevor ich Herein sagen konnte, standen die blonde Kommissarin und zwei männliche Beamte in Uniform im Klassenzimmer. Rektor Saitling begleitete sie.

Der stattliche Rektor schaute betroffen ins Klassenzimmer, mit gedämpfter Stimme, die Hände ineinander verkrampft, sagte er:

»Leider muss Ihnen Frau Kommissarin Krieger eine schlechte Nachricht überbringen.«

Und mir nickte er ernst zu und flüsterte:

»Ich würde Sie gern sprechen, Sie können gleich mitkommen. Die Polizei hat einige Fragen an die Klasse.«

Brav trottete ich neben Saitling her und kam mir winzig vor, irgendwie hatte ich das Gefühl, dass etwas nicht stimmte.

»Sie wissen ja schon, dass die Tote … aus dieser Klasse ist. Alexandra. Frau Alexandra Hold.«

»Das hätte doch auch die Kommissarin mir sagen können, sie ist ja sowieso in der Klasse.«

Die Schritte des mächtigen Rektors hallten zackig im verwaisten Gang.

»Es gibt leider noch andere Probleme, Bönle.«

Im Allerheiligsten angekommen setzte sich Saitling in seinen thronähnlichen, neuen, luftgefederten Ledersessel. Er zupfte die rote Fliege an seinem Hals zurecht und als er sich in eine souverän autoritäre Position manövrieren wollte, erzeugte die Reibung zwischen seiner Hose und dem neuen Leder ein unanständiges Geräusch. Mit einem raschen Huster versuchte er davon abzulenken, besann sich aber sofort eines Besseren und rieb sein Gesäß absichtlich unabsichtlich am Leder, um das Geräusch zu provozieren und mir zu signalisieren, dass es kein flatulierendes Geräusch war, sondern ein Leder-Hosen-Reib-Geräusch.

Mir war es ziemlich egal, was für Geräusche sein Gesäß und der Sessel konzertant produzierten. Ich wartete auf die Geräusche aus seinem Mund.

Mit einer nonchalanten Handbewegung nötigte er mich, auf einem hölzernen Klassenzimmerstuhl Platz zu nehmen.

»Ja, wie soll ich anfangen? Gehen wir doch gleich Medium in aah, Räs, es gibt ...«

An und für sich bin ich ein höflicher Mensch, aber wenn die edle lateinische Sprache verhunzt wird, geht mir das Messer im Sack auf. Saitling, Techniker mit Herz und Seele, war der lateinischen Sprache nicht mächtig, benutzte sie jedoch zu gegebenem Anlass, um mit dieser toten Sprache seinem Anliegen einen globalen, gar universalen Anstrich zu verleihen. Eigentlich ist mir so was ziemlich egal, trotzdem rutschte mir lehrerbesserwisserisch heraus:

»Ähmmm, in medias res oder auch medias in res, Herr Sai...«

»Ich brauche keine Belehrungen von Ihnen.«

»Entschuldigung, das war nicht so gemeint.«

»Ja, um gleich zur Sache zu kommen, es gibt Beschwerden über Sie!«

»Gleich mehrere?«

»Aaah, nein! Warum?«

»Sie sagten Beschwerden. Das ist eine Pluralform und bezeichnet nicht nur eine oder eins ...«

»Ich weiß, was ein Plural ist, und außerdem geht es Sie nichts an, wie viel gegen Sie vorliegt, sondern was gegen Sie vorliegt, Bönle.«

Bedrohlich neigte sich der Rektor samt Lederthron nach vorn. Zischend sog er Luft ein, seine Körperoberfläche verdoppelte sich. Noch weiter neigte er sich zu mir. Und wieder entstand ein diskreditierliches Geräusch.

Ich genoss die peinliche Stille:

»Was liegt denn gegen mich vor?«

»Eine Beschwerde, wie ich schon erwähnte.«

»Von wem?«

»Das geht Sie nichts an.«

Ich erhob mich aus dem hölzernen, unterdimensionierten, antiken Klassenzimmerstuhl vor seinem ausladenden Schreibtisch, wippte mich auf die Zehenspitzen und meinte:

»Dann kann ich ja wieder gehen.«

»Sie können gar nichts! Setzen!«

»Danke.«

»Werden Sie jetzt nicht unhöflich.«

»Danke ist nicht unhöflich, unhöflich wäre …«

»Jetzt reichts, wollen Sie eigentlich nicht wissen, was gegen Sie vorliegt?«

»Sie haben es doch schon gesagt – eine Beschwerde.«

»Wollen Sie nicht wissen, welcher Art und Weise die Beschwerde ist?«

»Nein.«

»Neiiin?«

»Ja.«

»Was jetzt? Nein oder Ja?«

»Ja, ich will es nicht wissen.«

Ich erhob mich langsam.

»Setzen Sie sich sooofort hin, Herr Bönle. Ich will aber, dass Sie es wissen, äh, denn Sie müssen es wissen, um Ihr Fehlverhalten korrigieren zu können.«

Lange schaute er mich schweigend an, seine blauen Augen tief in meine grauen gebohrt. Seinem Blick sah man an, dass er ihn in einem Kommunikationskurs erlernt hatte, in dem man ihm erklärt hatte, dass das Alphatier, also Saitling, den Blick länger aushalten musste als sein Untergebener, also das Omegatier, also ich. Ich kannte diesen Kommunikationskurs aber auch. Highnoon – ich gewann.

»Dann sagen Sie es mir doch.«

»Aaah, wie bitte?«

»Sagen Sie mir doch, was gegen mich vorliegt.«

»Nehmen Sie es nicht persönlich, Herr Bönle, äh, aber manche Kollegen mögen Ihre Art nicht.«

»Ich habe keine Art.«

»Sie wissen, was ich meine, auch ein Elternteil hat sich beschwert.«

»Nein, ich weiß nicht, was Sie meinen.«

»Äh, eben Ihre ganze Art, auch wie Sie sich kleiden, so geht man vielleicht auf ein Cowboyfest, aber doch nicht zum Unterrichten in die Schule. Und die Haare, für einen Lehrer, das geht einfach nicht und das Motorrad und Ihre Freunde, das erinnert schon stark an Aisiraider.«

»Easy Rider.«

»Und Ihr Schuhwerk, Schlangenleder, so können Sie vielleicht in der Westerndiskothek zum Tanzen auftauchen, aber doch nicht im Unterricht. Eine besorgte Mutter hatte angerufen, äh, das war ja auch mal ein Tier, ob das wohl alles legal und zertifiziert ist? Ich denke, und ich meine es nur gut mit Ihnen, da stehen Sie mit einem Bein im Gefängnis. Python fällt ja unter den Artenschutz, ich habe da im Internetz nachschauen lassen. Ich meine, Sie sollten auch ein bisschen an unsere Schüler denken, die sind oft sensibler, als ihnen nachgesagt wird.«

»Sie sitzen auch gerade auf Rind«, bemerkte ich und staunte, woher er wusste, dass meine Stiefel aus Pythonleder waren, weißem Python.

»Verdammt noch mal, wir haben einen guten Ruf als Schule. Ich denke, mit kurzen Haaren und anderen Kleidern, da würden Sie eher wie ein Theologe aussehen. Sie haben doch eigentlich ein hübsches Gesicht und neue Schuhe, die sind doch heute nicht mehr teuer. Aldi hatte letzte Woche schwarze.«

Schweigen.

»Sagen Sie doch was, Bönle. Sind Sie bereit zu kooperieren?«

»Sie haben mir nie etwas davon gesagt, dass Sie einen Dressman suchen, ich dachte, die Schule benötigt dringendst einen Religionslehrer.«

»Ist ja gut, Herr Bönle, schlafen Sie mal drüber. Ich denke, Sie kommen dann schon zur Rässong. Wissen Sie eigentlich etwas über, äh, den Fall?«

»Welchen, den Sünden- oder den Abfall?«

»Mensch, Bönle, können Sie eigentlich gar nichts ernst nehmen? Da brauchen Sie sich nicht wundern, wenn Sie überall anecken. Da ist eine Schülerin ermordet worden, und dann auch noch aus Ihrer Klasse und aus Ihrem Wohnort, die offensichtlich etwas mit einem Ihrer Schüler aus Ihrem Wohnort hatte, dem Jungen vom Metzger Fränkel, und Sie reden von Sündenfall. Da müssen Sie sich doch eher fragen, was der junge Fränkel mit der bedauernswerten Frau Hold zu schaffen hatte. Und dann noch die Vorkommnisse auf dem Hof, die Verstümmelung der Leiche. Aus erster Quelle habe ich erfahren, dass dem bedauernswerten Opfer sogar eine Rippe entfernt wurde. Da hat die Gerichtsmedizin in Tübingen sehr schnell gearbeitet, die Untersuchung der Leiche ist wohl schon abgeschlossen. Aber überlegen Sie mal, Bönle, eine Rippe entfernen. So was macht man doch nicht, das ist grausam und ekelhaft, das gehört sich doch nicht! Wo bleibt da denn der Humanismus? Und der Bruder der Getöteten ist auch noch in Ihrer Klasse, der ist, als er vom Tode seiner Schwester erfuhr, wohl äußerst ungehalten gewesen und hatte sie als, äh, wie soll ich sagen, äh, eben unfein betitelt. Von Trauer wohl keine Spur.«

»Ja, Sie haben Recht, Herr Studiendirektor. Auf Wiedersehen. Danke für den Tipp.«

»Und noch was, Bönle, achten Sie bitte darauf, dass zu dieser Jahreszeit die Fenster geschlossen bleiben, nachts wird es schon empfindlich kühl, bald haben wir den ersten Bodenfrost. Die wertvolle Energie!«

Zur Unterstützung seiner Bitte hob er seine tennisschlägergroßen Hände.

Ich war mehr als zufrieden über die Informationen, die ich erhalten hatte. Der Unterricht war nun eh gelaufen. Ich stieg also auf mein Eisen und zwängte mich durch den kühlen Nebel zu Herrmann, Herrmann dem Retter.

10 RETTERQUALITÄTEN

Das Buch der Weisheit
14:2 Das Fahrzeug hat der Erwerbstrieb ersonnen und die Weisheit eines Künstlers hergestellt.

Herrmann Kleiner wurde gerade von einem Auto gefressen, sein breiter Hintern ragte aus der Motorhaube. Er warf einen Verteilerfinger aus dem Motorraum. Ohne herzuschauen rief er zum Motor:

»Hi Dani, brauchst was für die Harley?«

»Nein, anderes Problem.«

»Hä?«

Der stattliche Mittvierziger bewegte ächzend den unsichtbaren Teil seines massigen Körpers aus dem rostroten Kadett B, Baujahr 1966.

»Da wird man wenigstens noch dreckig!«

Zum Beweis streckte er mir seine radkappengroßen Hände entgegen, sie unterschieden sich in Größe und Farbe kaum von denen unseres Pfarrers Deodonatus Ngumbu.

»Die heutigen Scheißkisten, da kann man ja im Sonntagshäs ran, da wirst du keinen Scheiß dreckig.«

Ich verstand ihn. Ich schilderte ihm mein Nebel- und Mobilitätsproblem.

»Den Kadett kannst du nächste Woche mitnehmen, ist aber fast zu schade für den Dreckswinter!«

»Ich will aber kein Auto. Du hast doch sonst immer Ideen.«

Herrmann kratze sich ausgiebig mit einem 32er Gabelschlüssel am Hinterkopf.

»Komm mit, ich weiß was. Das gefällt dir. Das ist der Hammer!«

Er führte mich durch die Werkstatt in den Hinterhof.

»He, komm mit! Das war ja klar, dass du wieder an dem Scheiß-Kalender hängen bleibst.«

»So viel Zeit muss sein, Herrmann.«

Ich studierte Miss Oktober vom Pirelli-Kalender ›Perlen des Orients‹ und blätterte noch einmal zurück zu Miss März. Das Korsagenkleid, der breite Hut, alles in schwarz …

»Hängst du wieder bei deiner Scheiß-März-Kuh? Jetzt komm, ich hab nicht ewig Zeit! Der Kalender ist eh Scheiße, früher waren die wenigstens nackig.«

Herrmanns Hinterhof sah aus wie ein schlecht geführter Autofriedhof. Er stand neben dem Objekt und grinste breit, tätschelte die massive, rote Motorhaube und ich wusste, dass es mal wieder goldrichtig war, Herrmann den Großen, Herrmann den Retter, Herrmann den Nothelfer zu konsultieren.

Herrmann stand neben einem Porsche, einem Porsche Diesel, genauer, einem Porsche Diesel Junior Baujahr 1958 mit echten 14 Pferdestärken. Der Traktor war in einem erbärmlichen Zustand. Die ehemals zweifarbige Lackierung in Rot und Gelb war entweder stumpf oder abgeblättert. Rost war an allen Ecken und Enden.

»Der sieht nur scheiße aus, technisch alles okay. Baujahr 58, Einzylinder. Braucht kaum Diesel. Und 30 läuft der auch. Da bist du in 20 Minuten in deiner Scheiß-Schule, aber locker! Und nass wirst du auch nicht. Die Kabine sieht zwar scheiße aus, aber der Vorbesitzer hat sogar ne kleine Heizung eingebaut. Wann brauchst du ihn? Wahrscheinlich gestern?«

Ich schaute mir den Dinosaurier noch einmal genau an. Mit der aufgesetzten Kabine, die an einem armdicken Überrollbügel befestigt war, sah der Traktor aus wie ein Mini-U-Boot.

»Morgen.«

»Okay, Donnerstagabend – mit TÜV. Drei!«

»Wie viel?«

»Verdammt noch mal, das ist ein Liebhaberstück! Meine Kinder müssen auch was zu essen haben.«

»800.«

»Nie. Zwei. Ich kanns mir nicht leisten, wie du im Gurmen-Tempel rumzuhängen.«

»Wo?«

»Na, im neuen Gurmen-Tempel. Der Kleber Post. Pure Lebensfreude und so. Da hängst du doch abends am Tresen.«

»Du meinst wohl Gourmet-Tempel?«

»Ja, sag ich doch.«

»Tschüss, Herrmann, deinen hungrigen Kindern wünsche ich jetzt schon viel Spaß beim Entsorgen des Schrottplatzes.«

»Okay, Einsfünf.«

»Tschüüüss. Ich geh jetzt, mir wirds langsam kalt.«

»Okay, weil du es bist, letztes Wort – 1.000! Scheiße!«

Unsere Hände klatschten ineinander, wobei meine dadurch schwarz wurde, seine aber überhaupt nicht weißer.

Zuhause angekommen bedurfte mein fröstelnder Körper zuerst eines Wannenbades. Die Fahrt und das Herumgestehe in Herrmanns schattigem Hinterhof hatten mich bis in die Knochen hinein ausgekühlt. Wie immer legte ich mich in die leere Wanne, die ich zuvor heiß ausgeduscht hatte. Dann ließ ich das Wasser ohne jegliche Badezusätze, die Temperatur allmählich steigernd, langsam einlaufen. Sobald die Brust vom dampfenden Wasser bedeckt war, stoppte ich den Wasserzufluss mit meinem rechten großen Zeh, da ich meinen Kopf immer im Osten liegen hatte, somit am weitesten entfernt vom Wasserhahn. Und jetzt war relaxen angesagt. Schon bald zeigten sich die ersten Erfolge gänzlicher Entspannung, zwischen meinen

Oberschenkeln blubberten frech ein paar Bläschen an die Oberfläche des heißen Wassers. Ein Wannenfurz. Was gibt es Schöneres als dieses zart ploppende Geräusch, wenn die Gasbläschen an der Wasseroberfläche zerplatzen?

Einmal sogar hatte ich für ein Experiment ein kleines, leeres Marmeladenglas mit in die Badewanne genommen. Zuerst füllte ich es mit dem Badewasser und als dann der ersehnte Entspannungsfurz kam, stülpte ich das Marmeladenglas geschickt über eine größere Gasblase und schraubte noch unter Wasser den Deckel auf das Glas. Ich hatte einen Furz gefangen. Dieses Glas stellte ich kopfüber in das Gefrierfach meines Kühlschrankes und gefror es schonend, nach allen Regeln der Kunst, ohne es zum Zerplatzen zu bringen, ein. Immer wieder mal reibe ich den kristallinen Frostbelag des Glases ab und bewundere die eingefrorene Gasblase. Ich bin wohl der einzige Mensch auf der Welt, der einen eingefrorenen Furz sein Eigen nennen darf. Am meisten jedoch freut mich das Gesicht des Forschers, der in ungefähr 5.000 Jahren auf meinem Grundstück Ausgrabungen macht und das Marmeladenglas mit dem alten Wannenwasser und der Duftblase entdeckt. Er wird es irgendwann im Labor öffnen und der alte Furz wird für immer verloren sein. Der Forscher wird monatelang herumrätseln, was das Wasser wohl für eine Bedeutung für die einfältigen Menschen damals hatte, und wird es dann als kultisches, heiliges Wasser definieren.

»Was hast du?«

Cäci tippte zart mit ihrem hübschen, rechten Zeigefinger an ihre hübsche, rechte Schläfe.

»Spinnst du eigentlich, kannst du nicht wie andere Motorradfahrer ein Winterauto kaufen, einen Passat oder so was? Du könntest dir von deinem Erbe einen knallroten Ferrari als Winterfahrzeug leisten und kaufst dir einen alten Traktor. Den Geiz hast du von deinem Vater geerbt. Einen knallroten Ferrari!«

Zur Bestätigung ihrer Argumentation tippte sie noch einmal kräftig gegen ihre Schläfe. Ich fing mit ihr nun keinen Streit an, warum ausgerechnet ein knallroter Ferrari für unsere winterschneereiche, oberschwäbisch hügelige Landschaft kein geeignetes Winterfahrzeug ist, und meinte nur:

»Lass meinen Vater aus dem Spiel, außerdem weißt du genau, dass es nicht der Geiz ist. Und ohne das Erbe meines Vaters wären die Mädels nicht so hinter mir her.«

Drohend hob sie die Hand, lächelte und fiel mir um den frisch gewaschenen Hals.

»Spinner!«

Ich erzählte ihr die Neuigkeiten, die der Rektor mir preisgegeben hatte.

»Meinst du, der Tobi hat mit der Sache was zu tun?«

»Keine Ahnung, aber wenn da was dran ist, dass er mit der Alexandra was hatte … Im Unterricht habe ich nichts davon bemerkt. Aber irgendwie war er in letzter Zeit doch ruhiger.«

»Warum soll er sie umbringen, wenn er was mit ihr

hatte? Ich bring dich ja auch nicht um. Und wenn, dann würde ich nicht Körperteile bei mir oder dir ans Haus hängen.«

»Vielleicht war er auf irgendjemanden eifersüchtig?«

»Ich versteh das Ganze nicht, das macht alles keinen Sinn. Die Leichenteile sind auf dem Bauernhof, die Leiche wird aber im Ried versteckt. Vielleicht war es ja anders herum, eine Eifersucht auf Tobi, und die Rache ist, die Geliebte in Einzelteilen an die Scheune zu hängen.«

»Das sind alles nur Spekulationen. Ich werde mal mit Tobi reden.«

11 NEBELFLUCH

Die Psalmen
109:17 Er liebte den Fluch – der komme über ihn; er verschmähte den Segen – der bleibe ihm fern.
109:18 Er zog den Fluch an wie ein Gewand; der dringe wie Wasser in seinen Leib, wie Öl in seine Glieder.

Abends brachen wir mit Cäcis Auto zum spontan einberufenen Sonderstammtisch nach Saulgau in den Bohnenstengel zu Didi auf. Sie fuhr.

An und für sich fahre ich gern. Aber nicht mit so einem Auto. Ich würde nie selbst mit einem roten Auto fahren – außer vielleicht mit einem roten Mustang, auch ein Thunderbird in Rot wäre noch akzeptabel oder ein Chevi Impala. Frauen lieben rote Autos. Nicht nur, dass mir die Farbe von Cäcis Wagen, einem Produkt der Adam Opel GmbH, Schwierigkeiten bereitete, es war auch die Form. Wie konnte man Scheinwerfer wie Kulleraugen aussehen lassen, eine Stoßstange, die den Entgegenkommenden angrinste, zwei überdimensionierte Außenspiegel, die an Segelohren erinnerten? So was kaufen nur Frauen, ein Auto, das wie Benjamin Blümchen aussieht. Fehlte nur noch, dass beim Betätigen der Hupe ein fröhliches Tööööröööö erklingt. Ich fühlte mich unwohl und hielt mich leicht verkrampft, die Beine weit nach vorn gestemmt, am Beifahrersitzhaltegriff fest.

Der Nebel war so dicht, dass die Geschwindigkeit des lächerlichen Automobils kaum einzuschätzen war. Die Stämme der Birkenallee durch das Ried waren selbst vom Beifahrersitz aus am rechten Straßenrand kaum zu erkennen. Cäci fuhr, da die Motorhaube immer wieder in gespenstischen Nebelfetzen verschwand, im langsamen Schritttempo.

»Da können wir gleich wieder umkehren, da brauchen wir ja zwei Stunden bis Saulgau.«

»Wo willst du hier umkehren? Links ist Moor, rechts ist Moor, und die Straße ist zu eng zum Wenden. Und wenn dann noch einer zu schnell durch den Nebel kommt. Peng!«

»Vorn muss es doch irgendwo links ab zur Riedwirtschaft gehen. Oder sind wir da schon vorbei?«

»Keine Ahnung.«

Angestrengt, aber erfolglos versuchte ich das undurchsichtige Helle im Dunkeln zu durchdringen.

»Hier, ich glaube, hier gehts rein. Vorn auf dem Parkplatz kannst du dann wenden.«

Cäci manövrierte ihren roten Opel holpernd in die unbefestigte Straße hinein.

»Das ist kein Automatik – zurückschalten.«

»Das nächste Mal kannst du allein fahren … mit deinem Traktor! So, da vorn muss bald der Parkplatz der Riedwirtschaft kommen, dann wenden wir.«

»Sollen wir dort ein Bier trinken?«

»Da ist wahrscheinlich nicht viel los, bei dem Dreckswetter.«

»Wann kommt denn endlich die Einfahrt zum Parkplatz?«

»Jeden Augenblick.«

Im ersten Gang bewegte Cäci ihren Opel über den weichen Riedboden. Der Nebel, der im Wald weniger dicht schien, ließ es dennoch nicht zu, weiter als zehn Meter zu sehen.

»Meinst du, wir sind vorhin zu spät abgebogen?«

»Eher zu früh.«

»Wir fahren einfach die nächste rechts, dann kommen wir auf den Wanderweg und von der anderen Seite her zur Wirtschaft.«

»Halt mal hier an, ich schaue, ob es reicht, zwischen den Bäumen zu wenden.«

Ich stieg aus und begutachtete die Lage. Cäci kurbelte die Scheibe herunter und fragte:

»Kannst du mir sagen, wie ich einschlagen soll?«

Ich stellte mich hinter den Opel und schaute die wenigen Meter in den nebligen Wald hinein. Vorsichtig testete ich den Boden. Weich, aber das müsste gehen. Nochmals visierte ich irritiert zwischen die beiden Bäume.

Dort, wo vorhin träge der Nebel waberte, stand nun eine Gestalt. Ich erschrak. Sie stand starr. Oder hatte ich mich getäuscht? Ich atmete auf, es war nur ein Baumstumpf, vermutlich hatte der letzte Sturm die Tanne in Mannshöhe umgeknickt. Zwei Äste hingen herunter wie Arme.

War da nicht eine Bewegung? Ich fühlte mich beobachtet.

Ich ging langsam zu Cäci und flüsterte durchs geöffnete Fenster:

»Ich weiß nicht, das klingt komisch, aber kannst du mal rauskommen und schauen, ob uns da jemand aus dem Wald beobachtet? Komm einfach unauffällig raus und rede mit mir. Wenn du hinter dem Auto stehst, dann schau mal zwischen den beiden Tannen durch. Keine 20 Meter. Von hier aus kannst du es nicht sehen.«

Cäci bemerkte meine Anspannung, stieg aus und schimpfte, um unauffällig zu wirken:

»Hier können wir nicht drehen. Du hast gesagt, dass es nach rechts geht.«

Langsam lief sie mit mir hinter das Auto. Ich sah, wie sie erschrak. Der Nebel hatte sich ein wenig vom Boden erhoben, und zwischen den Bäumen schien jemand im Wald zu stehen und uns zu beobachten. Cäci flüsterte:

»Das ist ja gruselig. Eine Frau?«

Langsam bückte sich Cäci, hob einen armdicken Ast vom Boden auf. Plötzlich spurtete sie in Richtung der Gestalt los. Diese bewegte sich keinen Millimeter, ich wollte schon lachen. Da warf Cäci den Prügel mit der sehnigen Kraft ihres Armes. Die starre Figur wurde getroffen, schwankte kurz, dann drehte sie sich um, flüchtete in den Wald und schrie mit schriller, sich überschlagender Stimme:

»Ripp!«

»Was war denn das?«

Cäci stakste zurück, ich stand immer noch erschrocken da und starrte zu den Tannen.

»Vielleicht wars ein Gespenst? Was hat sie denn gerufen?«

Cäcis Mut schien verflogen zu sein. Sie zitterte und flehte:

»Ich habe so was wie Wipp oder Ripp verstanden. Es war wie ein Fluch in meine Richtung. Komm, lass uns schnell abhauen. Das macht mir Angst.«

12 MUNDGEDANKEN

Das Buch der Sprichwörter
11:9 Vom Mund des Ruchlosen droht dem Nächsten Verderben, die Gerechten befreien sich durch ihre Umsicht.
11:10 Wenn es dem Gerechten gut geht, freut sich die Stadt; sie jubelt beim Untergang der Frevler.
11:11 Eine Stadt kommt hoch durch den Segen der Redlichen, durch den Mund der Frevler wird sie niedergerissen.
11:12 Wer den Nächsten verächtlich macht, ist ohne Verstand, doch ein kluger Mensch schweigt.
11:13 Wer als Verleumder umhergeht, gibt Geheimnisse preis, der Verlässliche behält eine Sache für sich.

Als wir versuchten, durch den Nebel den Ausgang aus dem Ried zu finden, bemerkten wir, dass die circa 2.600 Hektar des schwammigen Areals bei Nebel gefühlten 100.000 Hektar entsprachen. Genau eine Stunde später, gefühlte zehn Stunden, kamen wir am nördlichen, fast nebelfreien Rand des Riedgebietes aus dem Wald heraus. Eine weitere Viertelstunde später, die einer gefühlten Viertelstunde entsprach, saßen wir in der Wärme des Bad Saulgauer Bohnenstengels bei einem wohlverdienten Guinness. Als Aperitif genehmigte ich mir nach dieser Horrorfahrt einen Royal

Lochnagar, einen zwölf Jahre alten Highland Single Malt, der mit dem Wasser des River Dee gebraut wurde. Christof holte ihn mir vom gut sortierten Regal über dem Tresen. Dort, wo auch die herrlichen alten Emaille-Reklametafeln hingen. Christof jammerte ein bisschen:

»Niemand mehr trinkt Whisky.«

Voller Wehmut, ganz zart, mit nahezu liturgischer Andacht servierte er das bernsteinfarbene Getränk in einem stilechten Whiskyglas.

Die wartenden MIKEBOSSler waren an unseren Neuigkeiten aus dem Ried brennend interessiert.

»War sie gut gebaut?«

»Blond?«

»Hübsch?«

»Was hatte sie an?«

»Vielleicht war es ein Geist.«

»Ja, bestimmt, meine Oma hat immer schon gesagt, da geht eine um, das Riedweible.«

»Redet doch kein so einen Mist, gehts bei euch? Wenn ihr das Wort Frau hört, gibts eigentlich nur Haarfarbe und Körbchengröße? Für mich stellt sich die Frage, was macht die Frau da im Ried? Und warum hat sie uns beobachtet? Und was hat sie uns zugerufen?«

»Es hat sich angehört wie Ipp, Wipp oder Ripp.«

Cäci schaute fragend in die Männerrunde. Alle zuckten mit den Schultern.

Butzi wagte einen Versuch der Erklärung:

»Das war bestimmt Ripp, vielleicht hat sie mit

Ripp dich gemeint, oder ihr habt es falsch verstanden. Vielleicht wollte sie euch nur erschrecken mit einem Kampfruf und euch vertreiben.«

»Was soll das bedeuten? Ripp«, fragte Gesicht, dessen sprachliche Wurzeln nicht im Oberschwäbischen lagen.

Mit einem vagen, leicht unsicheren Seitenblick zu Cäci versuchte ich zu erklären:

»Ähmm, Ripp sagt man auch zu einer, ähmm, bösen Frau, speziell hier im Schwäbischen, weil nach einem der Schöpfungsberichte im Genesistext Gott die Frau aus der Rippe Adams erschaffen hat.«

Ich hatte es befürchtet.

»Sooo ein Schwachsinn, wir Frauen sind quasi ein Abfallprodukt von euch Männern, das ist ja wohl sonnenklar, dass dieser Schöpfungsbericht von einem Mann verfasst wurde. Kein Wunder, gibts in der katholischen Kirche nur Männer in führenden Positionen.«

Flaschen-Gordon, der wie immer sein Bier aus der Flasche trank, unterbrach die radikalfeministischen Ausbrüche Cäcis und meinte:

»Das ist ja voll witzig, Frauen aus einer Rippe, kein Wunder sind das Mängelwesen …«

Cäci fauchte:

»Du Trottel, ihr seid Mängelwesen! Euch fehlt doch etwas, aber wie mir scheint, hat der Genesistext einen Übersetzungsfehler. Da müsste nämlich stehen, dass dem Mann der Verstand entnommen wurde, um die Frau damit zu machen. Der fehlt euch nämlich!«

Joe, der sich bis jetzt aus der Diskussion herausgehalten hatte, argumentierte mit ernstem Gesicht:

»Ich kann mir das sowieso nicht richtig vorstellen, dann müsste Gott ja ein Arzt gewesen sein, so eine Art Chirurg, wenn das mit der Rippe wirklich stimmt. Oder vielleicht sogar bloß Metzger. Dann hätte er ja das Know-how, wie man eine Rippe herausschneidet und daraus wieder etwas macht. Aber wo hat er dann das restliche Fleisch her, äääh, und ein frisches Paar Augen. Also, ich denke, so kanns auch nicht gewesen sein.«

Cäci grinste hämisch in Joes Richtung, dem deutlich anzumerken war, dass seine Argumentation ihn geistig erschöpft hatte.

»Gratulation, du solltest ein Buch schreiben: Gott und das Geheimnis der fehlenden Rippe. Mann, das ist doch nur eine Metapher.«

»Häää?«

»Ein Bild. Wenn du sagst, ähm, Butzi fährt wie eine Sau, bedeutet das ja auch nicht, dass eine reale Sau mit seinem Moped herumfährt.«

»Doch, bei dem schon.«

Das Gelächter wich bald wieder einer nachdenklichen Stimmung.

»Und die Tote ist tatsächlich deine Schülerin?«

»Ja, die Polizei war heute schon in der Schule.«

»Und, gibt es schon einen Verdacht?«

»Sieht nicht so aus. Der Tobi, der Sohn vom Bauer Fränkel, der hat wohl was mit der Alexandra gehabt.«

»Woher weißt du das?«

»Mein Rektor ist ein kleines Plaudertäschchen.«

»Meinst du, der Fränkel hat was damit zu tun? Der ist doch Metzger.«

»Ja. Und Metzger sind automatisch Mörder.«

»Nein, aber die abgeschnittenen Körperteile.«

»Das kann jeder.«

»Ich nicht.«

»Warum sollte der Fränkel sich so was selbst an die Scheune nageln?«

»Um den Verdacht von sich abzulenken.«

»So ein Blödsinn!«

»Vielleicht hat ja seine Frau damit etwas zu tun. Eifersucht und so. Der Fränkel hat ja alles gevögelt, was nicht schnell genug auf den Baum fliehen konnte.«

»Heißt es deshalb vögeln?«

»Häää?«

»Seine Frau, die steht ganz schön unterm Pantoffel.«

»Woher weißt du das?«

»Als die noch die Metzgerei hatten, musste die ganz schön spuren. Die hatte nichts zu lachen, obwohl sie mal super ausgesehen hat. Und er war immer hinter den Weibern her. Ich habe da immer meinen Leberkäswecken geholt.«

»Da hat sich der Besuch allein schon wegen seinen Wursttussen gelohnt«, referierte Gesicht, der ewige Single. »Die Leberkäshäschen waren immer vom Feinsten.«

Cäci verdrehte die Augen:

»Das heißt Fleisch- und Wurstwarenfachverkäuferin oder so ähnlich.«

»Da ist Tussen einfacher.«

»Kennst du den Metzgerwitz? Der ist super, als ich den zum ersten Mal hörte, hab ich mich fast totgelacht. Moment, mir fällts gleich ein, das war echt der Wahnsinnswitz. Ich weiß jetzt nicht mehr, wie er geht, aber am Schluss sagt der Kunde: Nein, die grobe Fette!«

»Die waren aber alles andere als grob und fett, die sahen immer aus wie, Tschörmanie sucht Miss Fleischwurst.«

Cäci schien leicht genervt:

»Ich weiß, ihr seid Männer, und dafür könnt ihr ja nichts. Aber wenn vielleicht für wenige Minuten die zwei Promille eures Gehirns, die nicht ständig an Frauen denken, mal aktiviert werden könnten? Was glaubt ihr? Hat die Frau im Ried etwas mit dem Fall zu tun, wenn ja, wer hat eine Idee?«

»Wauuu, suuper! Brainstorming … wie in der Schule.«

Ich hob die Hand und schnipste mit den Fingern.

»Du Depp«, funkelte Cäci.

Butzi rettete die Situation und outete sich als Standup-Moderator:

»Cäci hat recht, was, glaubt ihr, war da los? War es eine junge Frau?«

»Eher.«

»Figur?«

»Schlank.«

»Haarfarbe?«

Cäci schüttelte ihren Kopf:

»Das war nicht zu erkennen, es war zu nebelig und zu dunkel.«

»Um diese Zeit ist doch niemand im Ried. Das ist auch viel zu gefährlich.«

»Vielleicht versteckt sie sich in einer Hütte?«

»Warum?«

»Weil sie was mit dem Mord zu tun hat.«

Lange noch spekulierten wir, indem ein volles Bierglas immer wieder ein leeres erlöste.

13 VERNUNFTZWEIFEL

Das Buch der Weisheit
17:11 Furcht ist ja nichts anderes als der Verzicht auf die von der Vernunft angebotene Hilfe.
17:12 Je weniger man solche Hilfe erwartet, umso schlimmer erscheint es, die Ursache der Qual nicht zu kennen.
17:13 In Wahrheit hatte jene Nacht keine Gewalt; aus den Tiefen der machtlosen Totenwelt war sie heraufgestiegen. Sie aber, die wie sonst schlafen wollten,

17:14 wurden bald durch Schreckgespenster aufgescheucht, bald durch Mutlosigkeit gelähmt; denn plötzliche und unerwartete Furcht hatte sie befallen.

Die Riedhagener waren zäh wie der Oktobernebel. Kaum jemand redete öffentlich über den Mord, die Auseinandersetzung mit dem Unfassbaren geschah in anonymen Eckgesprächen oder alkoholisiert am Stammtisch in Friedas Ochsen. Die Befragungen der Kommissarin und ihres Chefs, von denen auch ich nicht ausgeschlossen wurde, brachten keine raschen Ergebnisse. Die Polizei tappte, wie die Jahreszeit, im Nebel. Die emsigen Ermittlungen in und um Riedhagen brachten keine neuen Erkenntnisse. Schon redete man davon, dass der Mord wohl nie aufgeklärt würde.

Mittlerweile waren zehn Tage vergangen und schuld an all dem Unerklärlichen waren für die von des Gedanken Blässe kaum gestreiften Riedhagener die russischen Verhältnisse in Deutschland oder sogar das Unerklärliche selbst. In den Ecken des Dorfes standen die alten Bäuerinnen mit ihren blau karierten Kittelschürzen, über denen sie wärmende Strickjacken trugen, kreative Ausgeburten winterlicher Fernsehabende, und flüsterten hinter vorgehaltener Hand stereotype Formeln:

»Wer sich mit dem Russ einlässt …«

»So ein Blödsinn, nicht an allem ist der Russ schuld.«

»Da stimmt was nicht, das geht nicht mit rechten Dingen zu.«

»Ach was, für alles gibt es eine logische Erklärung.«

»Der Russ fackelt nicht lange.«

»Bei dir fackelts im Hirn.«

»Das hat was mit dem Riedweible zu tun.«

»Schwachsinn, Riedweible, dann soll unser schwarzer Pfarrer einen Exorzismus beten, häää?«

»Die Russenmafia hat kein Einsehen, die hat kein Einsehen nicht.«

»Jetzt muss wieder die Mafia herhalten, was wollen die in unserem 800-Seelen-Kaff?«

»He, sag nicht Kaff, so klein ist Riedhagen auch nicht und das Bier aus der Gegend hier kennt man im ganzen Kreis.«

»Ha! Im ganzen Ländle!«

»Awa, in ganz Deutschland!«

»Es gibt viel mehr zwischen Himmel und Erde.«

»Das Ried hat schon viele geschluckt.«

»Ein Russ, zwei Messer!«

Der Stammtisch im Goldenen Ochsen bot den Riedhagenern in einem geschützten Raum die Gelegenheit, das Geschehen nach etlichen Bieren oder Weinschorlen kreativ zu verbrämen und stammtischpsychologisch aufzuarbeiten. Die Gespräche drehten sich, ebenso wie an den Zäunen und den öffentlichen Winkeln nur noch um das eine Thema: das Verbrechen.

»Und ich sag dir, das war der Bruder, jede Wette. Schau dir den mal an! Und warum ist der auf einmal verschwunden? Spurlos!«

»Quatsch, warum soll jemand seine Schwester

umbringen? Das war die internationale Russenmafia, da gehts um Drogen und Frauenhandel.«

»Doch nicht bei uns, da steckt ganz was anderes dahinter, da ist was Unheimliches. Im Ried geht ja auch eine um, das Riedweible.«

»Dir kann man auch alles erzählen! Du glaubst bestimmt auch noch daran, dass die Amis auf dem Mond waren, ha ha!«

»Waren die nicht?«

Immer öfters hörte man im Zusammenhang mit dem Mord das Wort Riedweible am Stammtisch des Goldenen Ochsen. Die Polizei kam mit ihren Ermittlungen nur unwesentlich weiter. Aber die Menschen im Ried wollten, dass man einen Schuldigen fand oder jemanden, dem man die Schuld zuschieben konnte. Hier bot sich das Riedweible bestens an – ein Sündenbock, der recht belastbar schien. Anfangs wurde das Tabuwort nicht ausgesprochen, dann geflüstert, und mittlerweile ohne Scham, auch am heutigen Abend, laut ausgesprochen.

»Das hängt alles mit dem Riedweible zusammen. Warum taucht die jetzt erst auf?«

»Unsinn, Herrgott noch mal, wir sind aufgeklärte Leute. Es gibt kein Riedweible!«

»Da geht eine im Ried um«, bemerkte Bauer Maier trocken. »Die Frau vom Karren-Sepp hat sie beim Joggen gesehen.«

»Die sollte gescheiter weniger essen, die mit ihrem fetten Fidle!«

»Quatsch! Da geht niemand um, das ist eure Fantasie.«

Etliche der Stammtischler nickten, andere schüttelten die Köpfe.

»Und wenn ich sag, die gibts, dann gibts die auch. Man hat sie ja schon gesehen. Schon oft!«

Zur Bestätigung holte Maier eine blaue Schnupftabakdose mit der Aufschrift Gletscherprise aus der Innentasche seines blauen Stallkittels und sog sich mit beachtlichem Schnorchelgeräusch aus dem Grübchen unterhalb seines rechten Daumens eine gehörige Prise des gemahlenen Tabaks bis zum Stammhirn ein.

»Der Riedbauer hat gesagt, er hätte von der Brunhilde vom Wiesen-Hof gehört, sie hätte eindeutig im Ried eine gesehen, mit weißem Kleid.«

»So ein dummes Bauerngeschwätz. Aberglaube, das ist nichts als Aberglaube.«

»Das ist nicht nur Aberglaube, jeder weiß, dass sich früher der Schwaaze Vere mit seiner Bande im Ried versteckt hat.«

»Wer?«, fragte der zugezogene Lindemann.

»Den kennt ihr Zugezogenen natürlich nicht, den Schwaazen Vere. Eigentlich hieß er Franz Xaver Hohenleiter und er war Anführer einer Räuberbande.«

»Wann war das? Und was hat das mit der Frau im Ried zu tun?«

»So Achtzehnhundertirgendwas. Und wenn von denen jemand im Ried umgeht, das würde mich nicht wundern, das war ein Gesindel, das kann man sich heute gar nicht mehr vorstellen. Die haben gemordet und geraubt. Da ist die heutige Jugend ein Dreck dagegen.«

»Ich finde die heutige Jugend gar nicht so schlimm.«

»Das meine ich doch.«

»Und warum soll von denen jemand umgehen? Und dann noch in Frauenkleidern? War der Herr Vere vielleicht vom anderen Ufer?«

»Oh, du Simpel, du hast von Geschichte doch keine Ahnung. Das ging schon damals nicht mit rechten Dingen zu. Als man ihn gefangen und in Biberach eingelocht hatte ...«

Um die Dramatik seiner Erzählung zu steigern, nahm er einen kräftigen Schluck Bier.

»... da hat ihn im Gefängnisturm der Blitz erschlagen. Er soll regelrecht mit der Kette, die ihn gefesselt hat, verschweißt gewesen sein. Da gibt es sogar ein Lied davon, von Grachmusikoff, das geht ungefähr so: Dr Schwaaz Vere war em Oberland om 1800 rom als Raiber wohl bekannt. So fängt es auf jeden Fall mal an, dann kenn ich nur noch den Refrain und den Schluss, das geht ungefähr so: Raiber ond Vagant ziehet ibers Land mit Stehla ond mit Bettel ... Der Schluss geht dann ungefähr so, ich habe mir die CD gekauft, als sie letzten Monat in Saulgau im Stadtforum gespielt haben:

Em Sommer 1819 war dr Afang vom End
– do schiaßt oinr vom Schwaaz Vere ama Soldat en da Grend.
Ond alle handse gschnappt, bei Waldsee ond bei Eschach,
en Ketta glegt, auf d'Wäga nauf ond ab noch Biberach.

Em Juli war a G'witter, do war 'n schwera Sturm,
ond wia 's dr Deifel will: dr Blitz hauts en da Turm!
Dr Vere den hots droffa iber d'Kette an dr Wand.
Der war ganz verbroda, ganz verbrennt.
Dr Vere den hots droffa iber d'Kette an dr Wand,
der war ganz verschmolza mit saim Eisaband!«

Die Stammtischler hatten andächtig zugehört. Sie staunten anerkennend. Der 89-jährige Häberle nickte mit dem Kopf, fuhr sich durch den Bart und meinte:

»So eine wilde Musik wie ihr Jungen hör ich mir nicht an, aber das stimmt alles. Woher kennst du denn den Text so gut?«

»Ich hab die CD.«

Lindemann, der vom Text nicht alles verstanden hatte, schien noch nicht ganz zufrieden. Mit seinem Düsseldorfer Hochdeutsch fragte er nach:

»Ja, und, was hat das nun mit dieser Riedfrau zu tun?«

Häberle schlug sich gegen die haarlose Stirn:

»Ja, denk halt einfach mal nach! Wenn die Bande vom Schwaazen Vere sich im Ried versteckt hat, ja dann hatten die bestimmt auch Weiber dort, verstehst du?«

»Nicht ganz.«

»Ja, du Depp, du Fischkopf, das ist doch klar, da geht halt eine von denen um. Von seinen Weibern.«

»Ach so! Und das soll ich glauben? Das ist doch alles oberschwäbische Bauernfantasie.«

»Du Seckel, den Vere hats wirklich gegeben. In

Saulgau gibt es sogar eine Buchhandlung, die so heißt: Schwaaz Vere.«

Lindemann öffnete erstaunt seinen Mund:

»Neee, nicht dein Ernst, nach einem Verbrecher benannt? Eine Buchhandlung?«

Er dachte kurz, aber heftig nach:

»Dann ist vielleicht die Rieddame seine Frau gewesen? Diesem Schwatzen-Vere seine?«

»Nicht schwatz, sondern schwaaz von schwarz.«

»War das ein Afrikaner?«

»Oh du Seckel, er hatte dunkle Haare.«

»Oder auch nicht, vielleicht nur einen dunklen Teint.«

»Häää?«

Die wenigen Kinder des Dorfes hatten plötzlich keine Lust mehr, im Ried Räuber und Gendarm zu spielen. Zu nachhaltig waren die gestenreichen Erzählungen des bürgermeisterlichen Nachwuchses. Es war nach der Obduktion der Leiche durch den Hallingerschen Tratsch der ganzen Gemeinde bekannt, dass im Körper des Opfers das Gift des Fliegenpilzes und des grünen Knollenblätterpilzes nachgewiesen wurde und dass postmortal die Körperteile entfernt worden waren. Besonderes Interesse fand die Tatsache, dass dem Opfer die unterste, linke Rippe entfernt wurde. Im Dorf wurde von den Frauen außergewöhnlich leise gemunkelt, wenn es um ein heikles Detail der Tat ging:

»Kurz vor ihrem Tod hatte sie wohl noch Geschlechtsverkehr.«

Die Männer des Dorfes äußerten sich weniger sensibel:

»Wenigstens noch einmal gerammelt.«

Gestern wurde der Porsche Diesel fertig.

»Dein Scheiß-Winterfahrzeug ist endlich fertig, kannst es abholen«, meldete mir die freundliche Stimme Herrmanns auf meinem Anrufbeantworter, den ich jedoch einen Tag zu spät abgehört hatte.

Der Traktor war wohl doch morscher, als Herrmann mir weisgemacht hatte. Als ich ihn endlich abholte, strahlte Herrmann über seine fleischigen, roten Wangen.

»Herrgottnochmal, den geb ich nicht gern her. Sieht voll geil aus. Echtes Liebhaberstück. Hat jetzt halt doch länger gedauert, war ne Scheißarbeit. Der ganze Träger hier war durchgefault. Hab aber alles voll super geschweißt.«

Er drückte mir mit seiner rechten Pratze den Zündschlüssel in die Hand. Die Finger seiner Linken tanzten an einem geschweißten Stahlstück entlang und er grinste mich aus seinen feisten Wangen herausfordernd an:

»Überraschung! Guck her, die hab ich noch eingebaut. Das Scheißteil ist aus dem alten Benz, der grauen Heckflosse, dort hinten.«

Er deutete auf einen steinalten Mercedes W 110 mit eleganter Heckflosse, Baujahr 1963.

Ich schaute in die schmale Fahrerkabine meines neuen Fortbewegungs- und Transportmittels und staunte. Unter das dünne schwarze Lenkrad hatte mir Herrmann ein gebrauchtes Blaupunktradio mit Kassettendeck eingebaut.

»Zweimal fuffzig Watt. Das war ein Geschiss, bis ich die Scheißlautsprecher eingebaut hatte!«

»Und das hier ist auch umsonst. War in dem Passat, dem Unfall-Passat.«

Herrmanns Gesicht wurde plötzlich sehr ernst. Er deutete mit seinem Zeigefinger, der dicker als mein Oberschenkel, aber wesentlich öliger war, auf eine runde silberne Plakette am bescheidenen Instrumentenbrett des antiken, landwirtschaftlichen Fahrzeuges.

»Ein Christoferross …«

Ich schaute ihn fragend an.

»Ein Christoferross, ein heiliger Christoferross. Wenn du den drin hast, passiert dir nichts.«

Ich musste wohl ein bisschen gegrinst haben. Ein kräftiger Schlag traf mich unverhofft in der Schultergegend.

»He, du Seckel, du bist doch der feine Herr Theologe und hast in Tübingen studiert und trotzdem null Ahnung von Heiligen. Komm mit, ich zeig dir was! Da wirst sogar du staunen.«

Er deutete auf drei Unfallwagen, einen völlig demolierten Renault Laguna, einen Opel Corsa, dessen komplettes Verdeck und die ganze Vorderfront fehlten, und ein Mercedes-Cabrio, dessen eingedrücktes Dach von einem heftigen Überschlag zeugte.

»Der, der und der, da hats Tote gegeben. Und jetzt rate mal!«

Fragend schaute er mich an, ich schob zweimal ruckartig meine Schultern in Richtung Ohren, es schien jedoch nicht die Antwort zu sein, die Herrmann erwartet hatte.

»Du Seckel, begreifst du denn gar nichts? Typisch Studierte. Da waren keine Christoferrosse drin. Und dort«, er deutete auf den grünen Passat, »dort war einer drin. Und jetzt rate mal!«

Herrmann schlug sich mit der schwarzen Pranke dreimal gegen seine stabile Stirn und schaute mich fragend an.

Ich antwortete keck:

»Da drin sind alle gestorben, eine ganze Familie … vielleicht ein ganzer Clan?«

»Du Seckel, genau in dem Karren ist eben keiner gestorben, da war nämlich der Christoferross drin. Studiert und doch bloß Scheiße im Hirn. Mit so was macht man keinen Spaß. Komm, ich zeig dir noch was.«

»Mann, Herrmann, das ist doch purer Aberglaube.«

»Von wegen Aberglaube, du hast keine Ahnung, Herr Theologe. Immer nur rumstudiert, viele Scheiß-Fremdwörter, so wie Dizöse und Trinität und Ökomene und Scheißdreck, aber keine Ahnung von der Volksreligion.«

Staunend lief ich hinter dem schimpfend-philosophierenden Herrmann her.

Er schleppte mich zu seinem Privatwagen, einem metallicgrünen Opel Ascona, und öffnete die Tür.

»Da, schaus dir genau an, Herr Religionslehrer!

Und meinst du, mir ist schon mal was passiert? Und ich fahr nicht so wie du mit deiner Scheiß-Harley immer nur Standgas, ich lass es schon rauchen. Den hab ich auf 170 PS getunt, echte 170 Pferdchen! Und meinst du, mir ist schon mal was passiert? Das hat mit Aberglaube bestimmt nichts zu tun, Herr Theologe, wenn gerade mir nichts passiert. Das ist nicht nur Zufall, dass ich noch nie einen Unfall hatte. Das hat schon einen Grund. Alles hat einen Grund.«

Mit seinen schmutzigen Pranken fuchtelnd zeigte er mir das Innerste seines grünen Heiligtums. Den Grund!

Andächtig staunend betrachtete ich eine bemerkenswerte Sammlung von Christophorus-Plaketten, die den Schutzpatron der Raser und Huper in seiner typischen Pose zeigten. Der heilige Mann durchquerte, auf einen Stab gestützt, ein Gewässer. Auf den Schultern trug er das Jesuskind. Bestimmt 20 Silberplaketten, von zweieuroklein bis vesperbrettgroß, schmückten den Innenraum von Herrmanns Privatwagen und erstreckten sich vom Plastikarmaturenbrett bis zum mit rosa Plüsch überzogenen Handschuhfach.

»Nein, das ist wirklich kein Aberglaube, das ist Fetisch.«

»Häää? Also siehst du es doch ein?«

»Warum hast du das Handschuhfach mit dem rosa Fummel überzogen?«

»Das wollte Susi so.«

Ich kannte Susi, es passte zu ihr.

Und nun fuhr ich das erste Mal mit meinem Winterfahrzeug in die stolze Badstadt Saulgau, um meinen Beruf redlich auszuüben. Es ging alles gut, besser als ich dachte, ich hatte ja Christoferross. Die Kabine des Gefährts bot leidlich Schutz gegen Regen und die Heizung, ein umgebauter Gebläseradiator, wedelte mir etwas warme Luft um die Beine. Trotzdem war es eine Freude, mit dem knallenden Motor durch das neblige Ried zu jagen.

Die Geschwindigkeit meines Neuerwerbs hatte ich leicht überschätzt, ich war zehn Minuten zu spät an der Schule. Vielleicht lag es aber auch daran, dass ich zur Erprobung der Kurventauglichkeit meines Neuerwerbes einen kleinen Umweg in das Herz der ehemaligen Kreisstadt machte und noch drei kühne Runden im gefühlten kleinsten Kreisverkehr der Welt drehte, dem Saulgauer Paradies-Kreisel. Weitere drei Abschlussrunden im Gourmet-Kreisel an der Kleber Post krönten meine Testfahrt.

Der Lehrerparkplatz war voll, wie immer waren die Behindertenparkplätze frei. Eigentlich bin ich ja ein toleranter Mensch, aber letztendlich gehören bei einem 160-köpfigen Lehrerkollegium auch 159 Behindertenparkplätze zur Verfügung gestellt.

Mit diesen Überlegungen parkte ich elegant rückwärts auf einen mit einem Rollstuhl gekennzeichneten Parkplatz ein. Als ich meine winzige Fahrerkabine verließ, hörte ich eine echauffierte Stimme. Die Stimme gehörte Frau Hämmerle-Dufoise. Die berüchtigte, frankophile Lehrerin näselte mich an:

»Entschuldigung, sind Sie behindert?«

»Aaah, boschur, Frau Hämmerle Danvos«, begrüßte ich sie mit einer eleganten Verbeugung.

»Hämmerle-Dufoise, bitte! Sie stehen auf dem Behindertenparkplatz. Sehen Sie denn nicht das blaue Schild?«

»Bringt das Unglück?«

»Wie bitte? Ich wollte Sie nur höflich darauf aufmerksam machen, dass Sie auf einem Behindertenparkplatz stehen.«

»Das sehe ich selbst, woher wissen Sie, dass ich nicht behindert bin?«

»Äääh, was soll das? Sie haben keinen Aufkleber an Ihrem Gefährt, äääh, an der Windschutzscheibe oder was immer das da sein soll.«

»Den hole ich mir später noch aus dem Sekretariat. Und ich habe im eigentlichen Sinne keine Windschutzscheibe. Ich bin heute zum ersten Mal mit meinem behindertengerechten Fahrzeug hier. Ein Auto darf ich gar nicht fahren, mit meiner Behinderung.«

»Oh, Entschuldigung Herr …?«

»Bönle, Daniel Bönle.«

»Aber Sie machen – Sie verzeihen meine Direktheit – keinen behinderten Eindruck.«

»Es gibt ja nicht nur körperliche Behinderungen.«

Frau Hämmerle-Dufoise war sichtlich verunsichert und zupfte nervös mit ihren Spinnenfingern an ihrem bunt geblümelten Seidenschal.

»Ja, Herr Bönle, dann mal nichts für ungut, ich muss dann mal. Die Schülerinnen warten.«

Frau Hämmerle-Dufoise stakste salzstängeldürr kopfschüttelnd in Richtung Hauswirtschaftsschule, zur sogenannten Puddingakademie.

Die Fotografen-Schüler waren fast vollständig, nur Sergej und Tobi fehlten. Ich vermerkte die Abwesenheit der beiden im Klassenbuch. Ich schrieb langsam, es war ein sakraler Akt des Autoritätserhalts.

»Weiß jemand was von Tobi?«

Kumulatives Schulterzucken.

»Und von Sergej? Offiziell beginnen die Herbstferien erst nächsten Montag. Das gilt übrigens für alle.«

»Der ist wahrscheinlich in Russland, dort ist doch seine Schwester beerdigt worden.«

Ich nickte kurz, tatsächlich war es der Wunsch der Eltern, Alexandra in der anderen, in der ukrainischen Parallelheimat in Sevastopol zu beerdigen. In aller Stille.

»Wo waren wir das letzte Mal stehengeblieben? Bei aller Betroffenheit muss auch wieder Alltag einkehren.«

Die anämische Alisa hob brav ihr dünnes bleiches Ärmchen und schnipste, indem sie ihren Ringfinger gewohnt heftig in die Handfläche warf. Ich versuchte sie zu ignorieren und schaute auffordernd ins entgegengesetzte Schülereck. Keine Reaktionen.

»Na, Alisa?«

»Sie haben gesagt, dass die Japser nur kopieren, dass sie keinerlei Kreativität in ihren gelben Hirnen hätten, dass sie zu doof wären, einen echten V-Motor zu bauen. Da müssten nämlich … Moment mal, ich habs mir aufgeschrieben.«

Alisa, die Eifrige, blätterte hektisch in ihrem Religionsordner.

»… da müssten nämlich beide Pleuelstangen auf einem Hupzapfen sitzen und dann haben Sie noch …«

»Ähmmm. Das hab ich so nicht gesagt und außerdem heißt es Hubzapfen mit b vorn. Der Zapfen hebt etwas, er hupt nicht.«

»Und dann haben Sie noch gesagt, und wenn ich euch noch mal die Trinität erkläre, davon wird auch keiner in Somalia satt.«

»Seit wann fehlt denn Tobi?«, fragte ich, um nicht weiter mit meiner Pädagogik konfrontiert zu werden.

»Steht im Klassenbuch, seit Dienstag – glaub ich.«

»Danke. Wer von euch weiß noch, wie man Trinität symbolisch darstellen kann?«

Überraschend viele Hände gingen in die Höhe.

»So wie am Scheunentor?«

»Hää?«

»Ja, wie beim Fränkel.«

Überraschend viele Köpfe nickten.

»Da habt ihr recht.«

»Meinen Sie, der Täter hat das auch religiös gemeint?«

»Was denkt ihr?«

»Sie haben uns doch erklärt, das hat was mit dem Vater, dem Sohn und dem Heiligen Geist zu tun. Vielleicht hat das ja was mit Tobis Vater, Tobi und mit

Weißgottwem zu tun? Auf jeden Fall ist es unheimlich, vielleicht steckt da der Satan dahinter. Teufelsanbeter haben auch so komische Symbole.«

Erstaunt hob ich die Augenbrauen, das waren die Früchte meines Unterrichts.

»Keine schlechte Idee«, nickte ich anerkennend in die eifrigen Gesichter.

»Können wir mal eine Bibelstelle lesen, in der es um Trinität geht? Vielleicht bringt es uns weiter?«

»Das ist nicht ganz so einfach, denn die Trinität ist eine spätere Erfindung. Sie bezeichnet bei den Christen die Einheit der drei Personen in Gott, nämlich den Vater, seinen Sohn Jesus und den Heiligen Geist. So wie ein Harley-Motor auch aus drei wichtigen Komponenten besteht, die einzeln für sich nicht funktionieren würden, nämlich …«

»Herr Bönle, kann es sein, dass Tobi und sein Vater in der Sache mit drinhängen?«

Ich zuckte mit beiden Schultern.

»Und noch eine dritte Macht, so wie der Heilige Geist.«

»Ja, das Riedweible zum Beispiel, da geht nämlich seit dem Mord eine um. Viele haben sie schon gesehen. Sie haben das Riedweible doch auch gesehen, und Ihre Frau.«

»Das ist nicht meine Frau, das ist meine Freundin, ähm, Partnerin.«

»Dürfen Sie die eigentlich poppen, wenn Sie als Relilehrer gar nicht verheiratet sind?«, fragte Vicky mit keckem Augenaufschlag.

»Leute, das geht euch einen Scheiß an.«

»Was sagt denn der Papst dazu? Meine Mama sagt, da wären Sie ruckzuck Exkommunist.«

»Exkommuniziert. Und der Papst, der ist in Rom und nicht in Riedhagen. Und der hat unter meiner Bettdecke nichts zu suchen.«

»Aber das Riedweible, haben Sie es wirklich gesehen? Stimmt es, dass sie hell leuchtet und übers Moor laufen kann ohne einzusinken?«

Ich schüttelte langsam meinen Kopf und presste Ober- und Unterlippe zusammen.

»Stimmt es, dass die Riedfrau wie die Gottesmutter Maria aussieht?«

Ich öffnete meinen Mund:

»Wer erzählt denn so einen abergläubischen Mist?«

»Alle! Und man sagt auch, dass es vielleicht die Frau vom Schwaaz Vere ist, die da umgeht.«

Die Klasse nickte wissend.

Ich blickte ungläubig über die Köpfe:

»Jetzt reichts. Hatte ich euch nicht schon in der Unterrichtseinheit Okkultismus erklärt, dass es weder Geister noch Gespenster noch Riedweible gibt. Für alles gibt es eine rationale Erklärung.«

Alisa meldete sich:

»Wollen Sie nicht mal bei Tobi vorbeischauen? Ich habe ein mulmiges Gefühl.«

»Gute Idee. Aber bitte, Leute, bleiben wir doch mal fünf Minuten beim Thema.«

Angestrengt versuchte ich, den Bogen zurück zum informativen, schülerzentrierten, beziehungsherstellenden, handlungsorientierten, kreativen, lebensnahen, kompetenzorientierten, fächerverbindenden, die-Schüler-dort-wo-sie-stehen-abholenden Unterricht zu bekommen:

»Ich hatte euch gesagt, dass das mit der Trinität ist wie mit einem Maulwurf, der gerade …«

Im Lautsprecher der Sprechanlage fing es an zu knacksen. Ein untrügliches Zeichen für eine weitere, schülerwillkommene Unterbrechung des Unterrichts.

»Achtung, eine Durchsage. Herr Bönle, bitte kommen Sie umgehend ins Rektorat. Ich wiederhole: Herr Bönle, bitte umgehend ins Rektorat!«

»Buuuuh!«, grölte die Klasse.

»Jetzt, wo es mal richtig spannend war.«

Ich packte meinen Rucksack und begab mich ins Allerheiligste.

Rektor Saitling thronte in seinem Ledersessel, eine elegante Handbewegung, die die Anmut seiner roten Fliege unmerklich überbot, beförderte mich auf den harten Schülerholzstuhl vor seinem mächtigen Schreibtisch.

Mit leicht geneigtem Kopf, die suppentellergroßen Hände vor der Brust verschränkt, sodass der Siegelring mit seinem Familienwappen schön zur Geltung kam, schwieg er mich an. Ich schwieg zurück.

»Haben Sie mir nichts zu sagen?«, unterbrach der Rektor das verdichtete Schweigen, das bleiern im Zimmer hing.

»Nein.«

»Fällt Ihnen etwas zum Stichwort Parkplatz ein?«

»Ja, Autos, Einkaufen, rückwärts einparken, vorwärts …«

»Hören Sie auf, Bönle, das ist kein Religionsunterricht-Brainstorming, Sie wissen genau, was ich meine! Frau Hämmerle-Dufoise, eine geschätzte und erfahrene Kollegin von der Wirtschaftsschule, hat sich bitterst über Sie beschwert. So eine Unverschämtheit sei ihr in ihrem ganzen Lehrerleben noch nie vorgekommen. Sagen Sie doch was!«

»Was für eine Unverschämtheit?«

»Böööönle, mit dem Traktor auf einen Behindertenparkplatz und dann noch der Kollegin weismachen wollen, dass Sie einen Behindertenausweis besitzen. Sie hat natürlich gleich bei mir nachgefragt, unter welcher, aah, Behinderung Sie leiden würden, und sie wollte sich sogar bei Ihnen mit einer Schachtel Mongscherrie entschuldigen. Für das vermeintliche Unrecht, das Sie Ihnen zugefügt hatte. Bönle, so geht das nicht, wir sind hier nicht im Kabarett, wir sind eine ernstzunehmende Bildungsanstalt. Wenn wir nur Kollegen wie Sie hätten, das wäre ja ein Zirkus, ein Zirkus wäre das, das wäre Kabarett, das wäre, aaah, Hanswursterei!«

Ich nickte.

»Verstehen Sie? Ein Zirkus!«

»Ich verstehe.«

»Bönle, Sie verstehen gar nichts, rein gar nichts! Sie parken Ihren Traktor das nächste Mal nicht mehr illegal! Verstehen Sie? Illegal!«

»Ich verstehe.«

»Gar nichts verstehen Sie, was bekommen wir denn für einen Ruf, wenn die Kollegen nun alle mit landwirtschaftlichen Fahrzeugen zum Dienst kommen? Der eine mit einem Traktor, der nächste mit einem Mähdrescher und der übernächste mit einer Dampfwalze oder einer Lokomotive!«

»Eine Dampfwalze und eine Lokomotive sind keine landwirt…«

»Unterbrechen Sie mich nicht ständig! Bönle, Bönle, Sie verstehen überhaupt nicht, um was es hier geht, es geht hier um Bildung und nicht um das Ausleben Ihrer Bedürfnisse. Bönle, Bönle! Wie geht es eigentlich der Klasse, Sie wissen schon, nach dem, aah, Mord und so?«

»Es geht.«

»Sie wissen ja, dass die Schülerin in der Ukraine beigesetzt wurde. Die Eltern sind schon wieder hier, mit dem Flieger geht das ja heute ruckzuck, seit Friedrichshafen den Flugplatz hat.«

Man sah ihm den Stolz auf den Friedrichshafener Flughafen deutlich an, er zupfte an seiner roten Fliege und strich sich belohnend über das schüttere, gegelte Haar. Als hätte er den Flughafen in Friedrichshafen eigenhändig gebaut.

»Das geht wirklich ruckzuck, aber Sie haben es bestimmt schon gehört, der Bub, der Junge, ihr Bruder …«

»Sergej?«

»Ja, der Sergej, der ist nicht mehr mit zurückgekommen, das hat mir der Kommissar Härmle erzählt in der Sauna.«

Ich musste lächeln, ich stellte mir den gewaltigen Saitling in der Enge einer Sauna vor.

»Was grinsen Sie? Das täte Ihnen auch mal gut, das ist etwas für Körper und Geist, es regeneriert alle Kräfte. Aah, das ist ja schon äußerst verdächtig. Das ging sowieso alles viel zu schnell, auch das Überführen der Leiche oder wie man da sagt.«

»Vielleicht überfliegen.«

»Bööönle, Sie sind wirklich ein, aah, lassen Sie das einfach! Das mit der Leiche ging recht flott, meinte auch Härmle, aber der alte Hold, der Vater, der war wohl früher auch im Geheimdienst, der hat wohl irgendwelche Beziehungen spielen lassen. Direkt nach der Obduktion der, aah, Verstorbenen ab nach Sevastopol und dort schon unter der Erde. Wie gesagt: Vater hier, Mutter hier, Tochter beigesetzt, Sohn fehlt, der scheint hier in Deutschland gar nicht mehr angekommen zu sein. Aber das geht Sie ja eigentlich gar nichts an. Der Sohn vom Fränkel, der scheint ja auch schon ein paar Tage zu fehlen.«

»Ja, laut Klassenbucheintrag seit Dienstag.«

»Brav, Bönle, aus Ihnen machen wir auch noch einen guten Lehrer. Ja, da untersucht die Kripo wohl zurzeit, ob der Junge etwas mit der Russin hatte. Das ist schon möglich, dass der Fränkel-Bub mit der was hatte, aah, so schamlos wie die doch in der Öffentlichkeit herum laufen, die jungen Russinnen. Aufgetakelt wie, aah, Nu… Prostituierte. Obwohl der Fränkel ein ehrbarer Mann ist, der hatte früher die besten Blutwürste, auch der Fleischkäs war nicht zu verachten. Man kann sich nicht vorstellen, dass die Familie etwas damit zu tun hat, die hatten eben Pech, als das mit der Metzgerei den Bach runterging. Aber heute verkauft ja schon der Aldi Wurst. Danke Bönle, es war ein nettes Gespräch mit Ihnen und denken Sie daran: Die Fenster zu! Auch auf gekippte achten! Die wertvolle Energie! Und Kopf hoch, mit etwas Angaschmeng wird aus Ihnen schon noch ein richtiger Lehrer.«

»Danke, Herr Vorgesetzter.«

Ich erhob mich.

»Aaah, übrigens nicht so eilig, bleiben Sie noch kurz hier. Am Fundort der Lei... aah, des Mädchens haben die Eltern ein kleines Holzkreuz aufgestellt. Und Sie sind ja Religionslehrer. Gehen Sie doch da mal mit der Klasse hin und legen einen Blumenstrauß nieder. Jetzt so direkt vor den Herbstferien ist das die richtige Zeit, obwohl man ja nicht Ferien sagen sollte. Sie wissen ja, wir sind immer im Dienst, im Staatsdienst. Ein guter Pädagoge ist immer auch ein guter Staatsdiener. Es ist halt schulfreie Zeit, die Zeit, um guten Unterricht vorzubereiten, die Zeit, um misslungene Stunden nachzubereiten, die Zeit, Klassenarbeiten zu korrigieren, und vorzubereiten.«

»Danke für die Info, Herr Saitling, da geh ich mit der Klasse hin.«

»Halt, bleiben Sie noch, Bönle.«

Aus seinem Schreibtisch holte mein Rektor ein kleines Tablettenfläschchen aus Glas. Wissend, zart nickend stand er auf. Lief zur Wand. An der Wand hing ein kleines Kruzifix, als Fußbad für den Gekreuzigten diente ein kleines Weihwasserschälchen aus einer Glasmuschel. Vorsichtig nahm mein Vorgesetzter mit fleischwurstgroßen Fingern das Muschelschälchen aus der ovalen Metallhalterung und goss noch vorsichtiger das geweihte Wasser in das Glasfläschchen.

»Ihnen kann ich das ja mitgeben, Sie sind Religionslehrer. Ihre Kollegen, vor allem die Deutschkollegen, aah, Sie wissen schon, nur Brecht und Tucholsky, die würden das als Aberglaube abtun. Leeren Sie das über das Kreuz, dort, wo das arme Mädchen lag. Sprechen Sie ein kleines Gebet.«

Ich musste kräftig schlucken. Mein Vorgesetzter war mir auf einen Schlag viel sympathischer.

Mit einer wohlwollenden, fließend eleganten Handbewegung entfernte er mich aus seinem hoheitlichen Bereich.

Die neuesten Ermittlungsinformationen durch den Rektor, gekoppelt mit dem Tratsch aus dem Ochsen ergaben ein recht präzises Bild des polizeilichen Ermittlungsstandes. Gestärkt trat ich den Rückweg ins Klassenzimmer an. Die zu Belehrenden waren jedoch nicht mehr anwesend, sie hatten autark gehandelt und die Pause nach vorn verlängert.

14 ROSENKRANZ

Das Buch der Weisheit
2:6 Auf, lasst uns die Güter des Lebens genießen und die Schöpfung auskosten, wie es der Jugend zusteht.
2:7 Erlesener Wein und Salböl sollen uns reichlich fließen, keine Blume des Frühlings darf uns entgehen.
2:8 Bekränzen wir uns mit Rosen, ehe sie verwelken.

Der rot-gelbe Porsche-Traktor beförderte mich lärmend und rauchend wieder zurück bis nach Riedhagen. Immer wieder wurde ich von Mountainbike und Rennrad fahrenden Tagdieben überholt. Nicht dass es mich gekränkt hätte, aber warum fährt man mit dem Rad durchs Ried?

Während der Fahrt mit meditativem Tempo machte ich mir Parkplatz-Gedanken. Und schon bald hatte ich die zündende Idee. Christof, der im Bad Saulgauer Bohnenstengel abends bediente, arbeitete auf dem Landratsamt. Und ich würde den umgekehrten Weg gehen, den Weg, den niemand erwartete. Ich würde versuchen, meinen Porsche-Diesel als motorisierten Rollstuhl anzumelden. Da wäre bestimmt auch einiges an Versicherung und Steuer zu sparen. Und mit einem Rollstuhl könnte mir auch eine Frau Hämmerle-Dufoise nicht verbieten, auf einem Behindertenparkplatz zu parken. Die Idee war so heiß, dass ich auf der langen Riedallee bei der zerfallenen Kapelle anhielt und nach meinem alten Handy kramte.

Christof, ein kreativer Beamter unseres Landes, war sofort Feuer und Flamme, diese bürokratische Herausforderung zu bewältigen.

Das Blaupunkt-Traktor-Radio sang mir während der gemütlichen Weiterfahrt viele Lieder vor. Gerade spielte es über die altersschwachen, voll aufgedrehten Lautsprecher, die links und rechts an den ausladenden Hinterradkotflügeln befestigt waren, Bruce Springsteen, den alten Sack:

> She went away, she cut me like a knife
> Hello beautiful thing, maybe you could save my life
> In just a glance, down here on magic street
> Loves a fool's dance
> And I ain't got much sense, but I still got my feet
> The girls in their summer clothes
> In the cool of the evening light
> The girls in their summer clothes,
> Pass me by.

Mein Gehirn lieferte im Takt des Diesel-Einzylinders eine spontane Melange von Interpretation und Übersetzung:

Ja, ja mal wieder eine, die abgehauen ist und den einfältigen Mann, den hats getroffen, als ob ihm jemand mit dem Messer die Rippen gekitzelt hätte. Hallo, du wunderbares Wesen, vielleicht könntest du mein Leben retten? Aber doch nicht mit dem Messer. Nur mit einem Blick, hier in dieser Schein- und Scheißwelt. Die Liebe ist ein Narrentanz, eigentlich ein Veitstanz. Mit dem Messer in die Rippen. Das Ripp aus der Rippe sticht die Rippe des Rippenspenders. Liebe muss wehtun? Und ich hab nicht viel Verstand, wie alle Männer … aber ich hab immer noch meine Füße. Und in der kühlen Abenddämmerung gehen die Mädchen in ihren Sommerkleidern …

Immer wieder Lieder, die mir etwas sagen wollten. Mit der schönen Sommermelodie im Kopf und der absonderlichen Interpretation donnerte ich in den herbstlichen Hof der Fränkels.

Gerade noch sah ich, wie eine Frau mit einem Korb in der Hand um die Ecke des Schweinestalls huschte.

Fränkel kam, da er meinen Traktor gehört hatte, aus dem Hühnerstall heraus und hob freundlich grüßend die Hand. Als er mich auf dem Traktor erkannte, ließ er sie schnell wieder sinken und versteckte sie in der Tasche seiner attraktiven Breitcordhose. In der anderen Hand hielt er eine Mistgabel, die er fuchtelnd in meine Richtung bewegte:

»Was wollen Sie hier? Seit wann fahren Sie Traktor?«

»Hatten Sie Damenbesuch? War das nicht die fesche Hilde?«

»Das geht Sie einen Scheißdreck an, sie holt hier Eier. Bio! Und Pilze, auch Bio!«

»Aaah, ich verstehe, die Eier, Bio. Und die Pilze, aus dem Ried, auch Bio. Pilze aus Freilandhaltung, Fränkel-Pilze aus Bodenhaltung?«

»Sie verstehen gar nix, Sie Depp, und jetzt hauen Sie ab! Sonst …«

Er streckte mir bedrohlich das dreizinkige Arbeitsgerät entgegen und rief:

»Hauen Sie ab, sonst ruf ich die Polizei! Das ist Hausfriedensbruch.«

»Ich will zu Tobi, ich bin nicht privat hier, sondern als sein Lehrer.«

»Das interessiert mich nicht, ich habe zu tun. Wenn Sie nachher noch auf dem Hof sind, dann gibts Ärger.«

»Ich möchte aber mit Tobi reden, er fehlt seit Dienstag unentschuldigt.«

Bauer Fränkel knallte die Mistgabel in eine Ecke, ging mit ausladenden Schritten zu seinem Traktor, startete ihn mit einer schwarzen Dieselrauchwolke und ratterte Richtung Ried.

Allein stand ich im gekiesten Hof. Der Misthaufen dampfte, ein paar Hühner scharrten auf dem Hof, eifersüchtig vom Hahn bewacht. Und ich hatte das Gefühl beobachtet zu werden.

»Tooobiii!«, rief ich in den Hof.

Gerade wollte ich auf meinen Porsche steigen, da bemerkte ich eine Bewegung am Küchenfenster. Langsam wurde der Vorhang ein kleines Stück zugezogen.

Ich ging zur Küchentür und klopfte. Keine Antwort. Ich klopfte kräftiger und drückte gleichzeitig gegen die Tür. Sie ging auf.

Im Licht des Küchenfensters saß Tobis Oma, die 83-jährige Josefine Fränkel in der Wohnküche. Die niedrige Decke, der Holzdielenboden und der Herrgottswinkel hinter der Eckbank mit einem Beistellkreuz und einer Muttergottes Selbdritt sowie einem schräg hängenden Holzkreuz mit Holzheiland gaben dem Raum etwas katholisch Gemütliches. Das warme Licht der Herbstsonne zog vom Fenster her einen Streifen durch die ganze Küche bis hin zum Herd.

Die Oma starrte mich mit wasserhellen Augen an. Um die von Gicht gekrümmten Hände hatte sie einen Rosenkranz gewickelt, auf dem unlackierten Küchentisch aus dunkelrotem Kirschholz lag eine aufgeschlagene Bibel.

»Gegrüßet seist du Maria, voll der Gnade, und gebenedeit … Komm schon rein, Daniel, mein Gott, du bist ja ein richtiger Mann geworden, komm rein, sonst muss ich dich küssen, du stehst unterm Mistelzweig. Vor 30 Jahren oder mehr, da bist noch mit kurzen Hosen hinten rum durch unser Hag ins Ried und bist mit Fröschen zurückgekommen. Eine ganze Guggel voll. Und deine Mutter, die hat geschimpft. Einmal hast deinem Vater einen ins Sonntagshäs gesteckt, der ist dann in der Kirche rausgehüpft. Ja, da erinnere ich mich ganz genau daran. Du warst schon so ein Fetz. Und weißt du noch, wie du dem Kramer Done das Güllefass aufgemacht hast und die ganze Sauerei ist ins Dorf reingelaufen. Das hat tagelang im Dorf gestunken. Der Pfarrer hat sogar um Regen gebetet.«

Sie lachte und ihre zittrige Hand befahl mir, neben ihr Platz zu nehmen.

»Du kommst wegen Tobi?«

Ich nickte.

»Ist der Horst weg, der versteht sich nicht mit dem Bub, der will immer, dass er den Hof übernimmt oder doch noch Metzger wird. Und mit der Elsbeth, mit der ist erst recht nix los, jetzt ist sie schon wieder krank. Ich habs ihm damals schon gesagt, für den Hof brauchst eine, die schaffen kann. Die muss zupacken können, keine, die nur den Arsch hinhält. So eine find'st immer! Aber gefolgt hat der ja nie! Ich hab ihm immer gesagt, lass die Finger von den Weibsbildern, lieber fährst ein Auto zusammen. Aber der Depp hat beides gemacht. Die falschen Weiber am Hof und schon ist alles wie verhext. Bist immer noch nicht verheiratet, hab ich gehört?«

Ich schüttelte den Kopf. Und schaute zum Küchenfenster und dem eigenartigen Sammelsurium aus Madonna, Wackeldackel, einem weiteren Beistellkreuz und einem kitschigen Sitzengel auf der Fensterbank.

»Bist mit der Tochter von der Ochsenwirtin zusammen, das ist eine Hübsche. Ein bissle dünn, aber so will mans heute. Heute kanns ja nicht mager genug sein, schau dir doch die Modelle im Fernsehen an, da kann man ja jede Rippe zählen. Da holt sich ein Mann ja blaue Flecken! Früher war an allem mehr Speck dran, selbst an der Sau.«

Ich nickte.

»Eine furchtbare Geschichte, und das bei uns am Hof. Die denken ja immer, ich krieg nichts mehr mit, aber … Holzauge, sei wachsam.«

Sie kicherte und deutete mit ihrer rechten Hand auf ihr linkes Auge, um das die feinen Runzeln wanderten. Ein Kügelchen des Rosenkranzes aus böhmischem Granat schlug gegen ihr Gebiss und gab ein porzellaniges Geräusch von sich.

»Und der Depp wollte sich gleich an die blonde Kommissarin ranmachen, das passt doch nicht zusammen. Ein ruinierter Metzger und halblebiger Bauer und eine studierte Kommissarin! Der und seine Weiber alleweil, der kann einfach nicht die Finger von denen lassen. Ja, sag mal, erzähl mal von dir. Ich hab gehört, dass du jetzt Lehrer bist. Musst jeden Tag auf Saulgau fahren? Ja, aber das hast du mit deinem Erb doch nicht nötig, dich von den Jungen ärgern zu lassen. Stimmt das, dass dir dein Vater so viel hinterlassen hat?«

Ich nickte.

»Den einen fällts in Schoß, die anderen treibts in Ruin, ohne dass sie was dafür können.«

Ich nickte langsam.

»Du musst den Horst schon verstehen, er war nicht immer so. Aber wenn halt alles den Bach runtergeht und man hat geschafft und geschafft. Das ist halt schon ein Elend.«

»War die Hilde gerade bei euch?«

»Die geschuckte Lehrerin mit ihren Lamas? Ja, wegen der Eier.«

»Wegen welcher Eier?«, forschte ich nach.

»Wie meinst du das?«

»Wie, wie meinst du das?«

»Hast du da Hintergedanken?«

Verlegen kratzte ich meinen Kopf und sagte:

»Nein, aber Sie haben ja vorhin selbst gesagt, dass er die Finger nicht von den Weibern lassen kann.«

Sie nahm die aufgeschlagene Bibel und blätterte kundig einige Seiten weiter:

»Hier stehts im Buch Judit. Das ist schön, dass nicht nur Mannsbilder in der Bibel schreiben:

Ein einzelnes Weib der Hebräer hat Schande über das ganze Haus des Königs Nebukadnezar gebracht. Seht her: Holofernes liegt am Boden, und er hat keinen Kopf mehr. Die Strafe kommt immer. Ja, ja, wer Schande bringt! Die Weiber heut sind so kokett, da hat es mein Bub nicht immer leicht. Die holen sich heut das Mannsbild, das sie wollen. Früher wars grad andersrum. Da wär man gern noch mal jung.«

Sie nickte vielsagend und ihre wasserblauen Augen schienen durch mich hindurch zu schauen. Ich blickte wohl etwas verwundert.

»So ein Ripp bringt heute jeden Mann in Kalamitäten! Oh, ich hör den Traktor, hau ab, sonst muss ich bloß wieder Red und Antwort stehen, wenn er sieht, dass wir miteinander gesprochen haben.«

Eigentlich hatte nur sie gesprochen.

»Wo ist Tobi?«, fragte ich beim Aufstehen.

»Schnell, hau ab! Es war schon genug Unglück! Guck, der Rab sitzt auf dem Dach, oh je, der bringt Unglück!«

Mit zitternder Hand und schaukelndem Rosenkranz deutete sie durchs Fenster auf eine Krähe, die auf dem Giebeldach der Gesindekammer saß.

15 RIEDSEX

Das Hohelied
5:10 Mein Geliebter ist weiß und rot, ist ausgezeichnet vor Tausenden.
5:14 Seine Finger sind wie Stäbe aus Gold, mit Steinen aus Tarschisch besetzt. Sein Leib ist wie eine Platte aus Elfenbein, mit Saphiren bedeckt.
5:15 Seine Schenkel sind Marmorsäulen, auf Sockeln von Feingold. Seine Gestalt ist wie der Libanon, erlesen wie Zedern.
4:1 Schön bist du, meine Freundin, ja, du bist schön. Hinter dem Schleier deine Augen wie Tauben. Dein Haar gleicht einer Herde von Ziegen, die herabzieht von Gileads Bergen.
7:3 Dein Schoß ist ein rundes Becken, Würzwein mangle ihm nicht. Dein Leib ist ein Weizenhügel, mit Lilien umstellt.
7:4 Deine Brüste sind wie zwei Kitzlein, wie die Zwillinge einer Gazelle.

Meike aus Bergisch Gladbach hatte ein Problem. Sie war verheiratet, aber Kinderglück war ihr verwehrt geblieben. Ihr Mann war im mittleren Management beim krisengebeutelten Opelkonzern. Meike hatte eine Putzfrau, eine Tiefkühltruhe, eine Spülmaschine, eine Waschmaschine, einen Kaffeevollautomaten und einen Mikrowellenherd. Also wusste sie den ganzen

Tag nicht, was tun. Daher trank sie Martini. Gegen den morgendlichen Kater nahm sie Kopfschmerztabletten, die gingen auf den Magen, für den Magen nahm sie Tropfen, die gingen in die Gelenke. Irgendwann war sie auf Tillidin. Meike war abhängig, sie war ein Tabletten- und Martinijunkie und ein psychisches Wrack, sie fühlte sich unverstanden und unnütz. Eigentlich wollte sie eine begehrenswerte Frau sein, so wie die aus der rosaroten Wellnesswerbung. Und sie wollte genau so leicht, slimlinig, auf niederkalorischen Frischkäsemitkräuterwölkchen in figurbetonten Fitnessanzügen durch eine Light-Welt joggen. Sie wollte zart und schlank sein, softfilterig, pickelfrei und querflötenleichte Musik sollte sie den ganzen Tag wie luftgeschlagener Magerquark mit Schnittlauch umgeben. Aber anstatt beschwingter, schlanker Querflötenklänge kamen die Depressionen, lautlos und korpulent, wie Eulen in der Nacht.

Claus-Dieter aus Unterwalchhausen hatte ein Problem. Er hatte vier Kinder und keine Frau, die war ihm auf die Sekunde genau mit Eintritt der Menopause davongelaufen. Als Schreiner kam er kaum über die Runden, und das Bier machte doch jeden Abend alles wieder runder. Dann gab es immer häufiger Streit mit den Kindern, irgendwann stand das Jugendamt vor der Tür und es wurde ihm alles zu viel. Seine ehemals helle, heitere Zimmermannsseele wurde immer schattenfleckiger, sein Magen immer wunder. Eines Tages öffnete er bei einem Richtfest auf dem Dachfirst, neben dem Tannenbäumchen mit den bunten Fähnchen schwankend, den Hosenlatz seiner schwarzen Breitcord-Zimmermannshose und urinierte auf die Festgesellschaft, die unter ihm stand.

Meike und Claus-Dieter lernten sich in der Psycho, in der psychosomatischen Klinik in Bad Saulgau kennen. Es war so etwas wie Topf und Deckel oder Scheiße und Fliegen, sie mochten sich.

Dreimal in der Woche gingen sie nach dem Mittagessen der nordisch-walkenden Sportart nach. Nicht, dass sie mit den anderen Psychosomatisierenden walkten. Nein, Claus-Dieter hatte sein Auto mit zur Kur genommen und mit dem fuhren sie zum beschaulichen Skistockwandern ins Pfrunger-Burgweiler Ried. Claus Dieter hatte da so Nebenintentionen. Ihm gefiel die dralle Meike mit ihrem feisten Hintern in der blauen Trainingshose so gut, dass er sie schon beim zweiten Nordischen gegen eine zarte Birke lehnte und sie, wie er anschließend genießerisch reflektierte, kräftig durchvögelte. Es war den Turtelnden ein lieb gewonnenes Ritual geworden, das Ried nicht nur zu durchwalken, sondern es auch stoßend zu entdecken.

Auch heute hatte sich Meike wieder weit vornüber gebeugt, an einer jungen Birke mit beiden Händen fest gehalten. Das Laub der erstaunten Birke, durch rhythmische Stöße animiert, fiel wie güldenes Himmelskonfetti auf die Liebenden herunter.

Die Blase der beglückten Meike war nach dem leidenschaftlichen wie sportlichen Mittagsimpuls gereizt. Sie schlug sich durch kratzende Hagebuttenbüsche, deren Früchte eichelrot leuchteten, und begab sich in die weibliche Position des Wasserabschlagens. Immer noch überwältigt von der Kraft des claus-dieterschen Gemächtes blickte sie in die beiden dunklen, kleinen Höhlen, die vor ihr lagen. Mit einem Steckelchen schob sie ein paar goldbraune Herbstblätter zur Seite und entfernte dünne Ästchen. Aus dem Laub grinste es ihr zahnlückig entgegen.

Meike schrie hysterisch auf, so wie sie es in den vielen Fernsehserien gelernt hatte, in denen die Frauen als Zweitwagen rote Ferraris fuhren und brusthaarlose Männer in blumigen Bermuda-Shirts in ihrer Freizeit blaue Swimmingpools reinigten:

»Oh mein Gott! Claus-Dieter, komm schnell, oh mein Gooott!«

Claus-Dieter kam herbeigestürzt, zerkratzte sich, durch die Büsche rudernd, Hände und Gesicht. Er kam noch rechtzeitig, der Schädel hatte sich nicht fortbewegt.

Es wirkte irgendwie bizarr. Meike schob sich die blaue Trainingshose wieder über ihr stattliches, bleiches Gesäß. Ihr gegenüber stand der verdutzte Claus-Dieter, dessen rote Gymnastikhose immer noch beachtlich ausgebeult war, und von unten grinste ein Totenschädel zu den beiden hoch. Das pralle, wild wolllüstige, stöhnende Leben und der knochige, grinsende Tod hatten sich rein zufällig an diesem sonnigen, frühen Nachmittag im Ried Guten Tag gesagt.

16 SCHÄDELBETRACHTUNGEN

Das zweite Buch der Könige
9:35 Doch als sie hinkamen, um sie zu begraben, fanden sie von ihr nur noch den Schädel…

Sie wurde aus ihrem wattigen Halbschlaf geweckt, der sie in Sicherheit wiegte. Diesmal waren keine bösen Träume, der Halbschlaf brachte nur dunkle, traumlose Leere. Alarmiert durch die Geräusche sprang sie von ihrem einfachen Lager der verlassenen Holzarbeiterhütte auf. Gott sei Dank hatte sie kein Feuer im kleinen Bullerofen gemacht, sie packte mit flinken, geübten Bewegungen die Spuren ihrer Anwesenheit in den Rucksack. Sie schaute sich noch einmal kurz in ihrem Lager um und erschrak: das Bild. Schnell nahm sie den Zettel mit den verblassten Strichen vom Nachttischhocker und steckte es in ihren Geldbeutel.

Die Motorengeräusche schienen näher zu kommen. Es waren mehrere Fahrzeuge. Schon vor 14 Tagen störte abends das Auto mit dem Pärchen. Die beiden hatten sich wohl verfahren. Und wie die Frau reagiert hatte, als der Nebel sich so schnell verzogen hatte! Sie selbst hatte damals keine Gelegenheit mehr gehabt, in die dunkle Sicherheit zu verschwinden, also blieb sie einfach stehen. Bei Nebel, so hatte sie die Erfahrung auf ihren Streifzügen gemacht, war das oft die beste Deckung. Aber wer bewegte sich jetzt, nachmittags, durchs Ried, abseits der befahrbaren Wege? Das waren keine Jugendlichen, die schwarzfuhren und ihr fahrerisches Können im Ried erprobten. Diese Motorengeräusche hörten sich offiziell an. Vorsichtig schlich sie, die Deckung immergrüner Nadelgehölze und herbstbunter Sträucher nutzend, der störenden Melodie der Fahrzeuge entgegen. Wahrscheinlich Arbeiter. Sie duckte sich hinter einer schiefen Tanne, deren flache Wurzeln krampfhaft versuchten den Baum zu halten und beobachtete die Szene. Sie erschrak. Polizei! Schon wieder! Menschen stiegen aus Fahrzeugen aus, da von hier ab der Weg nicht mehr befahrbar war. Sie folgten einem kleinen Mann, dem wiederum eine Blonde neben einem Großen hinterher lief, danach folgten Polizisten in Uniform. Der Kleine an der Spitze schien sich wiederum an seinem Handy zu orientieren. Im Schutz der Tannen folgte sie der diskutierenden Prozession. Dann schienen sie da zu sein. Am Ort wartete ein Paar Skistockwanderer in Trainingsanzügen auf sie. Die Frau deutete aufgeregt auf den Boden.

Die attraktive Blondine, die sie schon auf dem Hof gesehen hatte, und der große, gut aussehende Mann schienen Anweisungen zu geben.

Fotografen fotografierten. Menschen in Uniform mit signalfarbenen Bändern sperrten ab. Nach einer längeren Prozedur hob ein Mann mit Handschuhen und einem weißen Overall etwas großes Graues vom Boden auf.

Ein Totenschädel grinste, nachdem ihn der Mann zur ersten Begutachtung langsam gedreht hatte, genau in die Richtung der heimlichen Beobachterin und starrte sie aus dunklen Höhlen an.

Die geduckte Gestalt wollte aufspringen und einfach vom Ort fliehen. Sie zwang sich zur Ruhe und versuchte so viel wie möglich aus ihrem sicheren Versteck mitzubekommen. Sie wusste aber auch, dass sie die Hütte aufgeben musste, schon bald würde die Polizei das ganze Ried durchsuchen und auch auf ihre Unterkunft stoßen. Vermutlich würden sie sogar Hunde mitbringen. Die Gegend war sehr unsicher geworden. Es gab ja noch die anderen Verstecke. Auf dem Fränkel-Hof würden nun die Aktivitäten ebenfalls zunehmen. Die Luft wurde dünner. Langsam zog sie sich zurück.

Sie hörte gerade noch, wie der Mann im weißen Overall einem Kollegen zurief:

»Der Schädel kommt mir komisch vor. Die Form, die Form, tzzzz.«

»Habt ihr schon was vom Rest entdeckt?«

»Nein, keine Spur.«

»So wie das aussieht, liegt der Schädel schon lange hier. Da kann der Rest überall liegen, die Tiere verschleppen alles.«

17 RIEDFRIEDEN

Die Psalmen
88:6 Ich bin zu den Toten hinweggerafft, wie Erschlagene, die im Grabe ruhen; an sie denkst du nicht mehr, denn sie sind deiner Hand entzogen.

In der Schwäbischen Zeitung, die den Oberschwaben so sehr ans Herz gewachsen war, las man auf der ersten Seite als Aufmacher:

Schrecklicher Leichenfund im Ried
Von unserem Mitarbeiter Erwin Zuder
(ez)
Zwei Nordic-Walker aus der Psychosomatischen Klinik in Bad Saulgau fanden am gestrigen Vormittag auf der Gemarkung Ostrach im Pfrunger-Burgweiler Ried einen noch nicht identifizierten, skelettierten, menschlichen Schädel. In einem mit der Schwäbischen Zeitung geführten Interview gab die Walkerin zur Aussage, sie wäre geradezu über den Totenschädel gestolpert.

Nach Aussagen der Kommissarin Krieger werden zurzeit keine Personen in der Region Oberschwaben vermisst. Hauptkommissar Härmle war aus gesundheitlichen Gründen zu keiner Aussage bereit. Ob ein Zusammenhang mit dem Mord an der russlanddeutschen Schülerin Alexandra Hold besteht, die am Freitag, dem 10. Oktober von einem Kind im Ried auf der Gemarkung Riedhagen aufgefunden wurde, ist laut Polizeiaussagen noch nicht geklärt. Die Ermittlungen sind gerade erst eingeleitet und die Untersuchungen des Schädels durch die Rechtsmedizin in Tübingen müssen noch abgewartet werden.

Bürgermeister Hallinger aus Riedhagen, der den Tatort besichtigte, betonte in diesem Zusammenhang, dass Riedhagen nach wie vor als sicheres Gebiet gelte und trotz der schrecklichen Vorkommnisse alles getan werden muss, den Fremdenverkehr anzukurbeln.

Ich faltete mein geliebtes Tagesblatt neben meinem Frühstück wieder zusammen und wunderte mich, dass es Zuder bis zur Schwäbischen Zeitung geschafft hatte. Ich kannte Erwin Zuder. Ich hatte mit ihm zwei Semester Germanistik in Tübingen studiert. Er hatte, ähnlich wie ich, vor allem die Freuden des studentischen Daseins genossen. Und den vom Zeitungsverleger Joseph Pulitzer gestifteten gleichnamigen Preis für hervorragende journalistische Leistungen würde er nie gewinnen. Doch ohne mein tägliches Schwabenblatt war ein Frühstück für mich undenkbar. Und es gab ja beim Blättle nicht nur den Alt-Freak und Nostalgie-Kiffer Zuder.

An und für sich bin ich ein moderner Mensch, aber Kiffen finde ich die rauchende Ausgeburt posthippieglückseligen Spießertums. Wenn Frauen, die das Klimakterium schon längst überschritten und Halsfalten wie griechische Landschildkröten haben, und Männer mit Schmerbäuchen und eigenen Krautlandstücken abends die Vorhänge zuziehen, ein Stück schwarzen Afghanen aus einem Geheimversteck herausholen und ›In A Gadda Da Vida‹ von Iron Butterfly auflegen, sich trotz zunehmender rheumatischer Beschwerden im Lotossitz vor die Lautsprecherboxen setzen und noch ein Räucherstäbchen mit Patschuliduft in einen Bronze-Buddha stecken – dann finde ich das recht bedenklich.

Gut, ich konsumiere auch Drogen und das fast jeden Tag. Ich denke schon, dass ein Leben ohne das vergorene, kohlensäure- und alkoholhaltige Naturgetränk viel von seiner Attraktivität verlieren würde. Aber ich mache mich mit dieser kontrollierten Form des Konsums einer legalen Alltagsdroge wenigstens nicht lächerlich.

Zum Frühstück hatte ich mir die Hälfte der übrig gebliebenen Rindsroulade von gestern Abend einverleibt. Cäci hatte nur eine Gerollte gegessen. Eine kalte Rindsroulade ist nicht zu verachten. Man muss nicht immer warm frühstücken. Man kann kalt auch etwas schneller essen.

Da die Zeit am Freitagmorgen immer knapp war, schnitt ich den letzten Rest der selbst gemachten, gefüllten Rindfleischspezialität in dünne Rädchen auf und legte sie zwischen zwei daumendicke Bauernbrotscheiben, die untere bebuttert. Ich bewunderte noch einmal die Kunst meines gestrigen kulinarischen Schaffens, bevor die abschließende Brotscheibe die herrlichen Scheibchen verdeckte. Mittig aus dem Rouladenrad betrachtete mich das grüne, senfumrandete Auge, der unentbehrlichen speckumgarnten Essiggurke, die in der Kombination mit mürbem Rindfleisch und fein geschnittenen Zwiebeln den unnachahmlichen Geschmack einer Rindsroulade ausmachte. Das Vesperbrot für meinen harten Berufsalltag an der Gewerblichen Berufsschule war fertiggestellt.

Auch in der letzten Stunde vor den Ferien stellte ich meine wichtigste pädagogische Frage und vermied es, Alisa, die bleiche Schnellstreckerin, anzuschauen:

»Guten Morgen, wo sind wir denn gestern stehengeblieben?«

»Haben Sie das von dem Totenkopf im Ried auch schon gehört?«

»Ja, in der Schwäbischen habe ich es gelesen und in Riedhagen geht so eine Neuigkeit schnell herum.«

»Glauben Sie, das hat was mit Alexandra zu tun?«

»Hoffentlich nicht, sonst könnte man davon ausgehen, dass ein Serienmörder unterwegs ist. Der Schädel scheint schon länger im Ried zu liegen. Komisch erscheint mir, dass niemand vermisst wird. Das muss also nichts mit Alexandras Tod zu tun haben.«

»Vielleicht ist der Kopf von einer Moorleiche.«

»Oder ein Überbleibsel vom Krieg?«

Wild spekulierte die Klasse, bis ich einschritt:

»Wo sind wir stehengeblieben? Inhaltlich!«

»Sie mussten zum Rektor, was wollte der von Ihnen?«

»Das geht euch nichts an. Er meinte, wir sollten

mal ins Ried gehen, dorthin, wo Alexandra gefunden wurde. Wo waren wir inhaltlich stehengeblieben?«

»Sie sagten, dass Sie sich auf die Rindsrouladen freuen würden, und ohne Essiggurke würde es nicht gehen. Sie haben uns dann das Rezept diktiert. Aber meine Mama macht ein hartes Ei statt der Gurke rein, ich soll einen schönen Gruß von ihr sagen, das sollen sie auch mal probieren. Wann gehen wir ins Ried?«

»Verdammt noch mal, wollt ihr mich eigentlich verarschen? Ich sagte in-halt-lich.«

Betroffen schaute mich das gemeinsame Auge der Klasse an.

»Na ja, das war alles etwas viel. Das mit Alexandra. Und jetzt noch ein weiterer Leichenfund, Leichenteilfund. Sollen wir uns um 15 Uhr an der Riedwirtschaft treffen?«

Die Klasse nickte und schluckte kumulativ. Die Mädchen kramten nach Papiertaschentüchern in ihren monströsen, bunten Schulhandtaschen. Die Jungs räusperten sich.

Dunkel blickten die Fenster der hochgiebeligen Riedwirtschaft, die vor über 100 Jahren als Kantine für die Torfstecher erbaut wurde. Der kleine Parkplatz war schon übervoll. Seit Alexandras sterbliche Überreste in Wandernähe der Gastwirtschaft gefunden worden waren, boomte das kleine Ausflugslokal. Sehr zum Leidwesen von Frieda, die in ihrem Goldenen Ochsen einen Besucherrückgang zu vermelden hatte.

Ein glänzend blau-silbernes, autoritätssprühendes

Polizeiauto parkte schon vor der malerischen Riedwirtschaft. Die Schülergruppe hatte sich fast vollständig eingefunden. Tobi und Sergej fehlten immer noch.

»Kennen Sie den Weg, Herr Bönle?«

»Sollen wir nicht zuerst was trinken?«

Der lauffaule, übergewichtige Rolf deutete zum Gebäude.

»Vielleicht nachher, wir gehen zuerst mal zu Alexandras Gedenkkreuz.«

Mit der Hand machte ich ein Zeichen, mir zu folgen. Neugierig beobachteten uns die Gäste, die die nachmittägliche Herbstsonne in der Gartenwirtschaft genossen. Im Gänsemarsch ging es in südwestlicher Richtung über schmale Pfade durch Birken- und Tannenwäldchen und allerlei Gesträuch ins Ried hinein. Immer wieder öffneten sich kleine Lichtungen. Die Schüler machten sich einen Spaß daraus, in kleinen Gruppen gemeinsam hochzuspringen, um den weichen Riedboden in Wellen schwingen zu lassen. Je näher es zum Fundort von Alexandras Körper ging, desto stiller wurde die Gruppe.

Dann standen wir plötzlich, den Trampelspuren folgend, vor dem weißen Kreuz, das die Eltern von Alexandra in den weichen Boden gespießt hatten.

»Was ist denn das?«

Die Schüler standen ratlos vor dem, was sie sahen.

»Wer hat das wohl da hin gehängt?«

Bruno deutete auf ein ehemals weißes Feinrippunterhemd, das mit seinen Trägern an den horizontalen Kreuzbalken eingehängt, den Eindruck eines gespensterhaften Gekreuzigten vermittelte. Als die Schüler das kleine Farbfoto, das die lachende Alexandra zeigte, am Kreuz betrachteten, fing ein gemeinsames Schniefen an. Die Klasse trauerte um ihre Mitschülerin. Ich zog mein kariertes Stofftaschentuch aus der Hosentasche, ich mochte keine Papiertaschentücher. Sie lagen überall herum.

»Herr Bönle, was soll denn das mit dem Unterhemd und was bedeutet eigentlich RIP?«

»Rest in peace«, schluckte Bruno.

»Hää?«

»Ruhe in Frieden.«

»Ach so.«

»Oder«, schob ich lehrerbesserwisserisch ein, »lateinisch: requiescat in pace, er, sie, es möge in Frieden ruhen.«

»Aaah, warum er, sie, es, Alexandra war doch ein Mädchen. Aber was soll das zweite P in Klammern?«

»Das frage ich mich auch schon die ganze Zeit und die Sache mit dem zerschnittenen Unterhemd verstehe ich auch nicht.«

Nachdenklich kratzte ich mich am Hinterkopf und betrachtete den dunkel umrandeten Einschnitt auf der linken Seite der feingerippten Wirkware. Zwischen den Trägern der Schiesser Unterwäsche am Kreuzungspunkt vom senkrechten Holzpfosten und der Querlatte prangten die Buchstaben:

RIP(P)

Sie waren mit dunkelbrauner Farbe laienhaft auf das helle Kreuz gemalt worden.

»Das ist unheimlich«, flüsterte die leicht bekleidete Vicky und verschränkte fröstelnd die Arme über ihrer Brust.

Die Schüler spekulierten, was es mit den geheimnisvollen Zeichen auf sich haben könnte und kamen zu den abstrusesten Ergebnissen.

»Das Foto von Alex ist bestimmt von den Holds, vielleicht wussten sie einfach nicht, wie man das richtig schreibt und haben dann sicherheitshalber ein P in Klammern gesetzt.«

»Schwachsinn, das heißt bestimmt was ganz anderes, zum Beispiel, Rache ist Pein.«

»Und das zweite P? Pein schreibt man ja nicht mit zwei P am Anfang.«

»Vielleicht sind das Namen, Rosi, Ingrid, Paul und Peter?«

»Nein das heißt: Rolf ist ein pfundiger Pfundskerl.«

Der dicke Rolf packte einen Stecken vom Boden und raste wie eine Nilpferdmutter in kindsschützender Not auf den blonden, grinsenden Sven zu.

»Lasst den Quatsch, seid mal ernst.«

»Das heißt Raster Image Processor«, bemerkte die gut gebaute Anita.

»Wie bitte?«, fragte ich erstaunt.

»Ja, das hatten wir letzte Woche beim Huber in Foto-Theorie. Das hat was mit dem Computer zu tun, da werden Daten in eine Rastergrafik umgerechnet, ich glaube für die Druckvorstufe oder so ähnlich. Vielleicht hat ja jemand auf diese Art einen Hinweis geben wollen?«

»Das kann aber auch was mit Joe the Ripper zu tun haben.«

»Jack the Ripper!«

»Wer war das?«

»Ein Mörder in London, der hat Frauen aufgeschlitzt und verstümmelt, auch Innereien herausgeschnitten ... Was heißt Ripper, Herr Bönle?«

»Das hast du gerade gesagt, Aufschlitzer.«

»Oh mein Gott! Vielleicht wars der? Das Unterhemd ist doch auch aufgeschlitzt. Vielleicht gehörte es Alexandra?«

Vicky hob theatralisch die rechte Hand zur Stirn.

Ich hörte mir die weiteren Spekulationen der Schüler aufmerksam an, ohne meinen eigenen fürchterlichen Verdacht auszusprechen. Ich erinnerte mich an die unheimliche Begegnung im nebeligen Wald und an das, was die Frauengestalt Cäci zugerufen hatte. Vielleicht war es doch Ripp. Und das Unterhemd, das schlaff am Kreuz hing, vielleicht war es tatsächlich Alexandras letzter Feinripp-Begleiter und der Schnitt... ich wollte nicht weiter denken.

Die fast schon winterlich gekleidete Alisa stellte sich neben mich und sagte mit dünnem Stimmchen stockend:

»Man hat doch der Alexandra, ich meine, ... die Sache mit der Verstümmelung, eben die Rippe, eine herausgeschnitten, und da könnte es ja sein ...«

Der Rest des Satzes ging im würgenden Schluchzen unter.

»Und Ripp sagt man doch bei uns im Schwäbischen auch zu einer bösen Frau. Das weiß ich vom

Deutschunterricht und mein Opa sagt das auch noch zu meiner Oma. Und zu allen Frauen, die er nicht leiden kann.«

»Aber wenn das gemeint ist, dann haben das aber nicht die Holds hingeschrieben. Und das Unterhemd stammt bestimmt auch nicht von denen, vielleicht hat das ja….«

»Der Mörder wars«, kreischte Vicky und schlug die Hände vors Gesicht, »der ist bestimmt noch irgendwo, der versteckt sich hier im Ried, oh mein Gooott! Der beobachtet uns.«

Schluchzend liefen die Mädchen auf die zitternde Vicky zu und nahmen sie in ihre Mitte, gaben ihr Wärme, Geborgenheit und machten sie zum femininen Zentrum. Um eine weibliche Massenhysterie im tiefsten Ried zu verhindern, hob ich meine Hand und sagte:

»Also Leute, das ist alles schon ganz schön viel für euch, das versteh ich ja, aber denkt mal nach. Ich glaube, ihr habt noch ein recht antiquiertes und naives Bild von Verbrechern, Räubern und Mördern. Die wohnen nicht im Wald oder im Ried, was sollen die denn hier? Hier können sie ja nicht unter einem Baum sitzen und warten, bis eine Currywurst vorbeikommt und sagt, iss mich, oder ein Glas Most und sagt, trink mich oder ein Schlafsack vorbei…«

»Ist ja schon gut, Herr Bönle, wir habens begriffen«, nickte der feiste Rolf ernst.

»Aber sicher ist das auch nicht«, kreischte Vicky weiter.

Mittlerweile hatte ich schon meine Kamera gezückt

und begann das Kreuz mit der schlapp hängenden Schiesser-Devotionalie in Feinripp-Qualität aus allen erdenklichen Perspektiven zu fotografieren. Dann holte ich mein Handy aus der Tasche, und überraschenderweise war dies eine bessere Ablenkung als mein pädagogischer Vortrag. Vicky lachte überdreht und rief schluchzend:

»Was ist denn das, das hat ja ein Zipfelchen.«

Die übrigen Schüler staunten nicht schlecht:

»Cool, das war bestimmt das erste Handy der Welt.«

»Wauuu, das hat ja Seltenheitswert. Kann man die Antenne nicht einschieben?«

»Verkaufen Sie das? Zehn Euro?«

»20!«

»Ich tausche, Sie können mein Sony haben, da können Sie sogar fotografieren. Dann brauchen Sie Ihre alte Kamera nicht mitschleppen.«

Ich ignorierte die dilettantischen Schülerkommentare und schilderte meinem blauen Handy die Situation an Alexandras Kreuz. Das Blaue gab pflichtbewusst mein informatives Reden via sehr weit entferntem Satellit nach Bad Saulgau weiter, das fast in Hörweite lag. Während wir auf die Polizei warteten, sprangen die Jungs wieder gemeinsam in die Höhe, um die schwammige Riedhaut zum Tanzen zu bringen. Die Mädchen standen mit ihren bunten Handtaschen in kleinen Grüppchen, rauchten und diskutierten. Plötzlich schrie Sabine:

»Schnell, kommt mal schnell hier her, das ist ja ekelhaft!«

Vicky schlug sofort die Hände vor ihr hübsches Gesicht und stammelte:

»Oh nein, nicht schon wieder was! Nicht schon wieder Leichen! Das halt ich nicht mehr auuus!«

Die blonde Sabine schaute angewidert ins sandfarbene, kniehohe Gras.

Vor ihren Füßen lag ein totes, braunes Kaninchen, der Kopf war weit nach hinten verdreht, durch die aufgeschlitzte Kehle sah man bis zu den Halswirbeln. Ein Ohr des Tieres war abgeschnitten und lag neben dem Nager. Die Spitze des Ohres war dunkel von verkrustetem Blut. Ich fotografierte.

»Das ist keine Farbe am Kreuz, das ist Blut, Hasenblut.«

»Und das Ohr war wohl der Pinsel«, fügte ich, auf den abgeschnittenen Löffel des toten Meister Lampe deutend, hinzu.

Der stattliche Rolf stieß mit der Fußspitze gegen das entleibte, einohrige Nagetier:

»Das ist kein Hase, das ist ein Kaninchen, ein Stall-Kaninchen.«

»Ein Stallhase also«, bemerkte ich.

Strafend schaute mich Rolf an.

»Stallhasen sind immer Kaninchen man sagt nur Stallhasen. Hasen hält man gar nicht als Haustiere.«

Ich war verwirrt und Rolf war stolz.

»Oh mein Gooott!« Vicky riss beide zitternden Hände, die Finger weit gespreizt vors Gesicht, ohne dies jedoch zu berühren, damit sie die Schminke nicht verschmierte – so wie sie es aus amerikanischen TV-Serien und deren deutschen Plagiaten gelernt hatte.

Die Schüler schauten mich entsetzt an.

»Das wird ja immer unheimlicher. Und wenn der Mörder doch noch im Ried ist?«

Unsicher spähten die Schüler rundum.

»Oh mein Goooott!« Vicky hauchte ihren Lieblingssatz nur noch.

Ihre Freundin Anita kam zu ihr und legte schützend einen Arm über ihre Schulter.

»Die Wahrscheinlichkeit ist sehr gering, dass er noch geschwind vorbeikommt und uns alle ins Jenseits befördert oder die Ohren abschneidet«, versuchte ich die ängstliche Stimmung etwas aufzulockern.

»Oh mein Gooooott!« Vicky setzte sich auf den feuchten Riedboden. »Ich kann nicht mehr! Oh mein Gott!«

Anita schaute zu mir, verdrehte die Augen und tippte sich unauffällig an die Stirn.

Besänftigend, mit pädagogisch weichem, gesenktem Gesicht nickte ich verständnisvoll mit einem langsamen Augenaufschlag zu Vicky hinunter, die ihren Kopf schützend zwischen ihre hübschen Knie gesenkt hatte:

»Da kann dein Gott auch nichts dafür.«

»Oh mein Gott, Herr Bönle, halten Sie mich.«

Sie streckte mir von unten ihre hübsche Hand entgegen. Ich tätschelte sie vorsichtig.

Es dauerte nicht lange, bis die Polizei kam. Der Ort war zwar durch den saftigen Boden mit Fahrzeugen nicht zu erreichen, doch die Dienststelle in Bad

Saulgau hatte die beiden Kollegen, die gerade in der Riedwirtschaft die Wirtsleute befragten und einen großen Schwäbischen Wurstsalat aßen, zu Alexandras Kreuz abbeordert. Trotzdem mussten wir noch warten, bis der Rest der ermittelnden Truppe eintraf. Ich war etwas enttäuscht, dass die Blonde nicht dabei war. Ein kleiner, dicker Herr mit Glatze stellte sich mir als Kommissar Festle vor, er sei die Vertretung der Vertretung. Bei jedem Satz lachte er über seine eigenen Späße, und so war das Erstverhör in idyllischer Riedumgebung, bei beständig sinkender Außentemperatur durch Kommissar Festle und seine Kollegen für die Schüler eine spannende Unterbrechung im oberschwäbischen Schülerleben. Der feiste Festle fragte mich zweimal, ob ich nicht wisse, wo sich Tobias Fränkel im Augenblick aufhalten würde. Auch die fesche Vicky hatte sich wieder beruhigt, ich durfte ihre Hand wieder loslassen. Sie nörgelte nur, dass es immer kühler würde. Rolf bot sich an, er wärmte sie ein bisschen. Sein massiger Körper würde nicht so schnell auskühlen.

Immer früher neigte sich die Sonne nun schamrot hinter die dunklen Tannenbäume über das westliche Ende des Rieds. Fledermäuse nutzten die letzten warmen Tage, um sich für die Winterruhe wenige Gramm Reservespeck anzuspeisen. Wie kleine Pelzseelen gaukelten sie zwischen den Bäumen hinter nichts ahnenden Insekten her.

18 RIEDGRAB

Das Buch Ijob
5:26 Bei voller Kraft steigst du ins Grab, wie man Garben einbringt zu ihrer Zeit.

Hilde hatte das Bedürfnis, ihrem Ex eine E-Mail nach Heidelberg zu schicken. Sie wollte ihn in der Ferne etwas am spannenden Dorfleben teilhaben lassen. Und sie hatte immer noch ein schlechtes Gewissen Philipp gegenüber. Ihn hatte die Trennung sehr mitgenommen. Sie wusste, dass er in Heidelberg einen Therapiekurs ›Trennung nacharbeiten – Trennung verarbeiten – Trennung bearbeiten‹ besuchte.

Sie hackte auf die Tastatur ein, bis ihre Nase ihr Einhalt gebot.

»Scheiße, die Pilze kochen über!«

Sie raste zum Herd, nahm den Topf von der Platte und deckte den Tisch.

Das Essen war lecker. Hilde stand mit dem Teller in der rechten Hand auf, eckte mit ihrer knochigen Hüfte am Tisch an, der Löffel fiel vom Teller auf den Boden. Als sie ihn aufhob, wurde ihr schwindelig. Der Kreislauf. Sie fühlte sich müde und ein bisschen euphorisch.

Ferien, Herbstferien! Eine Woche keine Schüler! Eine Woche keinen Ärger mit den Kollegen! Schnell aufs Kanapee! Wenn nur der Weg dorthin nicht so unendlich weit wäre.

Sie schaute aus dem Panoramafenster ihres kleinen, aber feinen Platz-Fertighauses über die goldgelben Birken hinweg ins angrenzende Ried und bewunderte überglücklich die herrliche Wohnlage und das Changieren der gelben Blätter in einen kräftigen Lila-Ton. Wochenende, und Ferien, und so einen schönen Riedblick, dreifaches Glück. Hysterisch lachte sie laut ins Ried, erschrak über sich selbst und schwankte plötzlich. Unsicher stand Hilde im Raum und drehte ihren Kopf, als suche sie ihre Liegestätte. Sie bewegte sich vorsichtig im Kreis, die Hände unsicher ausgestreckt, das Wohnzimmer drehte sich jedoch mit! Verdutzt rieb sie sich über die Stirn und murmelte:

»Ich hab doch nichts getrunken?«

Sie kicherte, erinnerte sich plötzlich wieder, wo ihr Kanapee stand, und wankte hin. Das Rot des Liegemöbels schien ihr plötzlich kräftiger. Und das Kanapee riesengroß. Sie schaute, um einen Größenvergleich zu haben, auf ihre linke Hand. Ganz lang, immer länger werdend streckten sich ihre Finger ihrem Gesicht entgegen und wollten es zerkratzen. Sie erschrak und riss die Hand nach unten.

»Was ist los?«, lallte sie.

Schwankend stellte sie den Teller, der auf einmal die Größe eines Wagenrades hatte, auf ein Beistelltischchen. Dann ließ sie sich ins weiche Polster des Liegemöbels plumpsen. Sie legte ihre Füße auf die Kopflehne und schloss die Augen. Sie fühlte sich ganz leicht, leicht wie eine Fledermaus, und ihr Körper hob sich langsam im Rhythmus ihres Herzschlages. Mit jedem Flügelschlag fühlte sie sich freier und heiterer. Ihre Beine begannen plötzlich in einem fremden Rhythmus zu zucken. Und dann flog sie, weit weg, ohne jedoch voranzukommen. Es wurde helle Nacht. Aber da war doch noch jemand im Raum. Sie merkte es, ohne die Augen zu öffnen. Irgendjemand stand im Raum. Ganz dicht bei ihr. Hinter ihrem Kopf. Sie war aber zu müde, den Kopf zu drehen. Und dann hörte sie ganz deutlich eine Stimme:

»Komm mit! Ich bring dich zum Arzt. Der Kreislauf.«

Hilde kicherte, sie wusste, dass alles nur ein Traum war. Dann legten ihre Sinne eine Zwangspause ein.

Es war kein Traum. Ihr Kopf hämmerte im schnellen Takt ihres Pulses, Füße und Hände waren eiskalt. Sie zitterte am ganzen Körper und ihr Magen suggerierte ihrem Gehirn, dass er etwas Ungenießbares gegessen hatte. Heftig musste sie sich übergeben.

Scheiß Pilze!

Die Übelkeit verursachenden Pilze erklärten jedoch nicht im Geringsten, warum sie sich in dieser misslichen Lage befand.

Hilde saß in einem Erdloch, die torfigen Abstiche sagten ihr, dass sie sich im Ried befand. Das Loch war circa 1,30 Meter tief und fast quadratisch gestochen. Sie schätzte die Bodenfläche auf ungefähr zwei Mal zwei Meter. Auf der feuchten Erde lag eine stabile, verwitterungsbeständige graue Folie, eine Silofolie, wie die Bauern sie zum Abdecken des Grünfutters verwendeten. Die Folie war mehrfach gefaltet und bot zum weichen Riedboden eine zusätzliche Polsterung. Sie erschrak, als sie nach oben schaute. Im gedämpften Licht erkannte sie über ihrem Kopf eine gitterförmige Abdeckung. Es war ein riesiges Armiergitter, wie man es zur Verstärkung von Betonbauteilen verwendete. Sie hob ihre Arme über den schmerzenden Kopf und versuchte, das rostige, schwere Gitter, das weit über die gestochenen Ränder des Erdloches hinausragte, anzuheben. Es bog sich lediglich um einige Zentimeter in sich selbst, die Ränder schienen solide befestigt. Wenn sie wenigstens stehen könnte, dann hätte sie ihre Kraft besser nach oben wirken lassen können. Ihre Augen hatten sich an das Zwielicht gewöhnt und sie erkannte, dass sich über dem Erdloch ein Holzschopf befand. Sie sah die Balken und Bretter einer baufälligen Holzdecke über sich. Als sie durch das Gitter spähte, bemerkte sie, dass sich das Loch, in dem sie saß, in einer Ecke der baufälligen Scheune befand. In der Scheune selbst herrschte Unordnung, die unterschiedlichsten Gerätschaften lagen im Raum verteilt.

»Wo bin ich?«, hauchte Hilde.

Ihr Mund stand offen, die Pupillen waren dunkle Nagelköpfe, der Kopf weit in den Nacken verdreht. Noch einmal rüttelte sie am Gitter.

»Hilfe!«

Doch Hilde ahnte, dass niemand sie hören würde. Sie hob die mehrlagige Folie auf dem Boden an, bildete ein Dreieckszipfel, kniete sich darauf und buddelte in der Ecke ein kleines Loch in den weichen Torf. Dann schob sie angewidert ihr Erbrochenes von der Folie in das Loch, drückte die ausgehobene Erde als Verschluss fest darauf und legte die Folie wieder darüber. Sie setzte sich in die gegenüberliegende Ecke und streckte die Beine weit aus. Sie rieb sich die schmutzigen Hände an den Torffasern der Wand ab und schüttelte wie in Zeitlupe den Kopf. Erschrocken zog sie die Hände zurück, an den hellen Ablagerungen am Torf sah sie, dass ihre Grube nicht immer trocken war. Das Wasser stand hier schon einmal bis zum Gitter, davon zeugten auch die Gras- und Schlammreste, die das wieder rückfließende Wasser an den quadratisch angeordneten Gitterstäben hängen gelassen hatte. Hilde fuhr sich verzweifelt durch die kurzen dunklen Haare.

Was war passiert?

19 BIBERGLÜCK

Das Buch Kohelet
3:19 Denn jeder Mensch unterliegt dem Geschick, und auch die Tiere unterliegen dem Geschick. Sie haben ein und dasselbe Geschick. Wie diese sterben, so ster-

ben jene. Beide haben ein und denselben Atem. Einen Vorteil des Menschen gegenüber dem Tier gibt es da nicht. Beide sind Windhauch.

Dort, wo Hornbach und Ostrach dunkel zusammenfließen, direkt am Spazierweg hatte sich der Biber mit seiner Familie eine Burg gebaut. Zurzeit war er aber aushäusig, er war seiner Lieblingsnebenbeschäftigung nachgegangen. Der stattliche Bibermann war mit seiner Arbeit offensichtlich zufrieden, noch einmal hob er, wie zum Zeichen des Triumphes, seine Kelle. Mit Bibergeil, einem stinkigen, öligen Sekret aus seinem Hinterteil, hatte er sein Revier markiert. Mit unbeholfenen Schritten zog es ihn durch das dürre Gras nun wieder zum Hornbach hin, um zu seiner Gattin, mit der er monogam lebte, und zu seinen Kindern zurückzukehren. Mit einem sanften Plumpsen verschwand der große Nager mit kräftigen Schlägen seiner haarlosen Kelle im dunklen Wasser. Plötzlich war er leicht und behänd, nur sein Kopf schaute neugierig aus dem schwarzen Wasser. Schon erkannte er seine stattliche Burg. Und weil dem stolzen Biber seine Biberburg heilig war und er bemerkte, dass der Hornbach durch die lange Trockenheit gesunken war, beschloss er, um zu verhindern, dass der Eingang seines Wohnkessels trocken gelegt wurde, den Hornbach wieder aufzustauen. Das war ihm vor Kurzem schon einmal gelungen, doch die Bauern hatten bald seinen Damm eingerissen, damit ihre Felder wieder trockenen Rades zu erreichen waren. Er begann seine Arbeit dort, wo

Hornbach und Ostrach dicht beieinander in ihren schmalen Betten flossen. Des Bibermännchens erstes Opfer war eine junge Birke. Die starken Schneidezähne hobelten Rinde und Holz, bald fiel der erste Baum. In einigen Stunden würde der Wasserspiegel ansteigen.

20 KOHLROULADENBRAND

Das Buch Exodus
16:23 … Backt, was ihr backen wollt, und kocht, was ihr kochen wollt, den Rest bewahrt bis morgen früh auf!

»Hallo, komm schnell, sonst wirds kaaaalt«, rief Cäci vergnügt von der Küche her.

Aus der Garage, in der ich meinen Porsche Diesel Junior frech neben meiner schwarzen Harley Davidson eingeparkt hatte, war ich über die Terrasse, die zugleich das Dach der Garage war, direkt in meine gute Stube geeilt. Die sensiblen Sensoren meiner verwöhnten Nase meldeten mir kulinarisches Ungemach. Es roch leicht angebrannt, und weil das Brenzlige alle anderen Düfte übertünchte, konnte ich nicht erraten, was kalt werden konnte. Mit gerunzelter Stirn und einer guten Portion berechtigter Skepsis trat ich von der guten Stube in die Küche. Etwas nebliger Qualm hing noch unter der Decke, beide Küchenfenster waren zum Durchzug weit geöffnet. Ich wollte schon zu einem rhetorischen Schlag wider den Verfall von Kochkünsten und Kochsitten ausholen, doch Cäcis strahlende Riedaugen und vor allem ihr eng anliegendes T-Shirt, unter dem sie eindeutig nichts trug, verdrängten sofort den brandigen Geruch aus meinen Nasenschleimhäuten. Ich küsste sie und griff behänd unter ihr T-Shirt. Sie drehte sich keck weg und grinste:

»Den Nachtisch gibt es erst nachher, deshalb heißt er ja Nachtisch.«

Sie zupfte zickig am Saum ihres T-Shirts herum, präsentierte mir ihre ebenso attraktive Kehrseite, deren unterer Bereich in engen Bluejeans und Billig-Cowboystiefeln steckte. Mit verklärtem Blick betrachtete ich ihr wohlgeformtes Gesäß:

»Ich habe richtig Appetit.«

»Das freut mich, ich habe Kohlrouladen mit Salzkartoffeln gekocht.«

»Selbst?«

Sie nickte stolz.

Ich betrachtete ihr glänzendes Haar und roch die verunglückten Kohlrouladen. So nahe können Leid und Freud beieinander liegen.

Selbstbewusst stand sie über dem qualmenden Topf und bestätigte somit meine schlimmsten Befürchtungen, sie drehte forsch ihren Kopf mit den soßenbraunen Augen zu mir und strahlte mich wie die aufgehende Sonne an. Da sie mit Rühren und Nachwürzen beschäftigt war, konnte sie sich nicht wehren. Von hinten griff ich ihr an die kleinen, festen sowie wohlgeformten Brüste und knurrte ihr ins Ohr:

»Und zum Nachtisch gibts Äpfelchen?«

Mit dem heißen Holzkochlöffel bekam ich eins auf meine linke Hand.

»Siehst du, was du jetzt angerichtet hast?«

Sie deutete auf den Soßenfleck, der nun ihre linke Brust zierte.

»Soll ichs abschlecken?«

»Hock dich hin! Wer auf den Nachtisch nicht warten kann, bekommt gar keinen.«

Sie deutete mit dem Kochlöffel auf meinen Resopalküchentisch, auf dem schon zwei Teller mit dem dazugehörigen Esswerkzeug standen.

»Sitz!«

Ich setzte mich sofort, die Drohung, des Nachtisches verlustig zu werden, hatte mich verunsichert.

»Brav. Wo warst du eigentlich so lange?«

Während die Kohlrouladen ein zweites Mal anbrannten, erzählte ich Cäci, was ich in der Schule und mit der Klasse im Ried erlebt hatte.

Danach gab es gleich den Nachtisch, denn die Kohlrouladen sahen aus wie kleine Briketts und waren ebenso ungenießbar wie die zerfallenen, schleimigen Salzkartoffeln. In der Küche stand trotz geöffneter Fenster immer noch beißender, heller Rauch.

Ich betrachtete meine Schöne und den Nachtisch. Und sie betrachtete mich.

»Und, was denkst du, wie hängt das alles zusammen? Die Sache mit dem Unterhemd, das verstehe ich nicht, wenn das tatsächlich Alexandra gehörte… das ist doch pervers. Das wird immer mysteriöser und was hat das mit dem Hasen zu bedeuten? Man kann doch auch mit etwas anderem schreiben als mit Hasenohren und Hasenblut. Das hat bestimmt eine Bedeutung. Der Täter will uns Hinweise geben oder Rätsel stellen.«

Ich zuckte mit den Schultern und erklärte ihr den Unterschied zwischen Hase und Kaninchen. Bewundernd tätschelte meine Schöne mein starkes Knie.

»Das macht alles keinen Sinn, ich sehe keine Zusammenhänge. Der Tod von Alexandra, der Schädel im Ried, die Leichenteile von Alexandra an Fränkels Tor, dann taucht Sergej nicht mehr auf. Auf jeden Fall müssen die Fränkels etwas damit zu tun haben. Und dass Sergej abhaut, das macht ihn auch verdächtig. Dann noch die Andeutungen, dass Tobi etwas mit der Alexandra hatte. Ich hätte ihn gern dazu befragt, aber jetzt ist auch er spurlos verschwunden. Seit Tagen ist er jedenfalls nicht mehr in der Schule gewesen, und auf dem Hof habe ich ihn auch nicht angetroffen.«

»Tobi? Der ist mir gerade im Ried entgegengekommen.«

»Wann?«

»Ich war einkaufen im Edeka in Ostrach, und auf der Rückfahrt ist er mir zu Fuß entgegengekommen. Das ist jetzt eine gute Stunde her.«

»Wo ist er dir entgegengekommen?«

»Zwischen Ulzhausen und Egelreute.«

»Was macht er zu der Zeit dort im Ried? Es wird doch bald dunkel.«

»Ich habe mich auch gewundert, was er mit dem Seil über den Schultern im Ried will. Vielleicht einen Wagen herausziehen, sein Vater wird irgendeine Arbeit für ihn gefunden haben.«

»Was, er hatte ein Seil dabei? Oh Scheiße.«

»Ja, er hatte es über die Schulter gehängt.«

Ich sprang auf:

»Zieh dich an, wir müssen ihn sofort suchen. Ich befürchte, dass er sich was antut. Vielleicht war da doch mehr mit der Alexandra.«

21 LEBENSBAUM

Das Buch Genesis
2:9 Gott, der Herr, ließ aus dem Ackerboden allerlei Bäume wachsen, verlockend anzusehen und mit köstlichen Früchten, in der Mitte des Gartens aber den Baum des Lebens und den Baum der Erkenntnis von Gut und Böse.

Tobi war sehr traurig, er schniefte vor sich hin, immer wieder liefen salzige Tränen warm seine Wangen herunter. Einige fing er mit der Zungenspitze auf. Er wusste, wohin er wollte, die Stelle kannte er genau. Dort hatte er mit seinem Freund die gesammelten Frösche wieder hüpfen lassen, dort hatte er mit dem Luftgewehr auf eine selbst gebastelte Zielscheibe geschossen, dort hatte er seine erste Zigarette heimlich geraucht, dort hatte er sein erstes Sexheftchen angeschaut, dort hatte er geweint, wenn seine Eltern sich mal wieder gestritten hatten, dort hatte er auch zum ersten Mal ein Mädchen geküsst, die Linda aus Ostrach, die doofe Kuh. Und dort war er auch mit Alex gewesen. Dort zog es ihn hin, unter den magischen toten Baum, der knorriges Symbol für einen Teil seines Lebens geworden war, dort unter die knöchernen Äste der toten Kiefer.

Langsam schlurfte er die Straße entlang, ein rotes Auto kam ihm entgegen. Das war doch Bönles Freundin, die Wirtstochter. Er wollte die Hand zum Gruß heben, aber dann wäre das Seil vielleicht von seiner Schulter gerutscht, und die andere Hand suchte gerade die Sicherheit der Hosentasche. Hätte sie angehalten, hätte er es sich vielleicht noch einmal anders überlegt. Er drehte sich um und schaute dem kleinen, roten Wagen nach, der zackig hinter einer Kurve verschwand. Er ließ seinen wässrigen Blick nach rechts ins Ried hinunter wandern. Noch fünf Minuten, dann würde er an seiner Lieblingsstelle sein, dort, wo die tote Kiefer stand. Dort, wo er geraucht und die doofe Linda mit ihrer Zunge wie mit einem Rührgerät in seinem Mund herumgewerkelt hatte. Er bog von der schlecht geteerten Straße ab und schlenderte mit hängendem Kopf den grünen Planweg entlang. Er blieb am Elektrozaun, der längs des Weges gespannt war, stehen und betrachtete die Kühe dahinter. Braun-weiß stand die melancholische Herde wiederkäuend da und betrachtete Tobi. Sie genossen die letzten Herbsttage, bald würden sie in den dunklen Ställen stehen und Silofutter fressen. Tobi beneidete sie. Er klatschte in die Hände und schrie:

»Gschhh, gschhh!«

Das Seil war von seinen Schultern gerutscht und bildete eine Schlange zu seinen Füßen. Die minderbemittelten Horntiere blickten kurz auf.

Tobis Augen liefen an der blinkenden, geschwungenen Linie des Elektrodrahtes entlang. Er wusste, dass es nicht ausreichen würde, trotzdem griff er nach dem dünnen Draht und umfasste ihn mit der ganzen Hand. Es dauerte wenige Augenblicke, bis der erste Stromschlag durch seine Hand zuckte, dann der zweite, dann ein dritter. Er stöhnte auf und musste wieder weinen. Hoffentlich wird es nachher nicht so schlimm. Er griff entschlossen nach dem Seil auf dem Boden, legte es wieder über seine linke Schulter und ging weiter – zur toten Kiefer. Tobi ging immer langsamer, er konnte sie schon sehen, die Kiefer. Er wusste auch schon, welcher Ast es sein würde. Oder sollte er es sich noch einmal anders überlegen? Wenn er darüber nachdachte, hatte es mit einem Selbstmord ja keine Eile, man kann es eigentlich jeden Tag tun. Tobi musste lächeln, er dachte an Bönle, den verrückten Religionslehrer, der hatte immer gesagt, das heißt nicht Selbstmord, man kann sich ja nicht selbst ermorden, es muss Selbsttötung oder besser noch Suizid heißen. Tobi lachte und weinte und schrie zur toten Kiefer hin:

»Besser noch Suizid, besser noch Suizid!«

Auf einmal war er sich nicht mehr sicher, ob Selbstmord die richtige Lösung war. Er drehte sich um und schaute zur Straße hin. Dort fuhr gerade ein blau-weißes Polizeiauto mit hoher Geschwindigkeit schaukelnd die schmale Straße in Richtung Riedhagen. Tobi dachte an seinen Vater, wie er heute Morgen mit den beiden Polizisten geschimpft hatte: Ich suche ihn doch auch, wenn der nach Hause kommt, der wird was erleben! Tobi hatte alles aus seinem Versteck auf dem Heuboden gehört.

Entschlossener denn je drehte er sich wieder in die andere Richtung um und schlurfte auf die abgestorbene Kiefer zu. Er sah den Ast, er war dick genug.

Es war etwas mühsam, auf den Ast zu klettern. Doch dann hatte er ihn erreicht. Vorsichtig setzte er sich in die Astgabel, nahm das solide Hanfseil von seiner Schulter und band das eine Ende mit einem gewöhnlichen Doppelknoten um den schuppigen Ast. Er ließ den Rest des Seiles auf den Boden, nahm Maß mit seinen Augen, zog es wieder nach oben und schnitt mit seinem Taschenmesser die Überlänge ab. Nicht, dass er sprang und, nur weil das Seil zu lang war, er mit gestauchten Beinen im weichen Boden landete. Nein, das musste schon professionell vonstatten gehen, so ein Selbstmord, so ein Suizid. Auf der Astgabel sitzend versuchte er sich an den Henkersknoten zu erinnern. Er hatte extra noch im Internet nach Henkersknoten gegoogelt. Zuhause hatte er ihn noch gekonnt. Nun saß er da und es fiel ihm nicht mehr ein, wie man das Seilende führen und binden musste, um den echten Henkersknoten zu haben. Das war wichtig, dass er echt ist, denn nur der echte Henkersknoten beherrscht das tödliche Kunststück, beim abrupten Abbremsen das Genick zu brechen. So hatte er es im Internet recherchiert. Das war wirklich wichtig, er wollte nicht ersticken, außerdem sah der Henkersknoten auch besser aus. Tobi wurstelte mit dem Seilende hin und her, aber die Erinnerung kehrte nicht mehr zurück.

»Scheiße, nichts klappt, nicht einmal das Verrecken! Dann halt nicht!«

Lange saß er auf dem Ast und dachte an nichts, in seiner Seele war Dunkelheit, sein Gemüt war narkotisiert. Er senkte die Lider.

Verärgert, gegen eine neue Tränenflut ankämpfend, betrachtete er aus verschwommenen Augen das Seilende. Er überlegte noch einmal, ob er das ganze Unternehmen rückgängig machen sollte. Er ließ das Seilende wie einen Propeller kreisen.

»Dann halt nicht!«

Wenn es so nicht ging, würde er einfach einen ganz normalen Knoten machen. Komisch, er dachte schon wieder an Bönle, in den letzten Minuten seines Lebens dachte er an Bönle, seinen eigenartigen Relilehrer. Was hatte der immer gepredigt, vor allem vor den Klassenarbeiten? Wenn das Komplizierte, das Perfekte nicht funktioniert, dann heißt es eben improvisieren. Lieber pfuschen als gar nichts tun.

Also, auch hier kein großes Theater um den perfekten Henkersknoten, scheißegal, nur einen simplen Standardknoten. Schließlich geht es ja nicht um einen Henkersknoten-Schönheitswettbewerb, sondern darum, dass man schnell stirbt. Tobi ließ seinen Blick noch einmal zur Straße hin schweben. Ein kleiner roter Traktor mit einem Anhänger voll mit dampfendem Mist stotterte gemütlich in Richtung Riedhagen.

Tobi legte sich das Seilende um den Hals, schätzte die Länge ab, nahm es wieder vom Kragen weg, band einen soliden Einfachknoten, zog sich die Schlinge über den Hals und sprang.

Das Letzte, was Tobi durch die toten Äste der Kiefer sah, war ein kleines, rotes Auto, das sich sehr schnell von Riedhagen her bewegte.

Das Letzte, was Tobi roch, war der Duft der Herbstwiese.

Das Letzte, was Tobi sagte, war Vaterunser.

Das Letzte, was Tobi hörte, war ein kurzes, knackendes Geräusch.

22 RAUSCHOPFER

Das Buch der Sprichwörter
31:6 Gebt berauschenden Trank dem, der zusammenbricht, und Wein denen, die im Herzen verbittert sind.

Sie war, nachdem sie eine Nacht in einer halb zerfallenen Kapelle übernachtet hatte, unschlüssig und verzweifelt ziellos durch das Ried gestrichen, um nachzudenken. Als sie sich noch einmal vergewissert hatte, dass sie keine Spuren in der Holzarbeiterhütte zurückgelassen hatte, zog sie mit ihrem schweren Rucksack in nordwestlicher Richtung los. Der dunkle Blick des Totenschädels verfolgte sie jedoch mit jedem Schritt. Verstört ging sie immer weiter ins Ried hinein, eigentlich wollte sie Richtung Ostrach. Dort hatte sie schon einmal übernachtet, in einem großen Reitstall. Immer wieder musste sie umkehren, weil die Pfade zu morastig waren. Dann kreuzte auch noch ein Bach ihren Weg und sie ging an ihm entlang, bis sie rechts hinter einer grünen Ebene die Spitze eines Kirchturms entdeckte. War das Riedhausen oder schon Wilhelmsdorf? Riedhagen konnte es nicht sein. Ostrach hatte einen anderen Kirchturm und den konnte man vom Ried aus sowieso nicht sehen. Sie hatte die Orientierung verloren. Panik stieg in ihr auf.

Der Bach war in einen größeren gemündet, und nun lief sie einen Wanderweg entlang, neben ihm verlief dunkel ein drohender Kanal. Ihm folgte sie bis zu einem kleinen Parkplatz neben der Riedallee. Sie wusste wieder, wo sie war, hier wollte sie bestimmt nicht hin. Erschöpft ließ sie sich auf einer bemoosten Holzbank nieder. Ihren großen Rucksack stellte sie neben sich. In ihrem grünen Parka und dem karierten Hemd, mit ihren derben Wanderstiefeln sah sie wie eine typische Riedfreundin aus. Sie wusste, dass nur ihr Verstand sie aus der misslichen Lage retten konnte, fliehen wollte sie nicht, noch nicht.

Als der weiße VW-Bus schaukelnd auf der welligen, riedgeschädigten Straße vorbeifuhr, senkte sie ihren Kopf. Als sie die Aufschrift auf dem Kleinbus sah, hatte sie die Idee.

»Die verrücktesten Ideen funktionieren am besten«, murmelte sie.

Auf dem vorübersausenden, wankenden Bus hatte sie gelesen: … Zieglerschen …, und sofort war ihr die Idee gekommen.

Sie hatte sie schon oft gesehen, die Männer, die den Riedlehrpfad entlanggingen oder auf einer der vielen Bänke verweilten. Manchen sah man ihr Schicksal an, andere hatte das Schicksal begünstigt und man sah ihnen ihr Schicksal nicht an. Die Männer, das war ihre Chance, beziehungsweise einer davon.

Rasch schulterte sie ihren Rucksack und lief die Riedallee in südlicher Richtung entlang, dann bog sie nach links ab, als sie das kleine Schild SHB-Naturschutzzentrum Pfrunger-Burgweiler Ried sah.

In 30 Minuten würde sie dort sein. Dort auf dem Riedlehrpfad würde sie auch auf die Männer treffen und sich einen von ihnen aussuchen. Sie musste in ihrer Auswahl jedoch sehr vorsichtig sein, viel hing davon ab.

Wie elektrisiert von ihrer guten Idee stapfte sie weiter, bis nach einer letzten Kurve das Gebäude des Naturschutzzentrums vor ihr lag. Erschöpft ließ sie sich auf einem der großen Findlinge nieder, die hier zu Anschauungszwecken drapiert waren. Meist fielen aber Kinder von ihnen herunter. Noch einmal ging sie ihren Plan in Gedanken durch. Dann stand sie auf, ging zum Eingangsbereich des Riedlehrpfades, setzte sich vor dem Holzsteg auf die Bank und wartete. Sie wusste nicht, wann das Abendessen gereicht wurde, aber danach würden doch einige Patienten der Zieglerschen Stationären Klinik für suchtkranke Männer einen kleinen Verdauungsspaziergang machen. Und wenn sie heute keinen fand – dann morgen.

Sie musste einen Mann erkennen, der ein Neuzugang war, die waren labiler. Und als die ersten der Abendspaziergänger den Lehrpfad begingen, tat sie, als wäre sie in ihre Wanderkarte vertieft. Sie spähte sich ihr Opfer jedoch ganz genau aus. Der eine sah zu seriös und gefestigt aus, die nächsten kamen in lachenden oder ernsten Grüppchen. Dann kam lange niemand mehr. Sie wollte sich schon aufmachen, um einen alternativen Schlafplatz zu finden, als er kam. Der war es! Er sah hager aus, hatte langes, strähniges Haar. Sein kantiges, fahles Gesicht war von einem ungepflegten Bart umrahmt. Sein Alter war schlecht zu schätzen, aber die 40 hatte er noch lange nicht erreicht. Hektisch trat er auf den weichen Weg des Riedlehrpfades ein. Er wirkte nicht unattraktiv, als er näher kam. In der linken Hand schlenderte eine verwitterte Aldi-Plastiktüte. Der bauchige Inhalt war unschwer zu erraten.

»Entschuldigung, können Sie mir kurz helfen?«

Der Mann blieb erschrocken stehen. Als er ihr Gesicht sah, lächelte er kurz.

»Ja, klar, um was gehts?«

»Ich will heute noch bis Ravensburg auf die Veitsburg, in die Juhe, weiß aber gar nicht genau, wo ich gerade bin.«

Sie setzte ihr naivstes Lächeln auf.

»Bis Ravensburg, heute noch? Zu Fuß oder mit dem Bus?«

»Ich weiß nicht, ist einfach eine blöde Situation, ich habe mich in der Zeit völlig vertan.«

»Ja, das kann vorkommen.« Der Mann fuhr mit seinen Fingern nervös durch das strähnige Haar.

»Können Sie mir mal zeigen, wo wir gerade sind?«

Der Mann beugte sich über die Karte. Sein zitternder Zeigefinger umkreiste dann großzügig, ohne jegliche Ahnung, einige kartografierte Ortschaften.

»Ungefähr hier. Aber das kann ich Ihnen auch ohne Karte sagen: Nach Ravensburg kommen Sie heute nicht mehr zu Fuß.«

»Ich möchte halt nicht wieder bei einem einsamen Bauern schlafen, der dafür mit Naturalien bezahlt werden will, Sie verstehen?«

Das Interesse des Mannes war geweckt, sein Kopf ging wenige Zentimeter zurück, er betrachtete die Frau von oben bis unten und fuhr sich nervös mit der Zungenspitze über die Lippen.

»Sind Sie schon lange unterwegs?«

»Ja, ich komme von Köln und möchte bis Basel wandern.«

»Allein?«

»Ja, ganz allein.«

Sie langte in den Rucksack und holte sich aus einer zerknitterten Packung eine Marlboro.

»Auch eine?«

»Ja, ähhh, nein, nicht hier«, stotterte er nervös und blickte mit vogelartiger Kopfbewegung um sich.

»Warum nicht hier?«

»Komm mit, ich erzähls dir. Vielleicht kann ich dir ja auch helfen, mit einem Schlafplatz.«

Er hatte angebissen. Er war schon beim Du. Sie konnte ihr Glück kaum fassen. Es ist nicht schlecht, nicht schlecht auszusehen.

Der schlanke Mann ging ihr auf stakeligen Jeans-Beinen flott voraus. Sie überquerten zwei kleine Holzbrücken, über der dritten lag eine umgestürzte Tanne.

»Der Sturm. Dahinter können wir in Ruhe sprechen.«

Die Hand des Mannes deutete auf die grünen Äste. Sie zwängten sich durch das stechende Grün des entwurzelten Baumes. Auf der anderen Seite verschwanden sie in der Dämmerung in einem dichten

Gestrüpp und machten es sich auf zwei Tannenstümpfen bequem.

»Steht das Angebot noch mit der Kippe?«

»Klar, nimm dir eine.«

Zitternd griffen sich die mageren Hände einen der gedrehten Tabakstängel. Sie gab ihm Feuer. Er lächelte ein sympathisches Lächeln.

»Einen Schluck dazu?« Fragend blickte sie ihn an.

Sie holte aus ihrem Rucksack die Literflasche mit dem Klaren und lächelte den Fremden an. Sie streckte ihm die kühle Flasche entgegen. Hektisch winkte er mit beiden Händen ab und stotterte:

»Ich heiße übrigens Hans.«

»Kannst du ja nichts dafür«, lachte sie ihr glockenhellstes Lachen und warf den Kopf weit in den Nacken.

Er beteiligte sich gackernd an ihrer Fröhlichkeit.

»Ich heiße Luna«, log sie.

»Luna, der Mond«, überdreht kicherte Hans, schaute nach oben und beschrieb mit seinen Händen einen zittrigen Kreis, die Kippe zwischen seinen Fingern einen rot leuchtenden Halbkreis, »Luna, wie romantisch.«

Sie nahm einen Schluck aus der Flasche, gab ein auffälliges Aahh von sich, fuhr sich mit der Zunge über die vollen Lippen und grinste:

»Das tut gut. Wärmt richtig.«

Sie fuhr sich mit der rechten Hand kräftig über den Bauch, damit sich ihre großen Brüste besser unter dem karierten Stoff ihres Hemdes abzeichneten. Zwei obere Knöpfe hatte sie vorhin schon geöffnet, als sie hinter ihm herging.

Sie hatte das Prinzip Mann schon lange begriffen und dieser Mann, dieses Männchen schien dieses Prinzip sogar erfunden zu haben.

Sie nahm noch einen winzigen Schluck, den sie raffiniert größer erscheinen ließ, grinste Hans frech an, drehte wie gedankenverloren die Flasche zu und steckte sie langsam wieder zurück in den Rucksack. Hans' Blick flackerte zwischen den Augen der Frau, die sich Luna nannte, und der Flasche hin und her. Die Flasche gewann.

»Trinkt man jetzt allein?«

»Ich frage niemals zweimal.«

Mit dem Absatz seiner ausgelatschten Turnschuhe schob er seine Aldi-Tüte mit der Bierflasche unauffällig ins Gestrüpp. Er wusste ja, wo er sie wiederfinden konnte.

»Du kannst mich aber auch gern in eine Kneipe einladen. Dann müssen wir nicht aus der Flasche trinken.«

Erschrocken lehnte Hans ab:

»Das geht nicht, ich muss dir was erzählen.«

Sie wusste ungefähr, was nun kam. Es waren immer ähnliche Geschichten, die Männer erzählen. Hans monologisierte, dass er hier nur auf Therapie sei, dass an allem seine Ex schuld sei und dass er danach wieder in seinem Beruf arbeiten würde. Er sei erst seit drei Tagen hier, und keiner könne nun erwarten, dass man sofort clean sei. Außerdem ginge man ja nicht umsonst in eine der besten Anstalten, um alles allein machen zu müssen. Die hätten nämlich auch eine Verantwortung ihm gegenüber, zumal die Rückfallquote hier ziemlich gering sei. Über 50 Prozent blieben sauber danach. Die hätten einen guten Ruf zu verlieren, er nicht, also würden die schon nach ihm schauen. Und so ein kleiner Ausrutscher zu Beginn, das könne man ihm bestimmt nicht übel nehmen.

Er erzählte Frau Luna unter Tränen des Selbstmitleides dann noch seine ganz persönliche Lebensgeschichte. Die Geschichte von seiner bösen Mutter, dem früh gestorbenen Vater und den geizigen Geschwistern – und noch viel mehr. Jeden längeren Absatz belohnte er mit einem gierigen Schluck aus der Flasche. Bis sie eingriff.

»Das reicht«, sagte sie und wackelte scherzend mit dem Zeigefinger.

Sie hatte schon mit vielen Männern zusammengelebt. Und einige davon waren Gastronomen, bei denen sie dann für ihre Arbeit als Bedienung umsonst wohnen konnte. Sie wusste, wann ein Mann zu viel hatte, und Hans stand kurz davor.

Sie erhob sich langsam vom Baumstumpf, ging bedächtig auf ihn zu und beugte sich zu ihm hinunter. Sie verschloss ihre Hände in seinem Nacken. Er schaute wie ein beleidigter Hush Puppie zu ihr hoch und ließ seine zittrige Hand über die rechte Außenseite ihres Schenkels über die Zwischenstation Bauch unter der Kleidung zu ihren Brüsten wandern.

Sie hatte ihn. Frau Luna lächelte. Es gibt nichts Einfacheres als Männer.

Hans bearbeitete mittlerweile mit beiden Händen Frau Lunas üppige Brüste. Als er anfing, ihr Hemd aufzuknöpfen, führte sie sanft seine forschen Finger weg.

»Du, das wäre sooo schön«, flötete sie »aber das geht nicht, mittlerweile ist es dunkel, und ich muss noch nach Ravensburg.«

Entsetzt schaute Hans sie an. Schon lange hatte er keine Frau mehr wie Luna gehabt. Sie konnte so schön zuhören und sie hatte auch kapiert, wie er schuldlos zum Drogenabhängigen wurde. Viele Frauen gingen da auf Distanz, aber Luna, sie hatte ihn wirklich verstanden. Und dann sah sie ja auch noch klasse aus. Die in anderen Klamotten. Er griff noch einmal nach ihrer Brust. Sie ließ ihn kurz gewähren.

»So ich breche jetzt auf, kann ja sein, dass wir uns irgendwann wieder begegnen, wäre schön. Ich vergesse dich nicht.«

Sie steckte das Hemd wieder zurück in die Hose und knöpfte schnell die Bluse zu. Hans wurde immer nervöser, er wusste nicht, ob sie sein Angebot annehmen würde. Er stotterte:

»Du, komm doch einfach mit zu mir!«

»Zu dir, in die Klinik? Das geht doch nicht, das fällt doch auf.«

»Nein, garantiert nicht, ich habe das Eckzimmer hinten raus, ebenerdig, direkt zum Teich hin. Das merkt keine Sau, wenn ich reingehe und dich später reinlasse.«

Frau Luna spielte große Augen:

»Das würdest du für mich machen? Du bist ein Freak.«

Stolz, aus unterschiedlichen Gründen, marschierten die beiden zurück zum Punkt ihres erstmaligen Zusammentreffens. Von dort aus beschrieb Hans, wie Frau Luna unbeobachtet in sein Zimmer gelangen konnte.

23 ATEMLOS

Das Buch Genesis
2:7 Da formte Gott, der Herr, den Menschen aus Erde vom Ackerboden und blies in seine Nase den Lebensatem. So wurde der Mensch zu einem lebendigen Wesen.

»Schneller!«

Cäci saß völlig unrelaxt am Steuer ihres Kleinfahrzeuges. In jedem Gang drehte sie den hubraumschwachen Motor bis zum Einsetzen des Drehzahlbegrenzers. Sie katapultierte ihren Opel mit bis zum Bodenblech durchgedrückten Gaspedal aus Riedhagen hinaus. Schwarz-weiße Begrenzungspfosten und schwarz-weiße Kühe flogen an ihnen vorbei. Ich hatte wie immer meine typische Beifahrerposition eingenommen: Hände verkrampft am Sicherheitsgurt, Beine starr nach vorn gestreckt.

»Was meinst du, wo er hingegangen ist?«

»Bestimmt ins Ried hinein.«

»Das Ried ist fast zehn Kilometer lang.«

»Wenn er sich etwas antun will, wird er dazu wohl nicht das komplette Ried durchwandern.«

»Er hatte ein Seil dabei.«

»Achtuuung!«

Ein kleiner Traktor mit dampfendem Mist auf dem Anhänger kam uns hinter einer unübersichtlichen Kuppe, die in einer Linkskurve lag, mitten auf der Straße entgegen. Um einen Zusammenstoß zu vermeiden, riss Cäci das Steuer nach rechts. Sie kam zuerst mit dem frontgetriebenen Vorderrad von der Straße auf den unbefestigten Grünstreifen, dann mit dem Hinterrad. Das kleine Fahrzeug bockte beim Gegenlenken nach links, als es wieder Straßenhaftung bekam, nach rechts. Ein Begrenzungspfosten, der dem ungestümen Gefährt in die Quere kam, wurde vom statischen Zustand in den fliegenden befördert. Dann war das kleine Fahrzeug auf einmal wieder stabil in der Spur, nur eine beträchtliche Staubwolke im Rückspiegel zeugte vom Schleuderkurs.

»Das war knapp!«

»Mmmh.«

»Scheiß Bauern!«, fluchte Cäci.

»Gutes Fahrwerk hat der Kleine. Mach langsam,

irgendwo hier müssen wir ins Ried abbiegen«, beruhigte ich meine gefleckte Schöne.

Selbst wenn sie zu schnell fuhr, sah sie hinreißend aus. Nur die Knöchel ihrer Hände, mit denen sie das Lenkrad umfasste, waren eine Spur zu bleich. Vor Aufregung zeigten sich kleine rote Flecken auf ihrem Gesicht.

»Das Seil, er sucht sich bestimmt einen Baum. Du hast doch als Kind auch immer am toten Baum gespielt?«

»Ja das ist eine Idee, den sehen wir schon hinter der nächsten Kurve.«

Cäci nahm die Kurve zügig, die vier Pneus radierten quietschend gegen den Widerstand des rauen Straßenbelags.

Dann sah ich ihn. Den Baum. Tobi.

»Scheiße, gib Gas!«

In diesem Augenblick sprang Tobi. Cäci schluchzte auf, es hörte sich an, wie wenn eine Wasserpumpe vergeblich versucht Wasser zu ziehen. Ich hatte noch nie so ein Geräusch von ihr gehört.

»Neeein, neeein!«

Wir waren in den kleinen Weg eingebogen, um zum Baum zu kommen. Das Heck des Wagens brach staubend auf der unbefestigten Spur aus. Beim Gegenlenken geriet der Opel in die Wiese, links des Weges. Mit Vollgas holperte Cäci zurück auf die steinige Fahrspur. Von hier aus konnten wir den Baum nicht mehr sehen. Noch eine Linkskurve und wir standen direkt vor der abgestorbenen Kiefer.

Tobi fehlte. Er hing nirgends am Baum. Wir sprangen aus dem Fahrzeug. Jetzt erst konnte ich ihn sehen, zusammengekrümmt lag er regungslos im tiefen Gras.

»Oh nein«, schrie Cäci und riss sich die Hände vors Gesicht, »er ist tot, er ist ganz blau!«

»Blau ist nicht schlecht.«

Ich stürzte zu Tobi hin, ließ mich neben ihm auf die Knie fallen und versuchte das Seil, das seinen Hals wie ein zu straffer Gürtel faltig einschnürte, zu lockern. Ich hatte keine Chance.

»Dein Messer!«, schrie Cäci verzweifelt.

Schon hatte ich mein H. P. Klötzli Walker Red Bone Custom Knife mit der Griffschale aus strukturiertem Knochen in der Hand. Mit einer raschen Daumenbewegung und einem knackigen Geräusch sprang die neun Zentimeter lange, hohlgeschliffene, matt glänzende Klinge aus ATS-34 High-End-Stahl aus dem Griff des Messers heraus. Cäci hatte mir das Messer zu meinem Geburtstag geschenkt. Ich war ihr damals schon unendlich dankbar dafür, jetzt umso mehr. Denn das war wirklich ein Männermesser.

An und für sich bin ich ja kein so ein Edelprodukt-Hauptsache-teuer-Freak. Gut, ein Motorrad sollte nicht unbedingt aus Japan kommen, die Cowboystiefel sollten auch nicht vom Discounter stammen, und das Taschenmesser sollte nicht der Sonderpreis aus der Losbude vom Bächtlefest sein. Ich habe wirklich nichts dagegen, wenn man sparsam ist, aber pietistischer Geiz, der hat mich immer schon gestört. Man muss doch nicht im Supermarkt eine eingeschweißte

Glutamat-Currywurst mit beachtlichem Gammelfleischanteil samt grau-brauner Soße um ein paar Cent kaufen, wenn man auf dem Marktplatz, zwar deutlich teurer, ein hochwertigeres, wohlschmeckenderes Produkt, vom freundlichen, gut gebauten Fleischerfachfraufräulein handgebraten käuflich erwerben kann. Nicht zu unterschätzen, der kommunikative Aspekt: Durch den Supermarkt hetzen vereinsamte Hausfrauen, sie drängeln sich unauffällig an der Kasse vor, die stählernen Einkaufswagen sind gefüllt mit Alkohol, Dosen-Ravioli, Alkohol, eingeschweißter, fettarmer Billigwurst, Alkohol, Päckchensuppen, Alkohol und eingeschweißter Currywurst. Für die Kinder, sagen sie, sei die Currywurst. Das stimmt sogar. Die vereinsamten Hausfrauen wundern sich dann, wenn ihre 13-jährigen Töchter ohne Mang-Implantate einen fünf Mal so großen Busen haben wie Dolly Buster vor ihrer Rückgängigmachoperation. Auch wiegen diese 13-jährigen Töchter meist das Doppelte, wenn nicht das Dreifache ihrer 45-jährigen, magersüchtigen und alkoholabhängigen Mütter. Und das kommt alles nur von der eingeschweißten Currywurst.

Die wenigsten Menschen sind bereit, diesen einfachen Zusammenhang zu erkennen. Ja, wo ist jetzt da der Unterschied zur Marktstand-Currywurst, fragen sie? Das ist ganz einfach: Da muss die fette, unzufriedene, heftig pubertierende 13-Jährige zuerst einmal hinlaufen und das ist mit so viel Übergewicht eine sportliche Höchstleistung. Sie verbrennt auf dem beschwerlichen Marsch zur Currywurstbude schon so viele Kalorien, wie die gute, nicht zu fette

Wurst überhaupt hat. Weil sie nun recht erschöpft ist, die Teenagerin, hat sie auch nicht so viel Hunger, außerdem enthält diese Currywurst keine appetitsteigernden Zusatzmittel. Läuft der übergewichtige, weibliche Teenager nun die Strecke wieder zurück, so sind schon wieder etliche Fettzellen des Teenies verbrannt. Würde der fette Teenager jeden Tag diese Currywurst essen, hätte er nach einem Vierteljahr Normalgewicht.

Und noch etwas, weil es einfach wichtig ist: Hat der fette, weibliche Teenager die andere Currywurst, also die eingeschweißte, von der magersüchtigen, alkoholabhängigen Mutter bekommen, so hat der Teenager nach dem Verzehr dieser Currywurst erstaunlicherweise noch mehr Appetit. Glutamat und andere geheime Stoffe lösen im dicken Gehirn der dicken, unzufriedenen Teenagerin den Wunsch aus, noch drei von den Ekeldingern wegzuhauen. Was auch ohne Probleme funktioniert, weil die vom Einkaufen und Alkoholtrinken genervte Mama nun ihre Ruhe haben will – bei einem kleinen Prosecco. Also schiebt sie der Tochter, um des lieben Frieden Willens, noch zwei oder besser noch drei der Kunststoffwürste in die Mikrowelle. Und schon hat die übergewichtige Teenagerin noch mehr Übergewicht, und wird noch ein bisschen unzufriedener.

Im Gegensatz dazu steht man bei jedem Wetter – das härtet ab, das Immunsystem wird aktiviert – in geselligem Halbkreis an winzigen, blitzeweißen Stehtischchen – im Sommer empfiehlt sich eine Sonnenbrille für den Genuss einer Currywurst – um den fahrbaren Currywurststand herum. Heiteres Gelächter umfängt die kulinarische Fangemeinde. Genervte Gesichter lockern ihre Muskulatur und werden weich und freundlich. Gemeinsames Schmatzen und weit nach vorn gebeugtes Stehen, damit die köstliche Soße nicht auf die frisch gewaschene, frühlingsduftende Bluse kleckst, hat etwas Gemeinschaftliches. Menschen, die sich sonst nicht verstehen, zum Beispiel Nachbarn, weil die Katze einem immer vor die Haustüre scheißt, nicken sich freundlich zu. Kinder, die sich sonst mit Blechschäufelchen gegenseitig auf die Köpfe hauen, nuckeln gemeinsam an einer Null-Kalorien-Cola – mit zwei Röhrchen. Der Pitbull teilt sich freundschaftlich mit dem Chihuahua Wurstreste, die auf dem Boden landen. Feinde werden zu Freunden. Schwerter werden zu Pflugscharen. V8-Motoren werden zu Hybridmotoren. Messer werden zu Löffeln.

Wie Butter ging die Klinge des Messers durch das straff sitzende Seil. Tobi rührte sich nicht. Immer noch lag er in seitlicher Embryonalstellung mit lilafarbenem Gesicht im hohen Gras. Und ich wunderte mich wieder über mein Gehirn. In Stresssituationen tat es, was es wollte: Die Gedanken sind frei.

»Umdrehen, reanimieren, ich spüre keinen Puls«, rief Cäci.

Wir drehten Tobi auf den Rücken, ich drückte ihm kräftig mit rhythmischen Schlägen auf die Brust. Cäci pustete einen kräftigen Stoß ihrer wertvollen Atemluft durch Tobis Nase in seine Lunge. Fast augenblicklich kam ein röhrendes Geräusch aus seinem Mund, er krümmte sich schlagartig zusammen, sodass Knie und Kopf beinahe zusammenstießen, und fing an fürchterlich zu husten. Sofort wich die dunkle Farbe aus seinem Gesicht. Aus entsetzten Augen schaute er uns groß an und würgte:

»Scheiße! Jetzt wäre ich beinahe tot gewesen.«

Er würgte noch einmal, spuckte kräftig aus und fuhr sich um die rote, wunde Stelle am Hals. Er schaute verunsichert nach oben und bemerkte staunend:

»Wahnsinn, der Ast hat nicht gehalten, das gibts doch nicht!«

»Gott sei Dank«, meinte Cäci, die erschöpft neben Tobi im Gras saß.

»Du Depp, Mensch, Tobi, was soll denn der Scheiß? Komm, wir müssen zum Arzt.«

Entsetzt schaute er zuerst zu mir, dann zu Cäci und flehte stammelnd und hustend:

»Nein, nicht zum Arzt, bitte, das darf niemand erfahren, bitte!«

Ich blickte in Cäcis Augen, sie nickte nachdenklich.

»Okay, von uns kein Wort. Wir bringen dich nach Hause, aber ich will, dass du dich untersuchen lässt.«

»Nein, bitte nicht nach Hause, mein Hals ist bestimmt ganz wund. Mein Vater bringt mich um.«

»Na, dann hast du doch, was du wolltest … ohne großen Aufwand.«

Cäci blickte mich fragend an:

»Butzis Schwester, die ist Notärztin in Saulgau. Vielleicht kann die Tobi untersuchen, ohne dass jemand etwas davon erfährt?«

Ich griff zu meinem monströsen Handy, die kleine Stummelantenne nahm Kontakt zum Himmel auf und verhandelte ganz kurz mit Butzi. Drei Minuten später rief uns Butzis Schwester, Frau Dr. Böckle an, wir könnten im Krankenhaus Saulgau vorbeikommen, sie könne uns zwischenreinnehmen.

Schwarz-weiß hingen die Röntgenbilder von Tobis Wirbelsäule an der Leuchttafel.

Frau Dr. Böckle, in klassischem Götterweiß, zeigte mit einem roten SPD-Werbe-Kugelschreiber auf eines der unscharfen Röntgenbilder:

»Hier von C1, Atlas bis C7, Vertebra prominens Obe …«

»Wie bitte?«

»Im Halswirbelsäulenbereich, alles okay. Glück gehabt, junger Mann. Und weiter nach unten, von Th1 bis Os sacrum, inklusive Coccyx, dem Stummelchen hier …«, sie klapperte mit dem schönen Kugelschreiber an etwas hellem Wurmartigen am unteren Ende des Bildes herum, »ebenfalls alles okay, keine Steißbein-Luxation. Wirklich Glück gehabt. Gratulation, junger Mann!«

»Äääh, wie bitte?« Fragend blickte Tobi zur engagierten Göttin in Weiß.

»Du hast dir deinen Arsch nicht gebrochen, alles im grünen Bereich mit dem Scheich! Dir fehlt gar nichts, nur Abschürfungen am Hals.«

»Aha«, nickte ich wissend, »Os sacrum, heiliger Knochen … heilige Scheiße, hast du Glück gehabt, Tobi.«

Tobi umarmte mich und flüsterte mit kehliger Stimme:

»Danke.«

Er schaute mich fragend an, deutete zu Cäci:

»Darf ich bei ihr auch?«

Ich nickte.

Tobi umarmte Cäci und murmelte:

»Danke.«

»Danke«, sagte er auch in Richtung Frau Doktor und streckte ihr seine Hand entgegen.

Diese gab ihm jedoch einen kräftigen Klaps auf den Hintern und meinte trocken:

»So einen feschen Hintern lässt man doch nicht baumeln.«

Die Ärztin flüsterte Cäci zu:

»Kümmert euch um den! Der braucht jetzt vor allem Nähe und Ablenkung. Aber das brauche ich dir ja nicht zu erzählen, du bist ja vom Fach.«

Und schon war sie verschwunden.

»Baum … eln«, murmelte Tobi leise und schüttelte langsam seinen Kopf. Er stand ratlos da und forschte leise nach:

»Und mit der Kasse, der Krankenkasse, sie kriegt doch für das Verrechnen so eine Diagnose oder so? Das kommt doch alles raus. Mein Vater bringt mich um.«

Ich blickte ihn ernst an:

»Wenn du niemanden etwas sagst, kommt nichts heraus. Die Frau Böckle hat nichts Schriftliches ausgefüllt, du stehst in keiner Karteikarte. Die hat das einfach so gemacht.«

»Warum?«

»Ich habe ihrem Bruder mal aus der Patsche geholfen, aber frag bitte nicht weiter.«

Cäci nickte wissend und zog uns hinaus aus den steril riechenden Krankenhausgängen.

Tobi sog die Abendluft gierig ein, die ersten Sterne verschwendeten ihr Licht und er seufzte:

»Das riecht aber gut hier.«

24 FEUCHTTRAUM

Das Buch Ijob
8:11 Wächst ohne Sumpf das Schilfrohr hoch, wird Riedgras ohne Wasser groß?

Hilde war fleißig gewesen. Sie hatte noch im Dämmerlicht ihre dünne Swisscard von Viktorinox aus der Gesäßtasche ihrer Jeans gefummelt und die miniaturisierten Gerätschaften betrachtet: Zahnstocher, Stift, Nagelfeile, Minischere, Pinzette und Minimesser. Sie hatte nie gedacht, dass diese scheckkartengroße Werkstatt ihr einmal von Nutzen sein könnte. Philipp, ihr Ex, hatte sie ihr letztes Jahr geschenkt. Sie fand das Geschenk unsensibel. Er strahlte damals über das ganze Gesicht, ein Survivalkit für Damen. Es war dann irgendwann in der Gesäßtasche ihrer Lieblingsjeans gelandet und bestimmt schon 100 Mal mitgewaschen worden. Im Erdloch war es schon recht dunkel. Sie schaute nervös nach oben. Kein Licht, nur Gitter und darüber die Holzdecke.

Der Autoschlüssel!

Sie fummelte in ihrer unbequemen Position in der linken Tasche ihrer Hose. Sie zog den Schlüssel ihres Twingo heraus, daran baumelte an einer verchromten Kette eine kleinfingerlange Minitaschenlampe.

Hoffentlich funktioniert sie noch!

Sie drückte den winzigen Knopf. Ein kaltblaues Licht mit erstaunlicher Leuchtkraft erschien. Sie hängte ihre Mikrobeleuchtung an das Gitter über ihrem Kopf und begann mit ihrer Arbeit. Sie schnitt mit der kleinen, aber erstaunlich stabilen Kleinstschere ein großes Stück der unter ihr liegenden, mehrfach gefalteten Folie ab.

Nach zwei Stunden waren ihre Finger der rechten Hand blutig und wund. Sie arbeitete dennoch wie eine Besessene weiter. Nach einer weiteren Stunde hatte sie etwas hergestellt, was wie eine Mischung zwischen Poncho und Raumfahreranzug aussah. Nur viel üppiger. Dann rollte sie einen Teil der Bodenfolie beiseite und wollte torfiges Material ernten. Sie zuckte zurück.

Hatte sie in ihr Erbrochenes gefasst oder war die Erde feucht?

So feucht war das doch vorher nicht?

Sie rollte die Folie wieder in ihre ursprüngliche Position und fing an, den zähen Torf in Gesichtshöhe zu ernten. Der war trocken.

Den geernteten Torf steckte sie mühsam in den Zwischenraum von Folie und ihrer Kleidung. Sie musste aussehen wie das Michelinmännchen. Ihr neuer Anzug war erstaunlich warm.

Sie würde hier nicht erfrieren. So schnell würde sie in diesem engen Loch nicht verrecken. Irgendwann holte sie ein unruhiger Schlaf ab. Der Schlaf hatte einen Traum mitgebracht:

Sie befand sich im Dunkeln und das Dunkel war böse. Es war so böse, dass es sie von oben mit mathematisch exakten Quadraten bedrohte, es war ein tödliches Kreuzworträtsel. Durch eins der Gitter starrte ihr ehemaliger Mathelehrer, er hatte einen unförmigen, überdimensionalen Fliegenpilz in der Hand. Sein Gesicht fing plötzlich an zu lachen und sprach mit eintöniger Stimme: Hildegard, den musst du essen, dann kannst du wegfliegen. Du musst raus! Sie erkannte plötzlich, dass sich das Dunkel verwandelte. Es war eine quadratische Wanne. Die Wanne füllte sich ganz langsam mit herrlich warmem Wasser. Sie wollte aufstehen und ihren Aloe-Vera-Wellness-Schaum holen. Aber irgendetwas hinderte sie am Aufstehen. Das Wasser kühlte allmählich ab. Es war kalt. Sie fröstelte.

Sie knallte mit dem Kopf gegen das Metallgitter. Sie hatte geträumt. Aber sie hatte erstaunlich lange geschlafen. Es dämmerte. Sie versuchte sich in eine bequeme Sitzposition zu bringen. Ihre Hände griffen ins Wasser. Ungläubig starrte sie auf den Rest der Folie, die den Boden ihres Gefängnisses bedeckte. Da stand Wasser – mindestens fünf Zentimeter.

Sie rüttelte am Gitter, drückte und stemmte mit ihrer ganzen Kraft.

»Hilfe, Hilfe!«

25 GEISTERPRESSUNG

Das Buch Kohelet
7:7 Besser, die Mahnrede eines Gebildeten anhören, als dem Gesang der Ungebildeten lauschen;
7:6 denn wie das Prasseln der Dornen unter dem Kessel, so ist das Lachen des Ungebildeten. – Aber auch das ist Windhauch, denn:
7:7 Erpressung verblendet den Gebildeten, und Bestechung verdirbt den Verstand.

Auf der Rückfahrt vom Krankenhaus nach Riedhagen regelte Cäci mit ihrer Mama Frieda Tobis Verbleib für die nächsten Tage, da dieser sich immer noch weigerte, nach Hause zu gehen. Es war etwas umständlich, da ich ihr das Handy während der Fahrt ans Ohr halten musste. Ich hätte mich gern, wie gewohnt, mit beiden Händen am Sicherheitsgurt festgehalten. Die Stimmung in Cäcis rotem Wagen war zunächst auch etwas ungemütlich, nachdem ich Cäci auf freundschaftliche Art zu erklären versuchte, dass ich auch in dieser Situation nicht am Steuer dieses Wagens sitzen würde. Tobi bot sich freundlicherweise an zu fahren, aber in Anbetracht vorheriger Ereignisse schien es Cäci und mir unangemessen zu sein, einen von der Polizei gesuchten, führerscheinlosen Schüler, der sich vor Kurzem noch erhängen wollte, ans Volant des Kleinwagens zu lassen.

Frieda, meine Möchtegern-Schwiegermutter, war außer sich vor Wut. Selten hatte ich sie so in Rage erlebt. Ihr mächtiger Busen, der umgekehrt proportional zu dem ihrer Tochter entwickelt war, schaukelte wie das Hinterteil einer fliehenden Elefantenkuh. Sie hob die prallen Arme nach oben und klagte:

»Das geht so nicht, nein, so geht das wirklich nicht weiter!«

Sie zog einen Küchenhocker an die Anrichte, ließ sich krachend darauf nieder und fixierte mit energischem Daumendruck eine widerspenstige Zitronenscheibe, die es zweimal gewagt hatte, das auf ihr thronende Petersiliensträußchen abzuschütteln.

»Verdammter Peterling! So gehts einfach nicht mehr weiter, da kann ich ja den Laden dichtmachen.«

Betroffen standen wir um den riesigen, altmodischen Gasherd, der das duftende und rauchende Zentrum der antiquierten Küche bildete.

»Schau dir die Pfanne an, zwei Schnitzel! Zwei! Da schwimmen sonst acht im Butterschmalz, acht, um diese Zeit. Verdammt noch mal, wofür arbeite ich überhaupt noch? Die wird sowieso mal Psychologin, das Fräulein, wer solls dann übernehmen?«

Sie schielte zu mir her.

»Wer solls dann übernehmen? Eigentlich ists ja eine Goldgrube.«

Sie schielte wieder zu mir her.

»Aber jetzt, seit man die Leiche von der Alexandra im Ried gefunden hat und die Polizei da ständig rumspringt, hocken die alle nur noch in der Riedwirtschaft. Die sind nur wunderfitzig, nichts anderes. Und habt ihr heute in der Schwäbischen gelesen, wie die inserieren? Die werben regelrecht mit dem, was da im Ried passiert ist. Und ein paar Seiten weiter vorn steht der Artikel mit dem Totenschädel, den die Skisteckendeppen gestern gefunden haben. Die bieten jetzt ein Gruselessen an, und schon ist die Bude proppevoll. Die haben sofort reagiert, als sie das mit dem Schädel mitbekommen haben. Das nenne ich geschäftstüchtig! Und wenn morgen die Leute das lesen, was heute noch mit Alexandras Kreuz passiert ist, dann kann ich hier erst recht dichtmachen.«

Drohend hob sie das unschuldige Petersiliensträußchen in die Luft und fauchte weiter:

»Und die Schnitzel, die sind im Ried gewiss nicht besser als bei uns. Da, guckt her, echtes Butterschmalz, daumendick in der Pfanne. Und jetzt? Kein Mensch kommt mehr, nicht einmal mehr die Skisteckendeppen, die nehmen jetzt die kleine Tour. Haha, nur wunderfitzig sind die, das ist die reine Neugier, anstatt man dem armen Mädchen seine Ruhe im Ried lässt. Und jetzt auch noch das Geschwätz vom Riedweib, ja, so ein

Nunsens, sind die denn alle verrückt? Da sieht jemand eine Frau im Ried und schon soll es ein Gespenst sein oder ein Geist von der Frau vom Schwaazen Vere. So ein ausgemachter Nunsens!«

»Nonsens!«

»Halt duuu bloß deine lose Gosch«, forschte sie mich an, »ihr habt doch die Mär vom Riedweible aufgebracht, bloß weil ihr euch vor einer Pilzsammlerin oder so einer Skisteckenkuh, die zum Brunzen musste, erschreckt habt.«

»Ja, was sollen wir denn tun? Sollen wir uns als Riedweible verkleiden und nachts vor deinem Ochsen herumgeistern?«, fragte ich.

»Verarsch mich nicht!«

Frieda stand plötzlich auf und schaute mich listig an:

»Hhmm, so schlecht ist die Idee gar nicht, wenn ich mir das richtig überlege. Lasst mir einen Augenblick Zeit. Setzt euch ins Nebenzimmer, ich bring drei Bier. Und das mit dem Tobi geht natürlich klar, aber ihr müsst mir schon auch einen kleinen Gefallen tun!«

Wohlwollend nickte mir Frieda zu, eine Spur zu süßlich. Sie klopfte Tobi auf die Schulter und gurrte katzenfreundlich:

»Warum hast du denn so ein albernes Halstuch an, das sieht ja halb schwul aus. Cäci hatte auch mal so eins. Und wie gesagt, Tobi, eine Hand wäscht die andere. Ich sag deinem Vater nicht, dass du bei uns unterschlupfst und du … du wirst schon sehen.«

Im Nebenzimmer waren wir unter uns. Der präparierte Eberkopf beobachtete uns argwöhnisch. Der ausladende Ofen mit seinen grünen Kacheln und den filigranen Jagdmotiven war noch kalt.

»Was hat sie denn jetzt wieder vor?«

Cäci verdrehte die Augen und flüsterte:

»Ich befürchte das Schlimmste.«

»Ich hoffe, sie hat das mit dem Herumgeistern nicht ernst genommen.«

Tobi schaute ängstlich auf:

»Meint ihr, sie verrät mich? Ich kenne deine Mama nicht, bei uns hats Geld nie zum Einkehren gereicht.«

»Blödsinn, das hat nichts mit dir zu tun, die will was von uns. Immer, wenn sie betont freundlich ist und etwas spendiert, dann will sie eine Gegenleistung.«

»Wo bleibt sie denn so lange mit dem Bier? Es ist doch wirklich nichts los.«

Die Tür mit der Butzenglasscheibe schwang dynamisch knarzend auf und Frieda rauschte mit einem riesigen Tablett herein: drei Bier, geräucherter Bauernspeck, Leberwurst aus der Dose, ein roter Rettich, ein Tellerchen mit Essiggurken und drei harte Eier. Dazu frisches Bauernbrot.

»So, Mahlzeit! Wollt ihr noch Senf?«

Und schon war sie wieder hinausgerauscht.

Tobi bekam große Augen:

»Boooh, so viel, darf ich?«

Der ehemals Suizidale erfreute sich nach seinem misslungenen Ableben eines außergewöhnlichen Appetits.

»Das ist schön, so zusammen am Tisch. Zuhause klappt das fast nie, ich esse meist mit der Oma allein.«

Cäci hielt sich mit den herzhaften Speisekomponenten zurück, sie lutschte an einem Essiggürkchen herum und kaute etwas Bauernbrot dazu. Ihr Bierglas war allerdings schon halb geleert. Die angehende Diplompsychologin Cäcilia beobachtete den schlingenden Tobi ganz genau, dann fragte sie ihn plötzlich:

»Tobi, was fällt dir zum Stichwort Alexandra ein?«

Tobi schaute sie völlig verdattert an, verschluckte sich und murmelte:

»Ich hab noch Halsweh.«

»Tobi, was fällt dir zum Wort Alexandra ein? Schnell, fünf Begriffe, los!«

»Äh, schön, äh, Freundin, tot, äh, verdammt noch Mal, lasst mich in Ruhe! Was soll das Psychogetue?«

Tobi schlug die Hände vors Gesicht und fing leise an zu weinen.

»War sie deine Freundin?«

Tobi sagte nichts.

»He, Tobi, war sie deine Freundin?«

»Ja!«

»Warst du mit ihr intim?«

»Intim? Nein, nicht intim, ich habe nur mit ihr geschlafen.«

»Weiß das auch schon die Polizei?«

»Nein, von mir nicht, drum bin ich ja abgehauen.«

»Das verstehe ich nicht.«

»Sie werden meine genetischen Spuren finden und dann ist ja wohl klar, wer für die Bullen der Täter ist.«

»Bist du der Täter?«

»Sagt mal, soll das hier ein Verhör sein?«

»So was ähnliches, sag uns nur, ob du sie getötet hast oder nicht. Kann ja vorkommen … so im Affekt. Vielleicht aus Eifersucht?«

»Nein, ich wars nicht.«

»Wer dann?«

»Keine Ahnung, vielleicht ihr Bruder. Der ist doch auch verschwunden, er hat sie auch ständig bedroht, der Depp!«

»Warum hat er sie bedroht?«

»Das hat sie mir nie erzählen wollen, sie hatte wohl Angst. Sie war ihm wohl zu deutsch.«

»Weiß das die Polizei?«

»Ich denke schon, die anderen aus der Klasse wussten das ja auch. Wir sind ja oft genug verhört worden.«

»Wussten es auch alle aus der Klasse?«

»Die meisten.«

»Tobi, könntest du dir vorstellen, dass jemand aus der Klasse damit zu tun hat?«

»Das habe ich mir auch oft überlegt, aber das kann ich fast ausschließen.«

»Was heißt fast?«

»Der Dicke war scharf auf Alex und hat gedacht, bei einer Russin könnte auch er landen. Der hat sie für eine Nutte gehalten, nur weil sie sich sexy angezogen hat, halt Russen-Style.«

»Du meinst Rolf, Rolf Bainer?«

»Ja, der hat sie immer so komisch angeschaut und ihr auch mal einen Brief geschrieben, einen Zettel.«

»Wann war das?«

»Ganz am Anfang, als wir ganz neu an der Schule waren.«

»Was stand im Brief?«

»Das weiß ich nicht. Alex hat ihn weggeschmissen, er wollte eben was von ihr.«

»War Alex oft bei dir zu Hause?«

»Im letzten Vierteljahr bestimmt drei bis vier Mal in der Woche.«

»Was haben deine Eltern gesagt und die Oma?«

»Die Oma hat sich gefreut, die hat mir immer wieder wissend zugezwinkert und gemeint, sie wäre auch mal jung gewesen. Die Eltern haben wie immer nichts gecheckt, sie haben tatsächlich gemeint, wir wären eine Lerngemeinschaft.«

»Hast du außer den Namen Rolf Bainer und Sergej Hold noch einen Hinweis? Fällt dir noch jemand ein?«

»Hmmm, das ist sehr schwierig, Alex war da auch nicht so offen. Ich weiß nur, dass sie nicht umsonst von zu Hause ausgezogen ist und sich in Saulgau was gesucht hat. Ihr Vater war schon auch ein Riesenarsch.«

»Kannst du das ein bisschen konkretisieren?«

»Nein, Alex hat bei dem Thema absolut dicht gemacht. Der alte Hold muss wohl irgendwie Dreck am Stecken haben, irgendeine Geschichte aus der Ukraine. Drum sind sie wohl auch nach Deutschland abgehauen. Aber Näheres weiß ich nicht darüber.«

Die Tür zum Nebenraum quietschte wieder und Frieda stand mächtig mit drei frisch gezapften Bieren am Tisch.

»So, hats geschmeckt? Soll ich vielleicht noch irgendetwas bringen?«

»Was gibts denn, Mama?«, wunderte sich Cäci, weil Frieda sich zu uns an den Tisch gesetzt hatte.

»Danile hatte da eine prima Idee.«

Ich hasste es, wenn sie mich Danile nannte. Mein Spitzname war für meine Freunde reserviert, aber daran noch das schwäbische Diminutiv-Anhängsel le anzuhängen, war schlichtweg erniedrigend und eines Mannes meines Formats nicht würdig. Ich lächelte ihr freundlich zu. Und ich fragte mich insgeheim, was für eine tolle Idee ich wohl hatte. Bei Frieda musste man immer auf der Lauer sein.

Freundlich blinzelte sie mir zu, holte tief Luft und hob an:

»Also, ich wäre da nie drauf gekommen, aber Danile ist halt ein Füchsle. Also, die Idee mit dem Herumgeistern ist prima und der Tobi macht da bestimmt gern mit. Er darf ja schließlich oben umsonst ein paar Tage wohnen, in einem der alten Gästezimmer, und fürs Essen braucht er auch nichts zahlen und die Butter bring ich dir gleich.«

Sie klopfte sich mit der flachen Hand auf die Brust, ihre Stimme wurde eine Oktave tiefer:

»Gastfreundschaft ist mir wichtig und der Tobi macht gern bei so einem Spaß mit.«

Tobi kaute intensiv am letzten Stück Dosen-Leberwurst und schob ein Stück Brot nach. Er nickte eifrig

Frieda zu, ohne im Geringsten zu verstehen, worum es überhaupt ging.

»Da könntet ihr ja, wenns dunkel ist, gleich damit anfangen. Das muss schon über ein paar Tage gehen, jetzt kommt das Wochenende, Ferien sind auch noch, das Wetter ist herrlich. Was glaubt ihr, wie viele Gestörte da wieder mit ihren Skistecken durchs Ried rasen und wie viele Onthologen mit ihren Feldstechern …«

»Ornithologen, Mama!«

»Du mit deiner studierten Besserwisserei! Auf jeden Fall sind jetzt ja auch die Riedführungen bei Nacht: Bei Nacht das Ried für dich entdecken! – Ja so ein Scheißdreck, da sieht man doch nichts. Aber für eure Idee ideal, ideal!«

Plötzlich war es für Frieda sogar unsere Idee.

»Ihr könnt nachher gleich hoch auf die Bühne, Cäci, du weißt in welchem Schrank, dort wo das alte Sonntagshäs von Opa und Oma lagert. Sucht euch halt was Helles aus, dass mans in der Nacht gut sieht und dass es schön unheimlich wirkt. Die Perücken sind im Fasnets-Schrank, aber nehmt die dunklen, nicht, dass ihr wie Engel ausseht. Und das Gesicht hell schminken.«

»Mama, du hast einen Vogel, du glaubst doch nicht allen Ernstes, dass wir drei nachher als Riedgespenst durchs Ried geistern?«

»Nein, natürlich nicht durchs ganze Ried, sondern hier bei uns in der Nähe. Einfach weg von der Riedwirtschaft hin zum Ochsen.«

»Mama, du verstehst mich falsch. Das werden wir

nicht tun, wir sind erwachsene, vernünftige Menschen … halbwegs.«

Cäci schaute zu Tobi. Tobi schaute auf ein imaginäres Stück Dosen-Leberwurst auf seinem leeren Teller.

»Tobi, darfs noch was sein? Der Tobi hat mir vorhin schon quasi versprochen, dass er mitmacht. Eine Hand wäscht die andere, hat er gesagt. Ich kann auch seinen Vater anrufen. Der wäre gleich hier. Na ja, überlegts euch, ich zwing euch natürlich nicht.«

Sie stand auf, blickte freundlich in die kleine Runde und schwebte leichtfüßig aus dem Nebenzimmer. In der Tür blieb sie kurz stehen:

»Ach, bevor ichs vergess, die Blonde, die Kommissarin war da. Sie suchen dringendst Tobi. Es wäre ganz wichtig, ich soll mich sofort melden, wenn ich ihn irgendwo sehen würde. Das sei meine Bürgerpflicht, ich kann mich sogar strafbar machen.«

»Ist ja schon gut, Mama, wir haben verstanden.«

»Die Butter kommt gleich, Tobi, und ich bring noch Brot.«

20 Minuten später standen wir auf der sogenannten Bühne unter dem Dachstuhl. Cäci hatte aus den Schränken alles, was passte, herausgeholt. Wichtig war, dass jeder von uns ungefähr gleich verkleidet war. Die Auswahl fiel auf drei alte, weiße Nachthemden, die wir über unserer Kleidung trugen und mit einem dunklen Gürtel taillierten. Darüber kamen schwarze Strickjacken, die wahrscheinlich winter-

liche Klöppelarbeiten unserer weiblichen Altvorderen waren. Das war fast schon alles. Unsere Häupter zierten schwarze Langhaarperücken. Die Gesichter schminkten wir uns vor einem fast blinden, holzgerahmten Spiegel bleich. Wir sahen unheimlich und albern aus.

»Das ist Erpressung, aber wir haben keine Wahl.«

Tobi grinste, als er an sich hinunterblickte, und murmelte:

»Ich finds voll daneben, so oft habe ich an einem Tag noch nie lachen und weinen müssen.«

Gerührt schaute ich zu Tobi, irgendwie bewunderte ich ihn.

»Und dann machen wir es so, dass wir an unterschiedlichen Orten auftauchen. Wenn jemand uns bemerkt hat, verstecken wir uns halt wieder. Der nächste zeigt sich dann irgendwo und so weiter, dass es so aussieht, wie wenn das Riedweible innerhalb von Sekunden an einem anderen Ort sein könnte«, flüsterte Cäci.

»Warum flüsterst du?«

Tobi betrachtete sich im Spiegel:

»Eigentlich wäre ich jetzt tot und nun lauf ich als Geist im Ried herum, das ist ja echt geil. Living ghost.«

Wir mussten lachen, auch Tobi.

»Projekt living ghost!«

»Wir müssen noch Taschenlampen mitnehmen, damit wir uns Zeichen geben können. Und zur Orientierung.«

»Ja, aber wir spannen weißen Stoff davor, dass es gruseliger aussieht.«

Nachdem wir Signale ausgemacht hatten, starteten wir zu unserer Mission living ghost. Frieda hatte Cäcis Wagen hinter der Gastwirtschaft geparkt. Von dort führte ein landwirtschaftlicher, von dichten Hecken umsäumter Weg direkt in die Riedebene. Dahinter lag das Biotop mit seinen Wanderwegen und dem Riedlehrpfad.

26 GEISTERRUNDE

Das Buch Ijob
4:15 Ein Geist schwebt an meinem Gesicht vorüber, die Haare meines Leibes sträuben sich.

Gymnasialoberstudienrat Sigbert Steinecke aus Mülheim an der Ruhr war mit seinem Wohnmobil, seiner Gattin und seinen beiden Kindern schon am Freitagmorgen gestartet. Er hatte seinen freitäglichen Latein- und Biologieunterricht über die Woche verteilt vorverlegt, um den traditionellen Staus auf der A8 und der A5 zu entgehen. Nach sieben Stunden hatte er sein Ziel, die Badstadt Saulgau, erreicht. Dort hatte er sich einen Stellplatz vor der Therme reservieren lassen. Wie es Tradition war, ging er mit seinen Kindern zuerst in den Eingangsbereich der Therme. Jeder musste nun einen Schluck des nach faulen Eiern stinkenden Wassers aus dem dampfenden Brunnen nehmen. Die Kinder ekelten sich wie immer, die toupierte Gattin dachte sich ihren Teil.

Sigbert streckte sich:

»So, nun ist Urlaub. Kinder, ihr dürft euch ein Eis holen, der Papa informiert sich zuerst.«

An der Rezeption holte er sich die Schwäbische und stellte sich neben seine Kaffee schlürfende Gattin an eines der Stehtischchen neben der Eistheke.

»Ich weiß, wo wir heute Abend essen werden. In der Riedwirtschaft.«

Seine blond toupierte Gattin schaute ihn über den Rand der Kaffeetasse hinweg fragend an:

»Wir gehen doch jedes Jahr ins Ried.«

»Aber nicht zum Essen. Das scheint sich dieses Jahr zu lohnen, das ist auch was für die Kinder.«

Er zeigte ihr das Inserat: Gruselessen! Besuchen Sie unsere Riedwirtschaft! Mords-Portionen!

Bestellen Sie Ihre Henkersmahlzeit bei uns! Es unterhält Sie Alleinunterhalter Konstantin Knochen. Zum Totlachen!!! Öffnungszeiten neun Uhr bis Geisterstunde plus!

Der Steinecksche Nachwuchs, Traute, 12, und Karsten, 10, war begeistert. Die Gattin zupfte am Toupierten.

Weil die Riedwirtschaft überfüllt war, saßen sie nun direkt unter der funzeligen Elektro-Laterne im Goldenen Ochsen in der Gartenwirtschaft. Und weil die Kinder um ihr Gruselessen gebracht worden waren, hatte Sigbert, um sie zu entschädigen, aus dem Wohnmobil die Droste geholt. Nun las er im trüben Schein der Beleuchtung den quengelnden Kindern vor:

»So hört mal gut zu und zappelt nicht so rum, ich habe da ein ganz spannendes und gruseliges Gedicht für euch von der Annette von Droste-Hülshoff, eigentlich hieß sie ja mit ganzem Namen, Anna Elisabeth Franzisca Adolphina Wilhelmina Ludovica Freiin von Droste zu Hülshoff … aaalso: Der Knabe im Moor. Oh schaurig ists übers Moor zu gehn, wenn es wimmelt vom Heiderauche, …

»Hääà Heidenrauche?«

»Jetzt hört einfach mal gut zu, das ist sehr spannend, wie ein Krimi … Fest hält die Fibel das zitternde Kind …«

»Hä, was?«

»Die Fibel, ein Schulbuch.«

»Gehen hier die Kinder ins Ried zum Lernen?«

»Psst, hört gut zu, jetzt erreicht der Spannungsbogen gleich seinen Höhepunkt … Und rennt, als ob man es jage; Hohl über die Fläche sauset der Wind – Was raschelt drüben am Hage?«

»Hä, was Hagen?«

»Zaun! – … Das ist der gespenstische Gräberknecht, der dem Meister die besten Torfe verzecht; Hu, hu, es bricht wie ein irres Rind! Hinducket das Knäblein zage …«

»Voll doof, das mag ich nicht. Gabs früher auch schon Rinderwahnsinn?«

»Wie bitte, warum Rinderwahnsinn? Ihr habt wohl nichts begriffen?«

Beleidigt legte der Oberstudienrat sein Büchlein auf den Tisch:

»Das ist doch auch hier recht schön, nicht? So einen Blick hätten wir in der Riedwirtschaft nicht. Sag doch auch mal etwas, Gabi! Schatz!«

Mit Hilfe eines winzigen Spiegels zog Gabi-Schatz akkurat ihre Lippen mit dem Stift nach.

»Angenehm mild ist es heute Abend, fast wie im Sommer. Und lass doch die Kinder mit deiner antiquierten Lyrik in Ruhe. Das bedarf doch einer kindgerechten Interpretation. Ich finde die Droste eh zum Kotzen.«

Die Kinder waren aufgestanden und zur Holzwippe an der Hecke gerannt.

Die Mutter rief ihnen besorgt nach:

»Aber nicht hinter die Hecke steigen, es ist schon dunkel. Man weiß hier auf dem Land nie, was dahinter ist.«

Ihr Gatte konterte:

»Ach, was soll da schon passieren, mehr als in Kuhdung treten bestimmt nicht.«

Von der Hecke her riefen die Kinder plötzlich aufgeregt durcheinander:

»Mama, da hinten läuft der gespenstische Weberknecht aus dem Buch, von der, die du zum Kotzen findest.«

»Wie bitte? Gräberknecht, der Knecht, der den Torf sticht. Siehst du, Gabi, was du nun angerichtet hast, ich wollte eigentlich, dass meine Kinder längstmöglich von der Fäkalsprache verschont bleiben. Wir haben doch Vorbildfunktion.«

»Das ist mir egal, Papa, ob Weberknecht oder nicht, auf jeden Fall läuft dort hinten ein Gespenst.«

»Kinder, lasst den Unsinn, wir bezahlen, dann gehen wir. Gabi, hol die beiden! Es war eine lange Fahrt, die beiden sind ganz durcheinander.«

Die Gattin zupfte ihr gelbes Leinenkostüm zurecht und trippelte unsicher, auf Zehenspitzen mit ihren Stöckelschuhen durchs Gras zu ihrem aufgewühlten Nachwuchs.

»Sigbert, komm schnell, das musst du gesehen haben. Das ist wirklich eigenartig. Die Kinder haben recht.«

Sigbert bewegte sich schwerfällig zur Ligusterhecke, die Fahrt steckte noch in allen Knochen. Als er jedoch über die Hecke sah, beschleunigte er seine Schritte.

»Das gibts doch nicht, das ist ja unheimlich.«

Die wenigen Gäste, die in der Gartenwirtschaft saßen, bewegten sich neugierig zur Hecke.

»Frau Wirtin, kommen Sie schnell, das müssen Sie gesehen haben! Was ist das?«

Mit Freude hatte die Wirtin des Goldenen Ochsen die Aufregung im Außenbereich zur Kenntnis genommen. Nun ging sie besorgt zum Stammtisch und fuchtelte mit den Armen:

»Kommt schnell raus, da stimmt was nicht, da ist was passiert! Vielleicht braucht jemand Hilfe. Irgendwas ist im Ried unten los!«

14 Personen standen nun dicht an Friedas Liguster und starrten mit offenen Mündern ins dunkle Ried. Lediglich eine Person stand abseits und grinste.

Sigbert wurde immer aufgeregter:

»Frau Wirtin, was ist das für eine Erscheinung? Wer erlaubt sich so einen makabren Scherz mit uns?«

Frieda winkte ab:

»Ach was, das ist nichts, das ist normal, die kommt immer wieder mal.«

»Wer ist die? Das ist doch bestimmt ein Dorfschabernack?«

»Nein, das ist sie, das ists Riedweible. Die geht hier um, vermutlich eine, die der Schwaaze Vere seinerzeit bussiert hat. Oder es sind die Geister von denen, die im Ried umgekommen sind. Und das sind nicht wenige, das Ried hat schon viele geholt! Da ist ja auch in letzter Zeit einiges passiert.«

Karsten war verwirrt:

»Papa, ich versteh die Frau nicht.«

»Die redet Schwäbisch.«

»Warum reden die hier Schwedisch?«

»Schwäääbisch, das ist ein Dialekt, hier im Süden.«

»Papa, schau, jetzt ist sie weg.«

Auf einmal war die seltsame Erscheinung nicht mehr zu sehen.

»Wo ist sie jetzt?«

»Weg«, sagte Frieda, »das wars wohl. Man sieht sie nie lange, die arme Seele.«

Andächtig bekreuzigte sich Frieda.

»Ach, man will uns doch hier nur an der Nase herumführen«, bemerkte Sigberts Gattin trocken, »das ist doch so ein Bauernspaß, den die Dorftölpel hier fürs Publikum machen.«

Frieda stemmte demonstrativ die Fäuste in die Hüfte:

»Welches Publikum denn? Glauben Sie Nordlichter im Ernst, dass wir wegen zweieinhalb Hanswursten wie Ihnen so was inszenieren?«

Sigbert blickte seine Gattin strafend an:

»Da hat sie wohl recht. Wir bezahlen dann bitte schön. Nichts für ungut, Frau Wirtin, meine Gattin hat das nicht so gemeint.«

Traute kreischte plötzlich los:

»Da, ganz nahe, da ist sie wieder!«

In circa 100 Metern Entfernung bewegte sich schrittlos die weiße Frau. Sie schien dicht über der schwarzen Wiese zu schweben.

»Jesus, Maria, Undalleheiligen, so nahe kommt sie selten.« Frieda hob entsetzt die Hand zum Mund und schluderte als dramaturgische Zugabe ein weiteres Kreuzzeichen von der Stirn bis zur bebenden Brust.

Die Geschwister Steinecke rückten näher zusammen.

»Wie kann die so schnell von dort unten hierher kommen? So schnell kann doch kein Mensch sein!«

Traute zückte ihr Fotohandy und knipste drauf los.

»Das wird doch nichts.«

»Doch, schau, man sieht einen hellen Umriss!« Sie deutete auf das flimmernde Display.

»Weg. Sie ist weg.«

»Waaahnsinn!«

Die Stammtischler waren nahezu sprachlos. Der alte Bitzer-Bauer fuhr sich durch den Bart.

»Ja, sag, hab ich jetzt zuviel gesoffen?«

Im selben Augenblick erschien das Riedweible wieder, jedoch ungefähr 500 Meter weit entfernt vom vorherigen Erscheinungsort. Wieder schien sie zu schweben, ihr Gesicht leuchtete in weißem Glanz. Dann verschwand sie und tauchte nicht mehr auf.

»Das gibts doch nicht! Die kann doch nicht eine Sekunde später ganz da unten sein, wo der Wald anfängt und vorher hier auf der Obstwiese rumgeistern.«

Der Stammtisch war sich einig, dass das nicht mit rechten Dingen zuging. Sigbert sagte als stolzer Zeuge eines unerklärlichen PSI-Phänomens zur Wirtin:

»Noch zwei Bier vom Fass und für die Kinder noch Limonade. Und können wir für morgen gleich vorbestellen? Wenn es wieder so lau ist, bitte hier im Garten, ansonsten im Innenbereich.«

»Sigbert, kannst du noch fahren? Das Bier hier ist doch so stark.«

»Frau Wirtin, wäre es auch möglich, das Wohnmobil hier stehen zu lassen, dann buchen wir spontan noch Frühstück und Mittagessen dazu.«

Frieda strahlte:

»Aber selbstverständlich, fahren Sie Ihr Mobil halt noch hinter die Scheune, damit mans von der Straße her nicht sieht.«

Stolz walzte Frieda zum Schankraum, sie hatte immer noch die besten Ideen.

27 NACHTWACH

Die Psalmen
77:7 Mein Herz grübelt bei Nacht, ich sinne nach, es forscht mein Geist.

Sie zog die Bettdecke zurück und wollte sich eine Zigarette anzünden. Hans griff nach ihrer Hand und zeigte an die Decke zum Rauchmelder.

»Du warst echt klasse, du gehst ja ab wie eine Rakete, und das mit Schalldämpfer.«

Hans lachte über seinen Witz, er hatte Frau Luna eingetrichtert, keinen Muckser von sich zu geben. Wenn irgendjemand etwas bemerken würde, dann wäre sein Therapieplatz weg.

Frau Luna log, um sich den Schlafplatz zu sichern:

»Du bist aber auch ein echter Dampfhammer. Ich bin völlig fertig! So gut wie heute Nacht gings mir schon lange nicht mehr.«

Dann legte sich der Gentleman Hans mit einer Decke auf den Boden. Frau Luna knipste das Licht aus und schickte ein Lächeln in die Dunkelheit. Ein Lächeln des Triumphes.

»Gute Nacht.«

»Gute Nacht. Wenn du willst, kannst du gern ein paar Nächte hier schlafen.«

Frau Luna schickte noch ein Lächeln in die Dunkelheit. Ein Lächeln des Dankes.

»Hans, schläfst du schon?«

»Nein, ich kann noch nicht, das war ganz schön aufregend.«

»Hans, hast du eigentlich ein Auto mit dabei?«

»Ja klar, warum?«

»Könntest du mich morgen nach Riedhagen fahren?«

»Was willst du denn da?«

»Da habe ich was liegen lassen, ääh, mein Fernglas. Auf einer Bank im Ried. Das war teuer. Und irgendwas muss ich ja tun. Ich werde durchs Ried wandern.«

»Kein Problem, ich kann dich fahren, aber erst in der Mittagspause, morgens haben wir volles Programm. Du musst auch morgen früh um sechs wieder draußen sein, damit niemand etwas merkt – tut mir leid. Außerdem möchte ich nicht, dass du im Ried herumläufst. Ich weiß ja nicht, ob du die Zeitung liest. Da ist ein Mord passiert.«

»Ich passe schon auf mich auf, das ist kein Problem. Hauptsache, du fährst mich morgen nach Riedhagen. Ich muss mein Fernglas finden.«

»Gute Nacht, jetzt werde ich doch müde, du warst ganz schön anstrengend.«

»Gute Nacht, du bist ein Schatz.«

Hans strahlte wie der Stern von Bethlehem, der die Heiligen Drei Könige verfolgte, in die Dunkelheit des kleinen Zimmers hinein und murmelte wohlig:

»Du auch.«

28 BRIEFGEHEIMNIS

Das zweite Buch der Könige
5:7 Als der König von Israel den Brief gelesen hatte, zerriss er seine Kleider und rief: Bin ich denn ein Gott, der töten und zum Leben erwecken kann?

Die Person schlich zum Hintereingang von Hildes Wohnung und es war, wie sie befürchtet hatte: Die Kellertür stand immer noch offen. Gott sei Dank bin ich noch einmal hergekommen. Wenn es jemand bemerkt hätte … Hoffentlich habe ich sonst keine Spuren hinterlassen!

Sie stieß die Tür ganz auf, tastete sich in der Dunkelheit durch den Keller und stieg die Treppe nach oben. Es war alles noch so, wie sie es verlassen hatte. Sie machte dann doch das Licht an, denn wäre Hilde hier, hätte sie ebenfalls Licht an. Der Teller mit den angetrockneten Resten des Pilzgerichtes stand immer noch auf dem Beistelltischchen neben dem Sofa.

Alles okay.

Die Person wollte gerade das Haus verlassen, als sie das Geräusch wahrnahm. Ein Summen. Sie folgte den monotonen Schallwellen und gelangte so in Hildes Arbeitszimmer. Der Computer lief.

Verdammt, hier kann man nachts bestimmt reinsehen. Wenn der tagelang läuft, da könnte jemand Verdacht schöpfen.

Sie beugte sich über Hildes Schreibtisch und rüttelte kurz an der Maus. Mit einem leisen Pling erwachte der Bildschirm aus seinem Sleep-Modus. Ein Outlookfenster mit Text erschien. Sie wollte das Fenster schließen, um den Computer herunterzufahren, als ihr einige Worte der E-Mail, die Hilde vorhatte zu verschicken, auffielen. Sie stutzte, setzte sich an den Schreibtisch und begann die Mail zu lesen. Adressiert war sie an phil.lipp.mai.ser@web.de:

Hi, lieber Philipp,

na wie gehts dir so in Heidelberg? Ich hoffe, du hast dich schon ein bisschen in deine neue Tätigkeit eingearbeitet. Ist bestimmt interessant mit den Behinderten.

Bei uns ist alles durcheinander, du hast es bestimmt in der Zeitung gelesen. Ich hatte eigentlich damit gerechnet, dass du dich öfters mal meldest, wenigstens ein kurzes Telefonat. Bist du immer noch sauer? Mir tut es auch leid, aber es hat einfach nicht mehr zusammen gepasst. Du weißt, dass ich keinen Neuen habe!

Aber zunächst ein paar Infos aus unserem Kaff. Du hast ja bestimmt über deine Eltern mitbekommen, dass das Russenmädchen aus Daniels Klasse (der faule Sack tut endlich mal was, er unterrichtet Reli an der Gewerblichen Schule in Saulgau) ermordet wurde und ein Schädel im Ried gefunden wurde und dass Daniel mal wieder seine Nase in alles reinsteckt. Wenn du mich fragst, dann war das ein Ehrenmord. Alexandras Bruder tickt in der Beziehung nicht richtig und ist außerdem spurlos verschwunden. Man munkelt auch, dass Fränkels Tobi mit dem Mädchen was hatte.

Ansonsten freue ich mich arg auf die Ferien. Vielleicht haue ich ein paar Tage in die Berge ab, zumal der alte Fränkel ein Auge auf mich geworfen hat. Seit ich die Eier bei ihm hole, will er bei mir angreifen, das geile Arschloch!!! Ich hab ihm eins auf die Finger gegeben, die dumme Sau soll die Finger bei sich lassen.

Ach ja, Maiwong scheint wieder schwanger zu sein, vielleicht klappt es ja diesmal. Ich würde mich so über ein Lamababy freuen. Ansonsten läufts hier halt recht durcheinander. Überall die Polizei und Verhöre und Daniel mit seiner eingebildeten Cäci natürlich mittendrin. Du glaubst gar nicht, wie es jetzt in der Riedwirtschaft zugeht, und die fette Frieda, das alte Ripp, macht ein langes Gesicht.

Ach, und was noch ganz witzig ist, wir haben zu alldem noch ein Riedgespenst. Eine unheimliche Frau soll schon von mehreren Personen im Ried gesehen worden sein. Du kannst dir natürlich vorstellen von wem: natürlich von Bönle und seiner Zicke. Ich bin mir aber sicher, wer dahinter steckt, ich habe gehört, wie der Bü

Hier brach Hildes digitaler Brief an ihren ehemaligen Freund ab.

»Das kann doch nicht sein!«

Die Person löschte die E-Mail-Botschaft und machte den Computer aus. Sie schüttelte den Kopf und murmelte:

»Was soll ich denn jetzt tun?«

29 WIRTSCHAFTSGESPRÄCHE

Das Buch Jesus Sirach
8:17 Führe kein vertrauliches Gespräch mit einem Toren; er kann dein Geheimnis nicht für sich behalten.

Ferien, echte, durch mehr oder weniger harte Arbeit verdiente Ferien. Ich konnte es gar nicht glauben. Am Freitag war ich mit der Klasse noch im Ried und jetzt immer noch: Ferien. Ich frohlockte jeden Morgen. Früher, nach meinem Studium hatte ich ständig Ferien, aber das war bei Weitem kein so ein erhebendes Gefühl wie diese Ferien. Und dann noch so ein Wetter. Blauer Himmel, bunte Bäume und milde Herbstabende – wie im Sommer. Da braucht man nicht auf die Malediven.

Es war Dienstag und das Unternehmen living ghost war besser angelaufen, als wir alle gedacht hatten. Am Samstag und am Sonntag waren unsere Einsatztage. Es war für Cäci und mich eine wahre Freude, mit welch geistigem Engagement Tobi zurück ins Leben stürmte. Vor jedem unserer Auftritte als Riedweib war er mit fröhlichem Lampenfieber erfüllt, er gab sich selbst den Spitznamen: Geistobi.

Cäci und mir war die Sache eher peinlich, da selbst die Bildzeitung titelte:

Riedfrau oder Riedshow?

Es war nur der Tatsache, dass wir drei jeden begehbaren Flecken im Ried kannten, zu verdanken, dass wir von der Meute der wilden Reporter und dorfansässigen, selbsternannten Geisterjäger nicht gefasst wurden. Auch legten wir größten Wert darauf, kurze, aber stilvolle Auftritte mit einer ansprechenden Choreografie zu präsentieren. Und somit steigerte sich das Niveau der Darbietungen mit jedem Auftritt.

Tobi hatte die kreative Idee, während der Sonntagsvorstellung als Riedweible über das Wasser zu gehen. Zwischen zwei Tannen spannten wir ein Seil über einen Tümpel, dann hängte sich Tobi bei dieser Premiere mit seiner untergezogenen Bergsteigerausrüstung in das oben gespannte Seil mit einem Karabinerhaken ein und wir zogen ihn ganz langsam, knapp über der Wasseroberfläche, an das gegenüberliegende Ufer des nächtlichen Gewässers. Für diese einzigartige Inszenierung hatten wir uns eine Stelle ausgesucht, die von der Südseite des Rieds her nicht begehbar war und somit Schutz vor den gierigen Reportern und den mittlerweile mit Mistgabeln bewaffneten, bäuerlichen Geisterfängern bot. Einige der Reporter und selbst ernannte Hobby-Ghostbuster sanken bei dem Versuch, den Spuk zu begreifen, bis zur Brust in den morastigen Boden ein. Jeder der Verdutzten wollte so nahe wie möglich an das Riedweible herankommen. Doch wir hatten alles bestens berechnet, wir wollten ja nicht den Reportern mit ihren Kameras und Mikrofonen und den aufgebrachten Riedhagenern zum Opfer fallen.

Die Aufnahme in der Bildzeitung war sensationell. Der Herr von Bild hatte offensichtlich das lichtstärkste Teleobjektiv und somit das beste Bild in Bild.

Schemenhaft, aber trotzdem eindeutig konturiert sah man das hell gewandete Riedweiblein mit bleichem, fast leuchtendem Gesicht, wie es mit ausgestreckten Armen über das Wasser lief. Besonders eindrucksvoll wirkten die übergroß geschminkten, dunklen Augen, die dem Kopf mit den langen Haaren und dem weit aufgerissenen Mund einen totenschädelartigen Ausdruck verliehen. Ein Windstoß im richtigen Augenblick sorgte dafür, dass die schwarzen, wehenden Haare und das flatternde, weiße Gewand in ihrer surreal anmutenden Dynamik die Magie dieses Fotos ausmachte. Die Aufnahme, die in dunkelster Nacht geschossen wurde, war jedoch immer noch so grobkörnig, dass man Seil und Haken nicht erkennen konnte.

Den Bildern der Reporter wiederum war es zu verdanken, dass sowohl der Goldene Ochsen als auch die Riedwirtschaft jeden Tag proppevoll waren. Frieda strahlte von morgens bis abends über ihr schweißglänzendes Gesicht.

Cäci und ich suchten in einer ruhigen Minute das Gespräch mit ihr:

»Mama, wir müssen damit aufhören, die schnappen uns bald. Am Sonntag hatte der Müller sogar seinen Schäferhund dabei und ihn auf uns gehetzt. Tobi ist gebissen worden.«

»Welcher Müller?«

»Danis Nachbar, der Frührentner.«

»Ach der! Der Köter ist doch harmlos. Dann wart ihr das mit dem Hund, mit dem Unheilszeichen?«

Voller Respekt nickte Frieda uns zu.

»Sein Hund ist aber nicht harmlos. Der kennt das Ried und ist wie eine Gazelle über die Grasbatzen gesprungen und trocken bei uns angekommen.«

»Ja, und?«

»Dann ist er auf Tobi losgegangen. Wir waren doch in unseren Verstecken. Wie hätte das ausgesehen, wenn plötzlich zwei hektische Riedweible versucht hätten, Racko von Tobi wegzutreiben?«

»Racko?«

»Ja, so heißt Müllers Schäferhund. Den hatte ich doch schon als Baby ein paar Mal gehabt. Deshalb hat der auch sofort von Tobi abgelassen, als ich ihn rief.«

»Dann wart ihr das mit dem Zeichen?«

Die dralle Wirtin schlug die Hände mit den wurstähnlichen Fingern vor ihr feistes Gesicht und sagte ungläubig:

»Nein, das Zeichen! Ihr seid ja gut! Und im Dorf denken jetzt alle, dass da wirklich ein böser Geist im Ried umgeht. Und die Reporter meinen nach dem Vorfall mit dem Köter, man müsste den Parologen von Freiburg holen.«

»Parapsychologen, Mama, die beschäftigen sich mit unerklärlichen Phänomenen.«

»Ach, lass mich in Ruhe mit deinem Besserwisser-Scheißdreck. So, so, ihr wart das mit dem Zeichen. Wie habt ihr das denn gemacht?«

Cäci schaute mich auffordernd an. Der mittlerweile für einen ehemaligen Suizidanten recht lebenslustige Tobi grinste eine Spur zu keck in meine Richtung. Ich sah mich genötigt, dem einköpfigen Tribunal Rede und Antwort zu stehen. Frieda sprang jedoch mit ihren 120 Kilo Nettogewicht behänd wie ein Federball aus dem Stuhl und bremste mich, bevor ich anhub zu erzählen, mit einer eindeutigen Geste ein:

»Ich hol uns geschwind eine Kleinigkeit zu knabbern. Das wird bestimmt spannend, in den Zeitungen ist es ja daaas Rätsel: der verhexte Hund! Das Brand-Zeichen! Das Teufelsmal!«

Sie kam mit einem Tablett zurück, auf dem drei Walder naturtrüb nebelgoldig leuchteten. Als knuspriger Zusatz steckten Knabber-Bierstangen in einem Glas.

»Danke für das Naschwerk, Frieda.«

»Bitte, Danile.«

Frieda war schon eine ganz besondere Marke. Ich legte kurz meinen Arm um ihre Schultern, dieser schien jedoch zu kurz, um die einzigartige Wirtin in ihrer Gesamtheit zu erfassen. Daher gab ich ihr einen Kaum-Berührungs-Kuss auf die nahe liegende, wohlgenährte Wange.

»Lass die Knutscherei und erzähl. Aber nehmt zuerst einen Schluck! Zum Wohlsein!«

Die handschlanken, nach oben tulpenden Gläser bewegten sich zügig, spontan entschleunigend, mittig ein klingendes Dreieck bildend, aufeinander zu. Bewegten sich wieder voneinander weg und entleerten einen Teil des mit hellem Schaum bedeckten, würzigen Inhaltes in die Münder der somit beglückten Adressaten.

»Aaa!«

»Aaa!«

»AaaaaaAuuuuaah!«

Schnell stellte ich mein Glas ab und fuhr mir mit massierenden Fingerspitzen über meinen undankbaren Schädel. Entweder wurde ich immer vergesslicher oder immer empfindlicher. Kaltes Bier, gepaart mit dem Überschreiten meiner individuellen Trinkhöchstgeschwindigkeit, hatte meinem chronischen Leiden wieder einmal zu einem Spontanausbruch verholfen.

Der Schmerz war an der Nasenwurzel wie eine tiefgekühlte Rasierklinge zwischen Schädeldecke und Hirnhaut eingedrungen, hatte die Hirnhaut geöffnet und sich in rotierenden Bewegungen in mein strapaziertes Gehirn eingefressen.

Cäci schüttelte allesbesserwissend ihr hübsches, schmerzunempfindliches Köpfchen und murmelte:

»Nicht lernfähig, das begreife ich einfach nicht.«

Tobi, der diese Reaktion zum ersten Mal gesehen hatte, war völlig verunsichert.

»Brauchen Sie, äääähh, brauchst du einen Arzt?«

Frieda winkte ab und maulte:

»So, jetzt erzähl endlich, ich habe die Zeit auch nicht gestohlen.«

Ich massierte noch einmal mein Schädelfleisch, bevor ich tatsächlich Friedas Neugierde stillte:

»Also, das war so: Tobi hatte ja die Idee mit seiner Bergsteigerausrüstung und dem Gang über das Wasser. Wir mussten also eine Stelle suchen, von der aus wir gut gesehen werden konnten, uns aber niemand erreichen konnte. Wir hatten natürlich nicht mit Müllers Racko gerechnet. Der Sauhund hat nämlich einen Weg zu uns gefunden, nachdem mein Herr Nachbar ›Fass!‹ gebrüllt hat. Tobi hing noch mitten über dem Tümpel und wir sagten ihm, der Köter würde nie einen Weg rüberfinden. Als Tobi an Land gezogen war, kam er wie der Blitz aus den Büschen und verbiss sich in Tobis Stiefel. Gott sei Dank war das alles schon hinter unserem Versteck. Und Cäci war super. Sie hat einfach ›Sitz!‹ gezischt und schon hat Racko brav Platz gemacht, sein Züngchen herausgestreckt und ganz verliebt zu Cäci geschaut. Ja, und dann hatte ich halt die, ääh, doofe Idee mit dem Zeichen.«

Frieda war ganz nahe an mich herangerückt und schaute mich mit offenem Mund an. Ich nahm einen langsamen Schluck vom köstlichen Nass.

»Weiter, los, erzähl weiter!«

Die neugierige Wirtin stieß ihren Ellbogen in meine Seite.

»Ja, die Idee mit dem Zeichen. Cäci hatte Racko voll unter Kontrolle, sie hat ihn mit Gummibärchen gefüttert. Und ich hatte dann eben die Idee, dass wir Müllers Liebling nur mit einer geheimnisvollen Botschaft wieder zum Herrchen entlassen sollten. Mit einem Feuerzeug haben wir dann einen trockenen Stecken angekokelt und Racko ein Pentagramm auf den hellen Pelz gemalt. Und weil die besten Ideen bei der Tat kommen, habe ich dann die schwarzen Streifen mit meinem Messer nachgezeichnet, sodass das Zeichen wie rasiert aussah. Und weil es zu rasiert aussah, haben wir mit Erde und Ruß das Teufelssymbol nachgezeichnet. Das sah schon beeindruckend aus. Weil Racko brav still hielt und vor Freude mit dem Schwanz wedelte und Cäcis Gesicht leidenschaftlich leckte, haben wir das Zeichen auch noch auf die andere Seite tätowiert. Das war eigentlich alles, eigentlich nichts Besonderes!«

»Aber die Wirkung!«, jauchzte Frieda, »die Wirkung, als der Hund wieder winselnd und völlig verstört hier ankam! Das nehm ich euch nicht ab, dass der so still gehalten hat. Der kam doch völlig aus dem Häuschen bei uns wieder an!«

Cäci und ich schauten zu Tobi, wir nickten ihm auffordernd zu.

»Ja, daran bin wohl ich schuld. Als Cäci ihn weggeschickt hat, habe ich ihm kräftig den Schuh in den Arsch geschlagen. Mich hat es einfach angestunken, dass er sich in meine Stiefel verbissen hatte.«

Frieda schaute zufrieden in die Runde:

»Soll ich euch noch was bringen? Und jetzt mal ehrlich, war das alles so schlimm? Läuft der Laden oder läuft er nicht? Tut das der Region gut oder nicht? Und Tobi, sei mal ehrlich! Das hat dir doch richtig Spaß gemacht? Und jetzt hattet ihr gestern und heute Pause …«

Tobi nickte eifrig, für ihn schien das Riedtheater die beste Therapie zu sein. Der Glanz des Lebens war in seinen Augen zurück. Manchmal schien es mir, als hungere er nach neuem Leben, wenn er mit uns die Ried-Living-Ghost-Show inszenierte.

Eigentlich habe ich nichts gegen Psychotherapien, Aufstellungen, Rückführungen, Konfrontationstherapien, Urschreitherapien, Vollmondgesprächstherapien und all das Zeugs. Es war ja auch Vorlesungsbestandteil meines unruhigen Studentenlebens.

Ich habe aber etwas gegen Therapien, bei denen die Leidenden nicht die Patienten sind, also patiens, leidend, sondern die Therapeuten sind aus niedrigen Gründen leidend, weil sie wieder mal stundenlang, mit dem Schlaf kämpfend, vor einer Couch saßen oder gelangweilt verschiedenste Menschen in verschiedensten Rollen aufgestellt haben, um diese zu therapierenden Menschen dann mit den Zusatzproblemen, die man in der Therapie in vielen Stunden geschaffen hat, allein zu lassen und sie nun doppelt beladen in die Freiheit entlässt. Auch habe ich etwas gegen sogenannte Konfrontationstherapien, in denen man Arachnophobikern eine achtbeinige Riesenspinne mitten ins Gesicht setzt oder gar der Schwiegermutter, um somit die Angst vor beiden zu tilgen. Auch muss man jemanden, der Angst vor Bungeespringen hat, nicht zum Bungee-Jumping zwingen, damit er diese Angst verliert. Vielleicht macht es ja Sinn, Angst vor dem Bungeespringen zu haben, denn bei einigen war auch schon mal das Seil zu lang. Auch habe ich etwas gegen Schreitherapien, in denen Unzufriedene den mitleidenden, hörgeschädigten Therapeuten ihre Ängste in sogenannten Urschreitherapien lauthals um die Ohren schlagen, um somit die Angst im Raum zu lassen – meist beim Therapeuten, dem die zu Therapierenden immer unheimlicher werden. Eigentlich hat es nur Joe Cocker geschafft – Woodstock – aber hallo, merkt das überhaupt jemand? Joe Cocker, der weiß genau, welche Therapie funktioniert, er hat es ja gesungen: With a little help from my friends. Und er hat es anders gesungen als die Beatles, diese Oberlangweiler mit ihren Frisürchen! Er hat es im August 1969 in Woodstock als Botschaft an alle künftigen Psychotherapeuten in die Welt hinausgebrüllt: With a little help from my friends! Ja, nur so kann therapiert werden, mit Freunden, und mit Tobi haben wir einen Freund gewonnen.

Tobi nickte rotwangig noch einmal kräftig:

»Ja, das hat irre Spaß gemacht.«

Er senkte geschamig seinen Blick auf den Tisch und murmelte ganz leise:

»Danke, danke euch allen.«

»Mama, das muss ein Ende haben.«

»Was?«

»Frag nicht so blöd, Mama, das weißt du ganz genau. Das wächst uns langsam über den Kopf. Schau mal in die Zeitungen rein, der Teufelshund ist auf der ersten Seite. Wir hören auf. Lange geht das nicht mehr gut, dann fliegen wir auf.«

Ich nickte zur nachdenklichen Frieda hin, die dann wie beiläufig sagte:

»Ich verstehe euch schon, aber jetzt, wo es so gut läuft, da sollte man noch eins draufsetzen.«

Ich schaute entrüstet:

»Ja, wie denn noch eins draufsetzen? Sollen wir etwa noch durch die Luft fliegen?«

Und schon hatte ich meine spontane Frage bereut. Frieda nickte und meinte mit vollem Ernst:

»Zum Beispiel!«

»Mama, wir wollen aufhören, es wird zu gefährlich. Mehr Gäste fasst doch das Lokal gar nicht mehr, selbst die zusätzlichen Bedienungen sind überfordert. Und dein Straßenausschank, wenn das der WKD erfährt.«

Ich stimmte Cäci zu:

»Frieda, wir müssen wirklich aufpassen, das mit dem Hund war schon nicht mehr witzig. Und wie ich ein paar Dorfdeppen kenne, ziehen die bald mit ihren Gewehren los, um das Riedweiblein zu schießen.«

Ich deutete mit einer fahrigen Handbewegung auf

die Trophäensammlung ihres verstorbenen Jägergatten:

»Dann hängen unsere Köpfe auch bald in irgendeinem Jagdzimmer. Das dreiköpfige Riedweible!«

Frieda kratzte sich nachdenklich an ihrer streng nach hinten gekämmten Frisur, die in einem frechen runden Knoten endete.

»Ja, dann macht halt mal eine Pause, ist vielleicht ganz gut so. Dann wird es wieder etwas spannender, wenn ihr dann später vielleicht noch …«

»Maaaaama!«

»Ist ja schon gut, die Arbeit ruft. Soll ich noch was bringen?«

»Nein, danke.«

»Äääh, gern noch, ein Wurstbrot vielleicht? Ich habe schon ein bisschen Hunger.«

Frieda war gerührt:

»Ich bring dir ein halbes Hähnchen mit Pommes. Du brauchst was, du bist jung!«

Tobi strahlte wie das Kernkraftwerk Tschernobyl am 26. April 1986.

Allmählich füllte sich auch der Innenbereich der Gastwirtschaft. Tobi nagte begeistert an seinem Hähnchen, als ich schemenhaft durch die Butzenglasscheibe, die das Jagdzimmer vom großen Schankraum abtrennte, blond und schlank sah.

»Oh je, Cäci geh mal schnell raus und lenk die Krieger ab, die Kommissarin. Ich habe sie gerade durch die Scheibe gesehen.«

Tobi wurde ganz bleich und blickte zur Tür.

»Keine Panik, schnapp dir dein Hähnchen, ich gehe

jetzt ganz langsam über die Küche mit dir raus, da kann uns niemand sehen.«

»Doch, die Küchenhilfen!«

»Bleib ruhig, das regle ich schon.«

Über die Küche führte ich Tobi bis zum Treppenaufgang. Als ich wieder durch die Küche zurückging, klatschte ich kurz in die Hände. Die blonden, russischen Küchenhilfen blickten mich erstaunt an. Ich setzte mein verwegenstes Gesicht auf, lehnte mich lässig an den Herd und meinte zu den Mädchen:

»Wenn hier gleich die Bullen antanzen, ihr habt hier niemanden gesehen, ist das klar? Weder mich noch meinen Begleiter, ist das klar? Sollte jemand etwas anders vorhaben, denkt einfach daran: Nicht nur eure Papis haben Connections zur Russenmafia! Auch ich! Vielmehr: Ich bin die Russenmafia!«

Die Mädels kicherten blond, zwei von ihnen kannte ich aus meinem Unterricht. Ich fügte sicherheitshalber hinzu:

»Jetzt mal ganz im Ernst, Mädels. Es wäre nett von euch, wenn ihr meinen Begleiter nicht erwähnen würdet, wenn irgendjemand danach fragt. Danke.«

»Kein Problem, Herr Bönle!«

Wieder kicherte es fünfmal blond.

Im Nebenzimmer saßen schon die beiden Schönen. Einmal blond, einmal brünett. Ein angetrunkenes Bier zu viel stand noch auf dem Tisch. Wenn es jemand merkte, dann die Blonde.

»Aaah, hallo, Herr Bönle!«

Sie streckte mir ihre schöne Hand entgegen. Ich verneigte mich zu einem angedeuteten Handkuss.

»Enchanté, Frau Hauptkommissarin. Ich bin entzückt, Sie bei bester Gesundheit zu sehen. Ich wähnte Sie unpässlich …«

»Setzen Sie sich! Sagen Sie nur etwas, wenn ich Sie frage.«

Cäci hatte ein rotes Köpfchen bekommen und fixierte mich giftig, drehte ihr errötetes Haupt grazil zur Kommissarin und meinte:

»Tut mir leid, Frau Krieger, ich muss ihn nehmen, wie er ist. Er hat auch gute Seiten, wenn auch nur wenige.«

Die kühle Blonde grinste frauensolidarisch:

»Die habe ich leider noch nie kennengelernt.«

Sie deutete auf das dritte Bierglas, das viel Restalkohol besaß, und wollte zu der Frage ansetzen, von der ich durch mein Begrüßungstheater ablenken wollte, als Frieda hereinkam.

»Grüß Gott, Frau Kommissarin. Mal wieder im Dienst, was darf ich Ihnen bringen? Aah, hier hab ichs stehn lassen!«

Sie setzte sich vor Tobis Bierglas und nahm einen kräftigen Schluck.

»Ein kleines Mineralwasser bitte, essen ist mir noch zu früh.«

Frieda nahm noch einen kräftigen Schluck:

»Danke, kommt sofort.«

Mächtig entschwand sie dem Raum. Es entstand kurzzeitig ein Vakuum. Die Blonde füllte es mit einer seltsamen Frage:

»Wie geht es Ihnen, Herr Bönle?«

Ich war so überrascht, dass ich als Übersprungshandlung zum frisch eingeschenkten, kühlen, zu kühlen Bier griff und den bekannten Fehler machte. Ich zeigte keine Reaktion, ich sagte nur nichts, solange der eisige Schmerz mit seinen kreisenden Rotoren mein armes Hirn pürierte. Gefrorene Tränen rutschten meine Wangen hinunter.

»Warum müssen Sie weinen, Herr Bönle? Macht Sie meine Anwesenheit betroffen?«

»Ich weine nicht. Hier ziehts«, hauchte ich.

So gut hatte ich noch nie einen dieser heimtückischen Krankheitsanfälle bewältigt. Lob heischend zentrierte ich meinen feuchten Blick in Cäcis unergründliche Riedaugen. Sie verdrehte sie und schüttelte leicht den Kopf.

Die mitleidlose Blonde kramte aus ihrem albernen Handtäschchen ihren digitalen Notizblock und fragte frech:

»Doch nicht etwa Ihr bekanntes Leiden?«

Die beiden Frauen lachten in emanzipatorischer Solidarität vereint gleichzeitig los.

»Also, Herr Bönle, haben Sie mir etwas zu erzählen? Sie scheinen sich ja recht rührig um die Auflösung des Falles zu kümmern?«

»Wer sagt das?«

»Herr Bönle, folgende Spielregeln: Ich frage, Sie antworten, und zwar wahrheitsgemäß. Sonst tanzen Sie in Saulgau an.«

»Bad Saulgau.«

»Ich warte.«

»Es gibt nichts zu erzählen. Was wollen Sie konkret wissen?«

»Wissen Sie, wo sich Tobias Fränkel zurzeit aufhält?«

»Ja!«

»Wie bitte?«

»Ja, aber ich kann und darf es Ihnen nicht sagen.«

»Warum nicht?«

»Supervisionsprozesse unterliegen der Schweigepflicht.«

»Können Sie sich mal deutlicher ausdrücken?«

»An unserer Schule bin ich als Religionslehrer für die sogenannte schülerzentrierte Supervision zuständig und alles, was ich dort erfahre, unterliegt der Schweigepflicht. So wie bei einem Arzt oder bei einem Pfarrer.«

»Aha, Sie wollen also nicht sagen, wo sich Tobias aufhält.«

»Ich will es schon, ich darf es aber nicht.«

»Okay, nächstes Thema: Wissen Sie, wo sich Sergej Hold aufhält, oder unterliegt das auch Ihrer Schweigepflicht?«

»Keine Ahnung, wo der sich rumtreibt. Ist der nicht in der Ukraine geblieben?«

»Ich stelle die Fragen! Gleich die nächste: Wissen Sie etwas über ein Riedweib?«

»Ja.«

»Schweigepflicht?«

»Nein.«

Cäci schickte mir einen ausdruckslosen Blick.

»Bitte, Herr Bönle, konkretisieren Sie!«

»Cäci und ich haben sie gesehen … im Ried.«

»Präziser!«

»Cäcilia Maier und Daniel Bönle befuhren gemeinsam mit einem roten Opel mit dem amtlichen Kennzeichen SIG – CM 111 am Montag, den 13. Oktober, die Riedallee von Riedhagen her kommend in Richtung Riedhausen. Die für die Tageszeit übliche Dunkelheit beeinträchtigte die Fahrt in keinster Weise, doch der außergewöhnlich starke Nebel zwang die Insassen umzukehren. Beim Versuch, im angrenzenden Wald zu wenden, verfuhren sich die oben genannten Personen in selbigem …«

»Entschuldigung, Herr Bönle, Sie nerven!«

»Entschuldigung. Also, wir haben uns verfahren und als wir ausgestiegen sind, haben wir bemerkt, dass uns jemand beobachtet. Cäci hat dann einen Knüppel nach ihr geworfen und es hat ausgesehen, als ob die Frau auch getroffen wurde. Auf jeden Fall hat sie uns so etwas wie Ripp zugerufen und ist dann plötzlich verschwunden.«

»Ripp stand auch auf Alex' Gedenkkreuz. Es war übrigens tatsächlich mit dem Hasenblut geschrieben, das war ja auch schon in der Zeitung nachzulesen.«

»Können Sie sich einen Zusammenhang zwischen der Frau und der Inschrift vorstellen?«

»Nein, ich bin erst ins Grübeln gekommen, als mir klar wurde, dass Ripp und Rippe in diesem Fall eine zweideutige Rolle spielen.«

»Warum haben Sie den Zwischenfall im Ried nicht gemeldet?«

Cäci meldete sich schützend zu Wort:

»Wir haben den Ruf ja gar nicht richtig verstanden, es hätte auch nur ein lang gezogener Iiiip-Schrei gewesen sein können, um uns zu verscheuchen. Erst anschließend haben wir es als Ripp interpretiert … Und mal ehrlich, was hätten Sie gesagt, wenn Dani zu Ihnen gekommen wäre und gesagt hätte, im Ried steht abends eine Frau und schreit Iiiipp?«

»Stimmt, ich hätte das Gleiche gedacht, was ich immer denke, wenn ich mit dem da zusammentreffe.«

Sie nickte kühl in meine Richtung. Minus 18 Grad, gefühlte minus 25 Grad wegen des Gegenwindes. Das saß mal wieder. Ich tat, als hätte ich nichts gehört.

»Können Sie die Frau beschreiben?«

Wir gaben eine vage Beschreibung ab und das Verhör ging noch über eine Stunde weiter. Sie fragte jeden nur erdenklichen Unsinn und krönte abschließend:

»Herr Bönle, sehen Sie einen Zusammenhang zwischen der realen Frau, die Sie gesehen haben, und diesen Spukerscheinungen mit Schmierentheatercharakter?«

»Ja, ich denke, hier manifestiert sich der spießbürgerliche Wunsch, einen Schuldigen oder eine Schuldige zu finden, in einer kumulativen Massenhysterie, deren Ausformung dieses Riedweib ist. Also, das Riedweib ist für mich zunächst mal Fiktion, aber der Wunsch, nicht nur einen virtuellen Schuldigen zu haben, ist für manche Zeitgenossen so stark, diese Figur quasi als Sündenbock zu erfinden. Nicht, dass der Schuldige schon wieder aus der Gemeinde kommt, das darf nicht noch einmal sein. Die Schuld des Dorfes wird auf einen Sündenbock abgeladen.«

»Interessante Theorie, Sie können ja reden. Das erklärt aber noch lange nicht, warum Leute schildern, sie würden Tag und Nacht schauerliche Schreie aus dem Ried hören.«

»Davon haben wir auch schon gehört. Vielleicht sind das Tiere?«

»Was halten Sie von dem Geschwätz der Leute, hinter dieser Spukgestalt könnten auch die Medien stecken, um in den Ferien die Leserquoten und Zuschauerzahlen zu steigern?«

Auf diese Idee war ich noch gar nicht gekommen und sinnierte, doch Cäci kam mir zuvor:

»Das ist aber mal eine interessante Idee, den gleichen Verdacht hatte ich schon beim ersten Auftauchen der Erscheinung in Mamas Wiese. Ich denke schon, dass man in diese Richtung ebenfalls ermitteln muss. Der Spuk muss mal ein Ende haben, die Pressefritzen und Schaulustigen zertrampeln Mama die ganze Wiese.«

»Na ja, das kommt ja locker wieder rein! Herr Bönle, was halten Sie von einem ganz anderen Geschwätz, nämlich, dass Sie hinter dem ganzen Riedweibfirlefanz stecken?«

Mit ihrem rot gekrönten Zeigefinger zielte sie auf mich.

»Gar nichts!«

»Das habe ich mir gedacht. Übrigens, wissen Sie, wo sich Frau Knaus zurzeit aufhält? Ich müsste sie auch noch etwas fragen und kann sie schon seit Tagen nicht erreichen.«

Cäci grübelte:

»Hilde? Stimmt, die habe ich am Wochenende gar nicht gesehen. Vermutlich ist sie wieder in die Berge, wandern. Oder sie hat noch irgendwohin einen Billigflieger bekommen?«

»Wer versorgt ihre Lamas?«

»Das hat schon immer der Maier, der Bauer gemacht.«

»Na ja, vielleicht weiß der etwas. Da schau ich nachher noch vorbei. So, Herr Bönle, dann lasse ich Sie samt Lebenspartnerin in Ihrer bierseligen Riedidylle wieder allein.«

Die elegante Kommissarin machte eine noch elegantere Bewegung mit ihrer schönen Hand, indem sie einen sanft ansteigenden Bogen von der linken Brust weit über die rechte Schulter hinaus in den Raum hinein beschrieb. Sie blinzelte mir aus nutellabraunen Augen zu.

Ich blinzelte mit grauen Augen zurück. Abschließend zweimal mit dem rechten Auge. Die Strafe traf mich doppelzüngig. Gleichzeitig hörte ich ein vorwurfsvolles Daniiiii und ein gemurmeltes Dorfdepp. Ich freute mich. Zu früh! Sie griff nach ihrem elektronischen Gedächtnis, tippte mit dem Zahnstocher Klopfzeichen auf das berührungssensible Display und bemerkte:

»Ach ja, noch eine Frage: Wissen Sie irgendetwas über eine Asiatin, die hier vielleicht einmal aufgetaucht ist? Das kann auch schon länger her sein, ein paar Jahre!

Der erste augenscheinliche Verdacht wurde durch den Gerichtsmediziner bestätigt, es ist ein asiatischer Schädel, weiblich!«

»Der Schädel? Ist das der Schädel einer Asiatin? Nein, da fällt mir nichts ein. Hier haben, so weit ich mich erinnern kann, nie Asiaten gewohnt. Die waren eher um Sigmaringen herum angesiedelt. Dort kamen vor ungefähr 30 Jahren die Vietnamesen an, die Boatpeople. In Laiz im ›Gelben Haus‹, so nannte man das Übergangswohnheim, hat man die damals untergebracht. Also, in der Gegend wohnen noch viele von denen. Recherchieren Sie mal, ob dort jemand vermisst wird, der für Ihr errechnetes Zeitfenster in Frage kommt.«

»Ich weiß schon, was ich zu tun habe, Herr Bönle! Woher wissen Sie darüber so gut Bescheid?«

»Ich habe Biker-Freunde dort.«

Die schöne Neugierige nickte wohlwollend und wollte gerade endgültig den Raum verlassen, doch in diesem ungünstigen Augenblick düdelte mein Handy seine infantile Melodie. Es war Christof, mein verbeamteter Freund und Aushilfskellner aus Saulgau. Er war in heiterster Stimmung.

»Christof hier, hi, Dani. Es klappt!«

»Was klappt?«

»Das mit dem Behindertenfahrzeug, den Traktor als behindertengerechtes Fahrzeug anzumelden und dann …«

Ich warf einen Blick zur blonden Salzsäule, deren dunkle Pupillen nicht von meinen verkrampften Lippen abließen. Ihre Ohren schienen in Richtung meines Handys länger und spitzer zu werden.

»Christof, ist lieb von dir, aber das Projekt canceln wir. Später mehr dazu, tschüß«, flüsterte ich gepresst.

Die Kommissarin stand immer noch da.

»Probleme? Ade, einen stressfreien Ferientag wünsche ich Ihnen noch. Und ich werde mich erkundigen … betreffs Schweigepflicht und schülerzentrierter Supervision.«

Sie drohte mir tatsächlich mit ihrem gut aussehenden Zeigefinger. Der rote Nagellack brannte wie Chilipaste in meinen Augen.

Sie gab Cäci freundlich die feingliedrige Hand. Mich ignorierte sie. Ich streckte meine Beine aus, damit sie es schwerer hatte, an mir vorbei zu kommen.

»Oh, Sie tragen immer noch Schlange am Fuß?«, provozierte sie mich.

Sie stakste über meine herrlichen Sendra-Stiefel. Ich rief ihr nach:

»Das macht einen schlanken Fuß, ich kann Sie Ihnen auch mal ausleihen. Auch das Tier passt zu Ihnen.«

Die attraktive Fliehende gab ein Wort von sich, das sich wie Barschdocht anhörte. Ich konnte dieses Wort im derzeitigen Kontext nicht einordnen, vermutlich war es doch wieder Fäkalsprache, zu deren Verwendung sie sich in meiner Gegenwart häufig genötigt fühlte. Ich empfinde es immer wieder als äußerst abstoßend, wenn ein schöner, wohl geschwungener Frauenmund so ordinäre Worte redet.

Ein Frauenmund repräsentiert ja im eigentlichsten Sinne das weibliche Prinzip. Er ist schön, er ist weich, er rundet in harmonischen Schwüngen und vermag es doch in ständiger, ja manchmal schier unaufhörlicher mitteilender Besorgnis zu sein – vor allem in der Präsenz eines Telefons. Dieser Frauenmund scheint wie geschaffen, Kinder und Mann mit seiner Weichheit zu liebkosen und tröstend zu umsorgen. Er scheint wahrlich dazu geschaffen, mit der Vielfalt seiner Sinnesknospen vom Gatten geliebte Speisen harmonisch in ihrer Süße, ihrer Schärfe, ihrer Bitterkeit, ihrer Salzigkeit und sogar nach wohlgefälliger Temperatur abzustimmen. Wenn diese Lippen böse Worte verlassen, dann ist es eben nicht so, wie wenn Herrmann Scheiße sagt – eben nicht.

In der Tür stieß die helle Schlanke mit etwas schwarzem Kräftigen zusammen – mit unserem Pfarrer Deodonatus Ngumbu.

30 MESSERARBEIT

Das Buch Ezechiel
21:15 Zum Schlachten, zum Schlachten ist es geschärft; um wie ein Blitz zu leuchten, ist es poliert.

Sie war froh, dass sie bei Hans in Wilhelmsdorf untergekommen war. In der Mittagspause hatte er sie nach Riedhagen gefahren, seine Luna. Während der kurzen Fahrt mit seinem Renault hatte er ständig seine rechte Hand auf ihrem linken Oberschenkel. Mit einem Kuss versprach sie ihm, abends wieder am Hintereingang zu sein. Er war auch nicht misstrauisch geworden, als sie an der Kreuzung zur Riedallee aussteigen wollte, um die restlichen Kilometer zu laufen. Wie immer schlich sie sich durch das Ried an.

Riedhagen und die nächste Umgebung waren ein belebtes Pflaster geworden, überall parkten Autos mit fremden Kennzeichen. Immer wieder flitzten Fahrzeuge der Polizei durch die Landschaft oder parkten an allen möglichen Stellen. Früher hatte sie sich rasch versteckt, nun konnte sie sich, wie jeder andere Gaffer, unbehelligt in der Öffentlichkeit zeigen. Fremde fielen in diesen Tagen in Riedhagen nicht auf. Trotzdem war äußerste Vorsicht geboten, und sie nahm sicherheitshalber den Weg durchs Feuchtgebiet zum Fränkel-Hof. Auch vor dem Pärchen mit dem roten Auto, das sie im Ried überrascht hatte, musste sie auf der Hut sein. Die schienen ihre neugierigen Nasen in alles zu stecken, vor allem der Mann. Vor dem musste sie sich ganz besonders in Acht nehmen.

Der Fränkel-Hof lag ruhig da, als sie sich im Schutze von Hecken und Sträuchern anschlich. Herr und Frau Fränkel hatten an zwei Leitern eine Sau kopfüber aufgehängt, sodass die hinteren Beine gespreizt waren. Die Zitzen wirkten wie eine doppelläufige Knopfleiste. Das Schwein war schon im großen Bottich mit heißem Wasser geschabt worden. Auch die restlichen Borsten hatte der Bauer schon abgeflammt. Das Schlachtopfer leuchtete unnatürlich weiß in der Herbstsonne. Frau Fränkel brachte in Eimern das vorhin aufgefangene Blut in die Küche. Die Oma machte daraus Blut- und Schwarzwürste. Nun öffnete Fränkel, der eine weiße Gummischürze trug, mit einem scharfen Messer die Sau vom Schwanz her bis fast zur Kehle. Bläulich-weiß gefaltet quollen ihm die Eingeweide entgegen. Er entnahm mit einem geübten Schnitt die Saublase, die Luftballongröße hatte. Das am Stahl geschärfte Messer blitzte in der Sonne. Er entleerte den Urin aus der Schweineblase und legte sie beiseite. Die Fasnetsnarren würden ihm die Saublater, die sie getrocknet an Stecken trugen und damit bei Umzügen auf die Köpfe der Zuschauer eindroschen, gern abkaufen.

Fasziniert beobachtete sie aus ihrem dichten Versteck den routinierten Ablauf des Schlachtens. Frau Fränkel war in ihrer verwaschenen Kittelschürze mit den dunklen Flecken wieder zu ihrem Mann gekommen. Schweigend verrichtete jeder der beiden seine Arbeit. Sie waren ein eingespieltes Team.

Dann fing Fränkel aus heiterem Himmel an zu schimpfen:

»Jetzt muss der abhauen, wo noch so viel Arbeit auf dem Hof ist. Wir müssen noch die Jagdwürste und die Dosenwürste machen und der macht sich aus dem Staub. Ich hab ihm doch gesagt, dass ich ihn in den nächsten Tagen brauch. Die Jagdwürste müssen heute noch in die Räucherkammer.«

Seine Frau arbeitete mit geschickten Händen weiter und schaute nicht zu ihm auf, als sie antwortete:

»Du brauchst dich nicht zu wundern, dass er weg ist, du hast ja nur mit ihm geschimpft. Nichts an ihm passt dir. Außerdem hat er Ferien.«

»Schwätz keinen so einen Scheißdreck, wir können nur über die Runden kommen, wenn alle zusammen helfen. Ferien, Ferien, wann haben wir mal Ferien gehabt?«

»Vielleicht hättest du einfach ein bisschen freundlicher zu ihm sein sollen, dann wäre er nicht abgehauen.«

Fränkel fuchtelte mit dem Metzgermesser in Richtung seiner Frau und fluchte:

»Heilandzack, an allem soll wieder ich schuld sein. Der sitzt bestimmt im Ochsen oder springt wie das ganze Dorf hinter dem Scheiß Riedweib her. Der Kerl ist vermutlich von der Russin versaut worden, die hat ihm wahrscheinlich die Flausen in den Kopf gesetzt. Fachhochschulreife, Fotografenmeister, eigenes Studio! Wir Fränkels waren schon immer Bauern oder Metzger, ich habe auch keine Fachhochschulreife. Der kommt schon wieder. Bring das zur Oma, fürs Kesselfleisch! Und bring ihr den Majoran fürs Jagdwurstbrät! An der Jagdwurst, an der ist gut verdient.«

Frau Fränkel packte schweigend die Kunststoffwanne mit dem fleischigen Inhalt und wollte zur Küche.

»Halt, nimm noch die Leber mit, sag der Oma, die soll gleich in die Gefriere. Die frische Leberwurst im Darm machen wir halt morgen.«

Die Fränkels verwursteten in ihrer Küche noch bis in den späten Abend hinein ihre Sau. Sie ahnten nicht, dass all ihr Tun neugierig beobachtet wurde.

Hans in der Klinik konnte auf seine Luna warten, er würde sich, je später sie kam, umso mehr freuen, dass sie überhaupt kam. Sie kannte die Männer.

31 TODGEDANKEN!

Die Psalmen
49:15 Der Tod führt sie auf seine Weide wie Schafe, sie stürzen hinab zur Unterwelt. Geradewegs sinken sie hinab in das Grab; ihre Gestalt zerfällt, die Unterwelt wird ihre Wohnstatt.

Hilde wirkte apathisch. Es war der fünfte Tag in diesem Loch und das Wasser stieg immer noch langsam an. Sie schätzte, dass es ungefähr zehn Zentimeter am Tag waren. Wenn sie nicht vorher schon starb, könnte sie vielleicht noch fünf Tage leben, bis sie endgültig im braunen Wasser ertrank.

Hilde hatte mit den bloßen Händen einen beachtlichen schmalen Gang unter dem Gitter gegraben, doch um das Ende der Gitterabdeckung zu erreichen, würde sie vermutlich noch einige Tage brauchen. Die Fingerspitzen waren blutig, die Fingernägel waren abgebrochen und fehlten an zwei Fingern gänzlich. Die Kraft war aus ihr gewichen. Winselnd weinte sie, die Töne hatten nichts Menschliches mehr. Mittlerweile reichte ihr das Wasser bis zur Hüfte. Sie fror jämmerlich, und lange würde sie es in dieser nassen Mulde nicht mehr aushalten, dann würde dies ihr Grab sein.

Wenn eine kurze Bewusstlosigkeit ihren Körper und ihre Sinne lähmte, dann wäre dies auch ihr Tod. Sie würde dann einfach in ihrem nassen Grab ertrinken. Sie hatte sich noch nie ernsthafte Gedanken über ihren Tod gemacht. Aber hier in diesem Wasserloch, mitten im Ried, wollte sie nicht sterben.

Doch wenn man sie gar nie finden würde? Das ist doch kein Grab für einen Menschen, so verscharrt man nicht einmal ein Stück Vieh. Als das erste Lamababy tot geboren wurde, da hatte sie es auch begraben, obwohl es nicht erlaubt war. Sie hatte auf der Weide einen kleinen Stein aufgestellt. Sie wollte auch einen Stein, einen schönen Naturstein auf dem Friedhof mit ihrem Namen: Hildegard Knaus 19.05.1974 bis irgendwann. Sie wollte, dass Freunde und die Eltern ihr Grab besuchten. Bestimmt würden sie nicht regelmäßig kommen, sie ging selbst nur noch selten zum Grab ihres geliebten Opas. Aber sie wusste, wo er lag, und zwei-, dreimal im Jahr besuchte sie ihn und stellte ihm gelbe Blumen hin. Und sie wollte, dass auf ihrem Grab auch immer frische, gelbe Blumen stünden. Sie wollte einen Ort haben, den die Leute, die sie mochten, kannten. Die Erinnerung an sie würde viel schneller verloren gehen, wenn da kein Kreuz, kein Stein wäre.

Hilde war nie besonders religiös, geschweige denn regelmäßige Gottesdienstbesucherin, obwohl der Gruppendruck im kleinen Dorf groß war. Bis jetzt war sie stolz, diesem Druck Stand gehalten zu haben.

Trotzig faltete sie ihre kalten, weißen Hände ineinander. Zitternd sprach sie:

»Vater unser, der du bist …«

Nachts schreckte sie immer wieder hoch, wenn der kurze Schlaf durch das Eintauchen ihres Kopfes ins dunkle Wasser jäh unterbrochen wurde. Sie schrie dann ihre ganze Not ins nächtliche Ried hinein, bis sie heiser war. Das Ried hatte kein Erbarmen, ihr Schreien wurde gedämpft. Und wenn es dann doch einmal auf ferne Ohren traf, so wurde es falsch gedeutet.

Das Wasser im moorigen Loch hatte zwei Gesichter für sie: das lebenserhaltende, durstlöschende und das böse, kühle, das todbringende. Immer wieder rief sie ihre Ohnmacht ins weite Ried hinein. Irgendjemand musste sie doch hören!

Einmal vernahm sie ein Geräusch ganz in ihrer Nähe. Es war ein Fuchs, der neugierig schnuppernd in ihr todbringendes Gefängnis äugte. Sie freute sich und redete weinend mit ihm, so wie man mit einem Kind redet, bis er verunsichert verschwand.

»Bleib!« schrie sie, »bleib doch!«

Dann summte sie leise vor sich hin, wie sie es von ihrer Mutter im warmen Bett gelernt hatte:

»Guten Abend, gute Nacht,
Mit Rosen bedacht,
Mit Näglein besteckt,
Schlupf unter die Deck'
Morgen früh, wenn Gott will,
Wirst du wieder geweckt.
Guten Abend, gute Nacht,
Von Englein bewacht,
Die zeigen im Traum
Dir Christkindleins Baum.
Schlaf nun selig und süß,
Schau im Traum's Paradies.«

Dann spürte sie den warmen Kuss ihrer Mutter.

32 BEICHTBEDRÄNGNIS

Das Buch der Sprichwörter
28:13 Wer seine Sünden verheimlicht, hat kein Glück, wer sie bekennt und meidet, findet Erbarmen.

28:14 Wohl dem Menschen, der stets Gott fürchtet; wer aber sein Herz verhärtet, fällt ins Unglück.
28:17 Ein Mensch, auf dem Blutschuld lastet, ist flüchtig bis zum Grab; man halte ihn nicht.
28:18 Wer schuldlos seinen Weg geht, dem wird geholfen, wer krumme Wege geht, fällt in die Grube.

»Hallo Cäcilia, hallo Dani, gehta es euch gut, habta kurza Zeit?«

»Hallo Deo, du siehst bleich aus.«

Deodonatus Ngumbu winkte meinen Spaß ernst ab, er wirkte sehr nervös und reichte uns zur Begrüßung seine riesige, rechte Hand.

Deo, wie ihn seine Freunde nannten, war aus Nairobi und nun seit über drei Jahren in Riedhagen und weiteren umliegenden Gemeinden Vertretungspfarrer. Sonst besaß der riesige 110-Kilo-Geistliche, der immer in Soutane unterwegs war, ein sonniges Gemüt und einen feinsinnigen Humor. Heute wirkte der stattliche Massai weder sonnig noch humorvoll.

Bevor er bei uns am Tisch saß, hatte die geschäftstüchtige Wirtin ihm ein Glas vom hellen Gerstensaft kredenzt.

»Wohl bekommts, Herr Pfarrer! Was wollte denn die Kommissarin von euch?«

Cäci machte eine hektisch fuchtelnde Handbewegung und sagte ohne Stimme: »Später.« Frieda verstand und drehte leichtfüßig bei.

Deo beugte sich mit seiner mächtigen, dunklen Brust über den Tisch und führte seinen Zeigefinger an seine vollen Lippen:

»Bitta, ihr dürft keina Mensch eina Wort saga, ich bin in großa Gewissakonflikt.«

Das kannte man von Deo nicht, dass er, der große, sensible Mann einfach hereinpolterte, ohne ein paar Späßchen zu machen. Das Weiß seiner Augen wirkte riesig, als er stammelte:

»Entschuldigung, ich mussa mit jemand reda, aba ich darf nicht!«

Cäci legte ihm ihre schmale, helle Hand auf seine dunkle Pranke. Es sah aus, als säße ein heller Schmetterling auf einem Kuhfladen.

»Deo, fang einfach von vorn an. Du weißt, dass du uns alles sagen kannst.«

Deo wand sich, um eine passende Formulierung zu finden.

»Ja, ich weiß, ihr seid meina besta Freunde hia. Aba ich bin auch Pfarra und da hat man ganz besondara Recht, aba auch besondara Pflicht. Ich haba da Recht Sünda zu vergeba, aba ich haba auch da Schweigapflicht.«

Cäci fragte: »Deo, was willst du uns sagen? Hat es etwas mit dem zu tun, was hier gerade im Dorf abgeht?«

»Ja, aba wenn ich etwas saga, dann haba ich meina Gelübda gebrocha. Das heiliga Beichtageheimnis.«

Cäci schaute mich fassungslos an. Ich kratzte mich verdutzt am Kopf und forschte nach:

»Heißt das, bei dir hat jemand seine Sünden gebeichtet und du weißt nun etwas, was besser die Polizei wissen sollte? Du weißt, wer der Mörder von Alexandra ist? Hat das jemand gebeichtet?«

»Nein, das nicht, niemand hat da Mord gebeichtat, aba wenn ich nichts saga, dann kann vielleicht noch jemand sterba. Eina unschuldiga Person. Aber ich darf nicht vonna Beichta erzähla, sonst bin ich kein Pfarra mehr. Das ist eina von da größta Sünda von eina Pfarra, wenn a da Beichtageheimnis verletzt.«

»Ja wir habens begriffen, Deo! Und wenn du uns dein Geheimnis nicht erzählst, sondern zeichnest?«

»Dani, lass da blöda Scherza, du hast auch Theologia studiert, du weißt, dass ma da Beichtageheimnis nia verletza darf, nia.«

»Entschuldigung, Deo, gibt es die Möglichkeit, dass du uns einen Hinweis gibst, ohne das Beichtgeheimnis zu brechen?«

»Das großa Problem bei da Sache, selba weiß ich viel zu wenig. Und ich werda keina Nama saga. Bitta, ihr beida, meina Freunda, bitte erzählt keina Mensch auf da ganza Welt, was ich jetzt euch saga.«

Deodonatus Ngumbu kramte aus der Weite seiner umfangreichen Soutane eine miniaturisierte Ausgabe des Neuen Testamentes. Wir mussten beide unsere rechte Hand darauf legen und bei Gott schwören, dass wir vom Gespräch nie etwas erzählen würden.

Dann fing er mit leiser Stimme an:

»Bei mia war Person bei heiliga Beichta, wollta da Vergebung von da Sünda und hat von eina Frau erzählt, die wega diesa Sünde in Gefahr ist. Die Person hat aba nicht gesagt, welcha Frau das ist. Sie hat aba gesagt in welcha Gefahr, und das ist ganz schrecklich, drum bin ich jetzt gleich zu euch komma.«

»Du weißt also nicht, wer in Gefahr ist, sondern nur, in welcher Gefahr jemand steckt. Weißt du auch, wo das ist?«

»Ja, so ungefähr. Ich kann nur saga, irgendjemand ist im Ried in großa Gefahr, irgendjemand, der verschwunda ist.«

»Und was ist das für eine Gefahr?«

»Dass da Person bald stirbt.«

»Also lass mich zusammenfassen: Bei dir hat jemand gebeichtet, eine Person ist im Ried und wird, wenn keine Hilfe kommt, sterben. Mehr weißt du auch nicht?«

»Nein, aba ich haba da Beichtageheimnis gebrocha oda wie siehst du das, Dani?«

Ohne es besser zu wissen, beruhigte ich den völlig verstörten Geistlichen:

»So ein Quatsch, ich habe doch auch Theologie studiert, da hast du nie und nimmer nicht das Beichtgeheimnis verletzt. Du hast doch keinen Namen erwähnt und alles andere ist so vage …«

»Danka, ihr seid meina besta Freunde hia. Aba versprecht mir, dass ihr was untanehmt, um die Person zu finda, die in großa Gefahr schwebt. Ich helfa euch gern, wenn ihr Hilfa braucht, du hast meina Handynumma.«

Dann stand er ohne Abschiedsgruß auf und verließ die Gastwirtschaft. Er hatte nicht einen Schluck seines Bieres getrunken. Das war noch nie vorgekommen.

Und wir standen da mit einem Rätsel, zu dessen Lösung uns die Frau Kommissarin ein Puzzlestückchen hinterlassen hatte. Nur welches? Cäci hatte es als Erste wieder in Erinnerung.

»Hilde! Die Kommissarin hatte doch erwähnt, dass sie Hilde nicht erreicht.«

33 RIEDTRÄNEN

Die Klagelieder
2:18 Schrei laut zum Herrn, stöhne, Tochter Zion! Wie einen Bach lass fließen die Tränen Tag und Nacht! Niemals gewähre dir Ruhe, nie lass dein Auge rasten!

Abends hatte Herrmann Zeit. Nachdem niemand wusste, wo Hilde war, hatte Cäci unzählige Male telefonisch und haustürklingelnderweise versucht, die Gesuchte zu finden.

Dann stieg der von uns angeforderte Herrmann fluchend aus seinem schneidigen, metallicgrünen Opel Ascona. Ruckzuck war die Kellertür mit einem gebogenen Draht geöffnet. Herrmann schien mit seiner Leistung jedoch unzufrieden:

»So ein Scheißdreck, Scheiß Sicherheitsschlösser, früher ging das einfacher. Die Rechnung bitte in Naturalien bezahlen: fünf Bier bei Frieda!«

Dann ließ er Cäci und mich zurück.

Wir durchsuchten Hildes Wohnung, fanden die Verschwundene aber nirgends. Wir schlussfolgerten wegen des Tellers mit den stinkenden Speiseresten, dass Hilde wahrscheinlich in Gefahr war und die Beichte einen ernsten Hintergrund hatte.

»Sollen wir die Kommissarin verständigen?«, fragte ich unsicher Cäci.

»Das müssen wir!«

»Die will aber ganz bestimmt wissen, woher wir wissen, dass Hilde in Gefahr ist. Wir dürfen aber Deo nicht ins Spiel bringen.«

»Sollen wir uns allein auf die Suche machen?«

»Das ganze Ried durchsuchen, du hast wohl einen Vogel!«

Cäci wirkte verzweifelt. Sie schaute mich aus moorigen Augen an und fing plötzlich an zu weinen. Ich umarmte sie. Warme, riedwässerige Tränen liefen an meinem Hals hinunter. Sie schniefte:

»Das wird mir alles langsam zu viel. Zwei Leichen im Ried, Tobi will sich erhängen, ein Russe verschwindet spurlos, wir sind lebende Geister und nun fehlt auch noch Hilde. Ich habe ein schlechtes Gefühl und ein schlechtes Gewissen. Wir müssen das der Kommissarin melden.«

Und so setzte ich mich fernmündlich mit der Kommissarin in Verbindung.

»Ich fasse zusammen: Sie sind bei Frau Knaus vorbei, weil sie aufgrund meiner Aussage von heute Mittag, dass ich sie nicht erreiche, davon ausgegangen sind, dass irgendetwas nicht stimmt. Herr Bönle, was läuft da schon wieder? Wissen Sie etwas, das besser ich wissen müsste?«

Ich nickte vorsichtig und demütig zur strammen Blonden. Sie war in schnellen zehn Minuten bei Hildes Haus gewesen, da sie in der Riedwirtschaft zu tun gehabt hatte.

»Dann haben Sie gesehen, dass die Kellertür einen Spalt breit offen stand. Sie sind beide in Frau Knaus' Wohnung eingedrungen und haben den Teller entdeckt. So weit alles richtig? Und nun denken Sie, nur weil Frau Knaus nicht abgespült hat, ihr könnte etwas zugestoßen sein?«

»Nein, nicht nur deshalb. Wir haben einen Hinweis bekommen.«

»Aha«, tat die blonde Wohlgeformte besserwisserisch, »einen Hinweis, und was für einen Hinweis, wenn man fragen darf? Oder ist das wieder Schweigepflicht?«

»Nein, es war ein anonymer Anruf«, log ich, um die Sache nicht noch mehr zu verkomplizieren.

»Wie bitte?«

»Ein anonymer Anruf. A-no-nym, Sie wissen, vom Lateinischen, das bedeutet so viel wie ohne Namen oder einfach unbekannt.«

»Herr Bönle, was sagte die Person? Der Begriff sagen ist Ihnen ja bekannt?«

»Er war ganz kurz, der Anruf. Die Person sagte: Es fehlt jemand, und wenn man sich nicht beeilt, stirbt die Person im Ried.«

»War es eine Frau oder ein Mann, am Telefon?«

»Das konnte ich nicht sehen.«

»Herr Bönle, wenn Sie bitte aufs Revier mitkommen wollen, um Ihre Aussagen zu machen?«

»Es war eine Männerstimme.«

»Na gut, Herr Bönle. Frau Maier, können Sie das bestätigen?«

Cäci nickte, sie war bleich und meinte:

»So hat es mir Dani erzählt, und warum sollte es nicht so sein? Vielleicht ist das ja auch die Erklärung für die Schreie, die man immer wieder hörte?«

»Sie meinen das Riedweib. Dieser Affenzirkus, dass da … und ich sage Ihnen, Herr Bönle, wenn Sie da Mitregisseur sind bei dieser Ried-Horror-Picture-Show … Ich reiße Ihnen Ihren knackigen Hintern bis zum Genick auf!«

»Nein! Nur die Schreie, vielleicht sind die authentisch? Warum haben so viele etwas gehört? Und das andere, die Erscheinungen sind vielleicht nur inszeniert.«

Betroffen schaute mich Cäci an, in ihren Augen bildete sich ein riediges Pfützchen, das links- und rechtswangig überlief. Alles wurde komplizierter.

34 WAFFENGERICHT

Das Buch Ijob
19:29 dann bangt für euch selbst vor dem Schwert; denn heftiger Zorn verdient das Schwert, damit ihr wisst: Es gibt ein Gericht.

Sergej hatte sich die Waffe in Stuttgart besorgt, wo er die letzten Tage bei einer Bekannten verbrachte. Die Pistole stammte aus dem Bohnenviertel, dessen vegetarischer Name auf die ehemals armen Bewohner zurückgeht, die als sparsame Schwaben in ihren Gärten Bohnen anpflanzten. Beim Charlottenplatz, in einer kleinen Seitengasse der Olgastraße, besuchte er seinen Freund Viktor, denn dieser war ihm noch einen Gefallen schuldig. Von ihm bekam er die 12-schüssige Makarov PMM 9mm, die im geladenen Zustand mit über 800 Gramm kühl und schwer in der Hand lag. Auf dem brünierten Lauf stand Made in Russia.

Nun lehnte Sergej mit weißen Turnschuhen, einer schwarzen Trainingshose mit weißen Längsstreifen und einer blauen Sportjacke gekleidet auf dem Aulendorfer Bahnhof am Kiosk und trank ein Bier aus der Flasche. Mit der linken Hand ertastete er zufrieden, fast schon zärtlich das kalte Metall der gerade einmal 17 Zentimeter langen Waffe, die seine Hosentasche weit nach unten zog. Vitali würde ihn hier abholen und nach Riedhagen fahren. Dort würde er, vielleicht sogar noch heute, seinen Plan umsetzen und Richter sein, für Gerechtigkeit sorgen. Er würde ihn finden und ihm in den Kopf schießen. Er hatte sich die Szene schon oft vorgestellt, wie er noch einmal das Magazin kontrollieren würde, wie er dann mit dem Daumen den Sicherungshebel mit einer Abwärtsbewegung löste, wie er die Stirn seines Opfers anvisieren und wie dann sein Zeigefinger dafür sorgen würde, dass der Schlagbolzen die Ladung zündet. Peng!

Und wenn es ihm heute nicht gelang, dann morgen oder übermorgen. Er hatte Zeit.

35 RIEDDUMMHEIT

Das Buch der Sprichwörter
26:11 Wie ein Hund, der zurückkehrt zu dem, was er erbrochen hat, so ist ein Tor, der seine Dummheit wiederholt.

Mittlerweile war auch das Nebenzimmer brechend voll. Einheimische, Journalisten, Undercover-Polizisten, Neugierige und Geisterjäger bevölkerten den Außen- und Innenbereich des Goldenen Ochsen.

Ich hatte mir meine warme Jacke geholt und mich mit Cäci in die mondbeschienene Gartenwirtschaft gesetzt. Beide genossen wir die frische Abendluft. Im Garten wurden Wetten veranstaltet, ob das Riedweiblein heute noch zu sehen war oder nicht. Ich wettete mit einem Mann, der erstaunlicherweise dialektfrei sprach, um zwei Flaschen Bier, dass das Riedweiblein heute nicht kam. Seine beiden Kinder erzählten uns vom Nachbartisch aus ganz aufgeregt, dass sie die Riedfrau schon gesehen hätten. Es sei voll gruselig gewesen. Die Gattin des Mannes zupfte immer wieder an ihrem toupierten Haar und nickte mir freundlich lächelnd zu. Die Freude am runden Holztisch war übergroß, als sich herausstellte, dass der Herr Kollege von mir war.

»Angenehm Steinecke, das ist meine Gattin, das sind meine Kinder Karsten, 10, Traute, 12.«

»Unsere Kinder«, widersprach seine Gattin.

»Was halten Sie denn von dem Spuk, Sie sind doch Einheimischer?«

»Als Theologe kann ich Ihnen das ganz schnell beantworten: Es gibt keine Geister oder Gespenster. Wer einmal tot ist, taucht nicht mehr auf. Vor allem nicht mehr als Riedweible.«

»Ja, was steckt dann dahinter?«

»Ich vermute, es ist die Dorfjugend, die sich einen Scherz erlaubt. Das sollte man hier aber nicht laut sagen, denn die Medien wollen natürlich, dass es unerklärlich ist. Sie wissen, das steigert Auflagezahlen und Zuschauerquoten.«

»Ja, aber Nutznießer ist doch vor allem die Gastronomie. Schauen Sie mal, was hier los ist. Sie sind doch mit Ihrer Frau bestimmt auch nur wegen dieser Riedfrau hier.«

Ich wechselte geschickt das Thema und wir waren erst kurz in ein ernstes Gespräch über die Riedmorde vertieft, als Flaschen-Gordon und Butzi in ihren Rockerklamotten, die schwarzen Helme in der Hand, anrückten.

»Hi, Cäci, hi Dani. Grüß Gott zusammen, die Herrschaften.«

Sensibel bemerkten die beiden MIKEBOSSler, dass sie den trauten Reigen störten.

»Dani, wir wollten doch unser Fest besprechen. Zum 12-Jährigen sollten wir schon was Ordentliches auf die Beine stellen.«

Ich erinnerte mich, der Slogan: Das dreckige Dutzend ist voll.

Ich nahm die beiden zur Seite, ging mit ihnen zum Gebäude und riet ihnen:

»Frieda hat das Nötigste schon hergerichtet. Es steht alles im Keller. Schaut es euch an und wenn wir noch mehr brauchen, schreibt es einfach auf. Ich habe heute nicht den Kopf dazu. Ihr versteht, der ganze Trubel. Cäci ist auch total geschafft. Das tut mir jetzt wirklich leid, ich habs komplett verschwitzt, ihr wisst, dass das sonst nicht …«

»Sing uns keine Oper, lass den Kopf nicht hängen, wir schauen jetzt in den Keller, dann läuft die Sache am Wochenende wie geschmiert. Kopf hoch! Grüße an Cäci, sie soll dich heute Abend psychotherapeutisch behandeln.«

Butzi zwinkerte mir zu und machte eine eindeutig zweideutige Geste. Beide wieherten sie wie schlachtreife Pferde und verschwanden im Kellerabgang.

»Amen, das sage ich euch beiden: Wer das Reich Gottes nicht wie ein Kind annimmt, der wird nicht hineinkommen, aber ihr beiden werdet eine Ehrenloge bekommen« rief ich ihnen, frei nach dem Markus-Evangelium, nach. Die beiden Infantilen wieherten noch lauter.

Ich widmete mich wieder Cäci und der fidelen Lehrerfamilie. Mittlerweile hatten wir den Einsatz der Wette auf fünf Flaschen Bier erhöht. Cäci unterhielt sich prächtig mit der scharf Toupierten und nannte sie Gabi. Sie tauschten Kochrezepte aus. Mich schauderte. Die Kinder waren zur Schaukel hin verschwunden, damit sie sofort vom Auftauchen des Riedweibles berichten konnten. Siegessicher setzte ich den Wetteinsatz um eine weitere Flasche hoch. Steinecke, mittlerweile durfte ich ihn Sigbert nennen, schlug ein. Sechs Flaschen!

Ich muss zugeben, dass ich nicht mehr ganz nüchtern war, als der Schrei das auf und ab wogende Gemurmel und Gelächter im Garten übertönte.

»Da ist sie!«

»Und da auch!«

Innerhalb von Sekunden drängten sich Alt und Jung an der Ligusterhecke. In der zweiten Reihe wurden Bierbänke aufgestellt, um über der ersten Reihe stehen zu können. Im Hof wurden Motoren gestartet, die Autos jagten hinunter zum Ried. Einige der Journalisten und Geisterjäger stolperten mit ihren

Ausrüstungen Friedas Obstwiese hinunter, bis sie in ihren dunklen Outdoorkleidungen im Mondlicht nur noch schemenhaft zu erkennen waren. Und ich hatte sechs Flaschen Bier verloren!

Cäci und ich standen auf einem Biertisch und verfolgten fassungslos das Treiben im Ried.

»Es sind zwei Riedweible«, schrie ein aufgeregtes Kind mit sich überschlagender Stimme.

»Ja, zwei, und das eine ist schwanger.«

Das Bild, das sich der staunenden Menge bot, war absurd. Unten im Ried, jenseits des Tümpels, geisterten zwei Figuren scheinbar planlos hin und her. Wenn es ruhig war, vernahm man vom Ried her ein hohles Huuuuhuuu.

Die beiden hell Gekleideten sahen tatsächlich wie eine langgezogene und eine schwangere, abgeschnittene Version des Riedweibles aus. Sie trugen über dem weißen, flatternden Gewand eine knappe dunkle Weste, die schwarzen, langen Haare waren in der geisterhaft schummrigen Mondbeleuchtung deutlich zu erkennen.

»Die eine sieht viel größer aus als das letzte Mal.«

»Und die andere viel kleiner.«

Der stark alkoholisierte Maier-Bauer senior vom Nene-Stammtisch fuhr sich durch seinen stattlichen Bart und murmelte schwankend und unheilschwanger vor sich hin:

»Und das vermehrt sich jetzt auch noch, das Böse, es hat nie kein Ende nicht mit dem Bösen. Jetzt ist das Ripp auch noch schwanger! So kommt das Böse nie aus der Welt. Nie nicht!«

Er schüttelte ungläubig den Kopf und lallte zu seinem Nachbarn:

»Warum solls bei den Geistern nicht sein wie bei den Menschen auch?«

Im Ried tanzten mittlerweile zwei Riedweiblein Hand in Hand einen einfältigen Reigen. Die große Schlanke schien die kleine Schwangere zu führen.

Diese unverwechselbaren Physiognomien erkannte ich auf 1.000 Meter:

Der lange Flaschen-Gordon und der untersetzte Butzi mit seiner Hefe-hell-Schwangerschaft vollführten den irren Reigen. Sie mussten die Klamotten im Keller entdeckt haben. Die Idioten!

Die beiden Enthemmten hielten sich an den Händen und tanzten auf dem weichen Boden wild im Kreis herum. Sie warfen und schüttelten die Köpfe, dass das schwarze Perückenhaar nur so flog. Sie lachten völlig überdreht, als das Blitzlichtgewitter jenseits des dunklen Wassers ihr Tanzkränzchen zwischen den Nebelfetzen wie mit einem Stroboskop beleuchtete. Flaschen-Gordon zog die markante Schladerer-Flasche mit dem edlen Williams-Christ-Birne-Brand aus der Weite seines Kleides.

»Prost!«

Butzi löste sich von Flaschen-Gordon und tanzte in der Art eines Derwischs ein ansehnliches, elegantes Solo mit dem radartig abstehenden Beinkleid durchs Ried. Flaschen-Gordon röhrte grölend und hüpfend ein Lied in Butzis Richtung:

»Es tanzt ein Bierbauch-Butzi-Mann in unserm

Ried herum, fidelbumm, es tanzt ein Bierbauch-Butzi-Mann im dunklen Ried herum. Er rüttelt sich, er beeeesäuft sich, er wirft sein Säcklein hinter sich. Es tanzt ein Bierbauch-Butzi-Depp in unserm Riiiied herum!«

Er nahm lachend einen kräftigen Schluck und reichte die Flasche Butzi, dem Ried-John-Travolta.

Die Flaschen mit dem berauschenden Inhalt hatten sie in Friedas Lager entdeckt. Danach die Kleider. Dann ging alles sehr schnell – und unüberlegt.

Sie hörten das Bellen und Heulen der Hunde, die von ihren Besitzern seit dem mysteriösen Teufelszeichen auf Rackos Pelz nicht mehr von der Leine gelassen wurden. Flaschen-Gordon und Butzi wähnten sich sicher. Sie liefen noch einmal am Tümpel auf und ab, streckten die Hände weit hinter sich und riefen:

»Huuuuhuuu!«

Die Hunde auf der anderen Seite bellten ärgerlich und zogen kräftig an den Leinen. Die beiden Verkleideten formierten sich noch einmal und stolzierten wie bei einem gefälligen, barocken Tänzchen Seite an Seite und vollführten tollpatschige Schrittfolgen. Sie stolperten über eine Tannenwurzel und lagen lachend auf dem feuchten, weichen Boden. Sie genehmigten sich vom Edelbrand noch so viel Schlucke, bis die Flasche leer war. Mit einem dumpfen Pflopp landete sie im trüben, naturgeschützten Tümpel.

Das war zu viel für den hypernervösen Racko auf der gegenüberliegenden Uferseite. Von seinem Herrchen hatte er gelernt zu apportieren, wenn dieser das Stöckchen ins Wasser warf. Und außerdem hatte er bei seinem letzten Riedaufenthalt gelernt, dass hinter dem Wasser auch ein guter Mensch saß, der ihn liebkoste und mit Gummibärchen fütterte. Und der andere Mensch, der ihm mit dem Fuß in sein Hinterteil geschlagen hatte, den könnte er ja noch einmal beißen. Mit solchen einfachen Hundegedanken positiv aufgeladen, zerrte Racko schlagartig an der Leine. Mit Erfolg.

Die beiden Betrunkenen, sich auf dem Riedboden Wälzenden bemerkten den Hund nicht, der durch den Tümpel geschwommen war, sich kurz schüttelte und mit einer geschickten Lippenbewegung sein Beißwerkzeug knurrend entblößte. Racko war etwas erstaunt. Seine feine Nase hatte ihm gemeldet, dass seine Freundin mit den Leckerlis nicht unter den Menschen war, die sich so seltsam benahmen. Auch ohne den Fass-Befehl seines Herrchens wusste Racko, dass das auf dem Boden die Bösen waren. Sie rochen beißend streng, sie waren falsch gekleidet und sie benahmen sich falsch. Racko stürmte mit gefletschten Zähnen auf die Bösen zu und erwischte Butzi an der Hand.

»Auuuu!«

Jetzt erst sah er den riesigen Schäferhund über sich, dem der Geifer und auch schon sein Blut aus dem Maul tropften. Flaschen-Gordon war schlagartig aufgesprungen und hatte schwankend nach einem Stecken gegriffen. Damit versuchte er den wilden Hund zu verscheuchen. Butzi betrachtete erschüttert seine stark blutende Hand. Er riss sich die schwarze Perücke vom Kopf und wickelte damit seine verletzte, pochende Hand ein. Flaschen-Gordon war beim Versuch, den rasenden Hund zu vertreiben, immer weiter in die Defensive geraten. Er fuchtelte mit dem Stecken vor Rackos Kopf herum und schrie:

»Gschschsch! Hau ab!«, während er langsam rückwärts wich.

Er stolperte wieder über die gleiche Wurzel und Racko schnappte zu. Er packte den Stecken mit seinen kräftigen Kiefern und riss dabei das Kleid entzwei. In diesem Augenblick bemerkte er, dass der andere Böse schwankend neben ihm stand. Noch einmal schnappte der deutsche Schäferhund zu und entriss Butzi die blutverschmierte Perücke.

Butzi und Flaschen-Gordon starrten sich entsetzt an. Dann spurteten sie los, ins Ried hinein. Racko setzte ihnen nach. Böse musste man beißen.

36 RIEDFLUCHTEN

Amos
2:14 Dann gibt es auch für den Schnellsten keine Flucht mehr, dem Starken versagen die Kräfte, auch der Held kann sein Leben nicht retten.

Sowohl vom nahen Tümpelufer als auch von der ferneren Gartenwirtschaft aus hatte das Geschehen einen sehr hohen Unterhaltungswert. Was die Zuschauer zunächst wie eine heiter groteske Grusel-Open-Air-Veranstaltung an einem kühlen Herbstabend genossen, entwickelte sich spontan zu bestem Action-Entertainment, als Racko aktiv in das Geschehen eingriff. Beim Versuch den hoch motivierten Hund zurückzuhalten, war Müller, der an diesem Abend schon einige Dosen Billig-Bier konsumiert hatte, in die feuchte Wiese gestürzt. Da er seinen Polyester-Trainingsanzug trug, hatte ihn der kräftige Schäferhund wie einen Schlitten bis zum morastigen Tümpelrand hingezogen. Müller hatte sogar einiges an Riedwasser geschluckt. Als er Racko hustend ›Sitz! Platz! Aus! Komm zum Herrle! Drecksköter!‹ hinterherrief, war dieser schon auf der anderen Seite des Tümpels angelangt und hatte sein Vernichtungswerk gegen das Böse begonnen. Sowohl vom Ufer als auch von der Riedwirtschaft her sah das tierisch-geisterhafte Durcheinander unheimlich aus. Da die beiden

Riedgänger und der deutsche Schäferhund auf mondbeschattetem Terrain agierten, war von der Betrachterseite her das Kampfgeschehen nur noch als weißschwarzes, unheimliches Stoffgefetze, gepaart mit wilden Schreien zu erfahren. Dann war Stille.

Die Zuschauer warteten.

In die Stille hinein brüllte der riedwassergetränkte Müller:

»Racko, wo ist mein Racko? Herrgottsakrament, Racko. Da! Platz!«

Wieder herrschte mondromantische Feuchtgebietruhe.

Die Stille wurde nach wenigen Sekunden von gemurmelten, immer lauter geäußerten Spekulationen abgelöst. Dann rief jemand:

»Der Hund, da kommt er. Oh, mein Gott, was ist auch das?«

Ein Mädchen gellte hysterisch in die Nacht:

»Neeiiin, er hat das Riedweible erlegt!«

Und tatsächlich, Racko zerrte rückwärts gehend hinter sich den schlaffen, leblosen Leib des Riedweibleins her. Das Haar war blutverschmiert.

Der Hund hatte es sich nicht nehmen lassen, nachdem er das Böse erfolgreich vertrieben hatte, vom Tümpel, der Stätte seines Sieges, eine Trophäe mitzunehmen, um seinem Herrchen zu zeigen, dass er ein braver Hundi-Wau war. Immer, wenn er etwas ganz toll gemacht hatte, wurde er vom Herrchen gelobt, wobei dieser ihn freundlich anschaute und immer die gleichen Lobesworte sagte: Ja, so ists brav, das hat der Hundi-Wau brav gemacht!

Eigentlich wollte Racko nur den Stecken mitnehmen, darin verhedderte sich aber das weiße Gewand, das er dem Bösen heruntergezogen hatte. Als er dann den großen Stecken mit Kraft über den Boden zog, verfing sich das blutige Haar des anderen Bösen in der Spitze des Steckens. Und so zog Racko los.

»Mein Gott«, stammelte Müller, »der hat die regelrecht skalpiert! Schaut euch das an, die ganze Kopfhaut ist abgerissen!« und musste sich übergeben.

Racko hatte brav Platz gemacht und wartete vergeblich auf ein Lob. Die Reporter fotografierten Racko und seine außergewöhnlichen Mitbringsel: Ein stattlicher Stecken, ein zerrissenes weißes Gewand und eine blutige Perücke. Die Undercover-Polizisten hingen schon an ihren Handys und forderten die hyperaktiven Journalisten und die geschockten Tümpelsäumigen dazu auf, sich in den Goldenen Ochsen zu begeben.

Dort kamen die Neuigkeiten schnell und präzise an:

»Ein riesiger Schäferhund hat das Riedweible zerfetzt. Sogar skalpiert.«

Butzi rannte, wie er noch nie in seinem Leben gerannt war. Je weiter er ins Ried hinein stolperte, umso näher brach der Hund hinter ihm sich seinen Weg. Er hörte ihn japsen. Butzi gab nicht auf, noch einmal aktivierte er seine letzten Kräfte, wich einer Pfütze aus und dann sah er in der Dunkelheit den zerfallenen Schuppen. Mit letzter Kraft erreichte er die schiefe Holztüre. Wasser spritzte um seine Beine und gerade als er die rettende Türe aufdrücken wollte, verkrallte sich der Hund in seine rechte Schulter.

Entsetzt drehte er sich, instinktiv seinen linken Arm schützend vor seine Kehle haltend, um …

und schaute in das atemlose Gesicht Flaschen-Gordons, der sich krampfhaft an seiner Schulter festhielt. Dieser gab nur noch japsende Geräusche von sich. Dann ließen sich beide ins weiche, nasse Gras fallen. Es dauerte Minuten, bis sie wieder reden konnten.

»Das war knapp! Wo hat er dich erwischt?«

»Gratulation, schau mal meine Hand an!«

»Alles halb so schlimm. Das kann man mit zwei, drei Stichen nähen.«

»Ja, am besten gleich, die Williams-Narkose wirkt noch! Komm, lass uns hinten durchs Ried rausgehen, die lynchen uns sonst.«

»Was musst du auch immer so saufen?«

»Wer säuft hier? Du hast den Schladerer entdeckt.«

»Du hast ihn aber aufgemacht und gesagt, dass den Frieda bestimmt schon für unser Fest hergerichtet hat. Für unser Fest – einen Schladerer, du spinnst ja wohl!«

»Es war deine besoffene Idee, die Klamotten anzuziehen.«

»Leck mich am Arsch, ich will jetzt nichts mehr davon hören.«

»Ich will ins Bett, ich habe Kopfweh.«

»Kein Wunder.«

»Was soll das heißen?«

»Schnapsdrossel!«

»Depp!«
»Trottel!«
»Arschdepp!«
»Haha Arschdepp, das gibts nicht.«
»Doch, dich!«

37 STIMMENFLÜSTERER

Die Psalmen
69:4 Ich bin müde vom Rufen, meine Kehle ist heiser, mir versagen die Augen, während ich warte auf meinen Gott.

Hilde spürte den warmen Kuss ihrer Mutter und sie hörte das Lied, das sie ihr vorsang:

Morgen früh, wenn Gott will, wirst du wieder geweckt.

Sie spürte, wie die Mutter ihr ganz sanft auf die Schultern klopfte und ihr zuflüsterte:

»Aufwachen Hilde, es ist wichtig.«

»Ich möchte aber ganz lange schlafen«, nuschelte Hilde kaum wahrnehmbar.

»Wach auf! Es ist wichtig.«

Der Druck auf ihre Schulter wurde stärker.

Als sie wach war und ihre brennenden Augen das gewohnte Elend sahen, bereute sie, ihrer Mutter gehorcht zu haben. Sie spürte ihre Beine nicht mehr, die Hände und Finger schmerzten unerträglich. Ihr Kopf pochte. War sie aufgewacht, um zu sterben?

Dann zuckte sie zusammen: Hatte sie gerade etwas gehört? Der Fuchs, war er gekommen, um ihr Lebewohl zu sagen?

Irgendetwas war anders. Sie lauschte, etwas schnaubte. Ein Igel?

Dann hörte sie es ganz deutlich: Irgendjemand redete. Sie verstand sogar die keuchenden Worte: Das war knapp. Es waren sogar zwei Personen, die miteinander redeten.

Sie wollte rufen, aber ihre Stimme versagte. Schon entfernten sich die Stimmen und wurden leiser. Hilde rüttelte am Gitter, dann war ihre Stimme plötzlich da:

»Hiiiiiieeee! Hiiiiiieeee! Hiiilfeeee!«

38 LOCHFRAU

»Dann bist du ein Deppseckel!«

Der Alkohol wirkte offensichtlich noch etwas nach.

»Was war das?«

»Was war was?«

»Ich habe was gehört.«

»Was?«

»Einen Schrei.«

Und jetzt hörten es beide.

»Au Scheiße, was ist denn das?«

»Ein Werwolf? Heute ist doch Vollmond.«

»Das kommt aus dem Schopf, da schreit jemand um Hilfe. Schnell!«

Die beiden stürmten zurück zum Stall. Durch die weit geöffnete Tür beleuchtete der blasse Mond die makabre Szene. Hilde schaute durch das Gitter bleich zu ihren Rettern nach oben und hauchte:

»Hilfe!«

»Hilde, was, was mein Gott machst du denn hier? Und um diese Zeit? Und was hast du denn für Klamotten an?«

»Hilfe, Mama, Hilfe!«, hauchte Hilde den beiden entgegen und sackte in sich zusammen.

»Dein Handy! Los, ruf sofort Dani an und einen Notarzt! Ich versuche das Gitter zu lösen«, befahl Flaschen-Gordon dem verwirrten Butzi.

Sie bemerkten sofort, dass sie keine Chance hatten, die Abdeckung von Hildes Gefängnis zu lösen, die Ränder waren mit langen, weit in den Boden geschlagenen Metallstangen befestigt. Sie benötigten Hilfe.

»Hi, Butzi, sag Dani auch, er soll sofort mit seinem Traktor hierher kommen.«

»Warum denn mit dem Traktor?«

»Tu einfach, was ich sage!«

»Ruf ihn doch selbst an. Scheiß Schnaps!«

Butzi versuchte die winzigen Tasten in der richtigen Reihenfolge zu treffen.

»Nein. Du wirst doch wohl dein Handy bedienen können. Gib einfach das, was ich dir jetzt sage, genau so an Dani weiter!«

Flaschen-Gordon schritt schwankend und mit den Armen fuchtelnd, immer noch körperlich betrunken, aber bei klarstem Verstand um Hildes Gefängnis. Er ging zur Tür, schaute kopfschüttelnd in die sumpfige Wiese und schrie Butzi unvermittelt an:

»Heilandsakrament, hast du ihn endlich?«

»Ja! Herrgottzack!«, schrie Butzi zurück.

»Also: den Traktor. Er muss mit dem Traktor kommen. Und eine Kette mit Haken, Bretter, lange breite Dielen, mitbringen. Die Bretter sind ganz wichtig, sags ihm. Und noch was …« Flaschen-Gordon schaute in den Nachthimmel und drehte sich einmal um sich selbst, »wir sind hier wahrscheinlich weit hinter der Riedwirtschaft. Er kann von der Wirtschaft her hereinfahren und dann einfach rechts halten, immer nach Norden. Wir machen ein Feuer, dann sieht er den Rauch und findet her. Er soll Friedas Hänger mitnehmen, da kann er die Bretter aufladen, die darf er auf keinen Fall vergessen! Sag ihm noch mal, die Bretter. Und sie sollen sofort den Notarzt anrufen und zur Riedwirtschaft schicken!«

Butzi gab die Anweisungen an Dani weiter.

»Sooo, er hats begriffen, sie machen sich sofort auf den Weg«, rief Butzi Flaschen-Gordon zu und fuchtelte aufgeregt mit dem Handy in der Luft herum.

Gerade wollte Butzi das Gespräch mit Dani beenden, als Flaschen-Gordon in Hildes Gefängnis stierte und ihm noch etwas einfiel:

»Warte! Und für die Hilde vielleicht was Warmes zu trinken aus Friedas Küche, die sieht ja mehr tot als lebendig aus.«

»Und für uns ein Bier!«

Sie schauten in die Grube. Hilde rührte sich nicht mehr.

»Ist die eingeschlafen?«

»Fühl mal ihren Puls!«

»Wie macht man das?«

»Soooo!«

»Ich spüre nichts.«

»Scheiße!«

»Hoffentlich kommen die bald!«

»Wo seid ihr? Ja! Was?«

Cäci betrachtete mein Gesicht. Und sie wusste sofort, dass wir beide nicht mehr lange bei Familie Steinecke, in wilde Spekulationen verstrickt, sitzen würden.

»Ja, ich habe verstanden, ja alles! Traktor, Bretter, Kette, etwas Warmes! Wir bleiben aber auch in Handy-Kontakt, für den Fall, dass ich den Rauch nicht sehe.«

Ich zog Cäci schnell an der Hand hinaus aus dem Garten und erklärte ihr die dramatische Situation. Dann verständigte ich den Notarzt.

»Zieh mit Frieda den kleinen Wagen heraus und lege Bretter darauf, damit wir im Ried nicht absaufen. Die Kette hängt im alten Stall. Ich hole den Porsche. Und etwas Suppe in einer Thermoskanne.«

»Willst du nicht vom Alois den großen Schlepper holen? Der läuft viel schneller und ist stärker.«

»Nein, der ist zu schwer für das Ried. Mit dem saufen wir ab.«

Ich spurtete los, zehn Minuten später ratterten wir mit Höchstgeschwindigkeit ins Ried, das mondbeschienen, voller Unschuld vor uns lag. Wenige Nebelfelder leuchteten zart über den Wiesen. Eine dünne, weiße Rauchsäule wies uns wie ein Zeigefinger Gottes den Weg. Die letzten 100 Meter orientierten wir uns über Pfiffe. Immer wieder stellte ich den scheppernden Motor ab, um mich an Flaschen-Gordons schrillen Pfiffen durch zwei Finger zu orientieren. Und so standen wir plötzlich vor dem düsteren Schopf. Er lag tiefer als der Weg. Feucht spiegelte sich der Mond in den Pfützen der Wiese. Am Rande der Wiese, bedrohlich nahe der baufälligen Holzscheune, drohte schwarz glänzend ein Ausleger des steigenden Hornbachs.

Zuerst eilte Cäci zu Hilde. Frieda hatte ihr eilends einen Henkelmann mit warmer Hühnerbrühe gefüllt. Nun löffelte sie langsam, bäuchlings auf dem Gitter liegend, wie eine Vogelmutter der wimmernden

Hilde die warme Hühnersuppe in den weit geöffneten Mund. Währenddessen hängten wir den Wagen ab und überprüften, wo auf der morastigen Wiese der sicherste Weg für den Traktor war. Dort legten wir vier Dielen in Spurbreite aus.

Ich startete den Porsche und fuhr vorsichtig auf die hölzerne Spur. Mit drehenden Handbewegungen wiesen mir die Freunde den schmalen Holzweg über den tückischen Untergrund. Ein Fehler und mein geliebtes Winterfahrzeug wäre für immer verschwunden. Das Wasser quietschte unter den Brettern hervor, als ich, vorsichtig beschleunigend, jeweils am Ende der Holzspur angekommen war. Butzi und Flaschen-Gordon holten dann die beiden hinteren Bretter nach vorn, und so ging es weiter, bis die Schnauze des Traktors, der mittlerweile bedenklich schief stand, in die Tür der Scheune hineinragte. Wir hängten das eine Ende der Kette an der vorderen Anhängekupplung des Porsche ein. Cäci unterbrach Hildes Fütterung und erklärte ihr, was wir vorhatten. Sie schien jedoch nichts von alledem zu verstehen.

Das andere Ende der Kette wurde mit seinem Haken in den Bogen des ersten Erdnagels, der das Gefängnisgitter im Boden befestigte, eingehängt. Rückwärtsgang einlegen, mit dem rechten Fuß vorsichtig das Gas dosieren, langsam mit dem linken Fuß ganz sachte die Kupplung kommen lassen, damit die hohen Hinterräder nicht durchdrehten. Wie in Zeitlupe zog der tapfere Porsche Junior den ersten Erdhaken aus dem Boden. Der Traktor stand linksseitig immer schiefer. Ich stemmte meinen Oberkörper in die andere Richtung, um nicht aus der ledergepolsterten Sitzschale herauszufallen.

»Noch zwei Stangen, dann können wir das Gitter anheben und zu Hilde kriechen!«, rief Butzi mir zu.

Ich war skeptisch, die rot-gelbe Diesel-Zugmaschine neigte sich immer weiter nach links. Der zweite riesige Metallnagel flutschte heraus wie ein wackeliger Milchzahn. Der dritte trotzte! Ich konnte mich kaum mehr auf dem Traktor halten, so schief stand dieser. Links neben mir, nur zwei Meter vom Porsche entfernt, sah ich dunkles Wasser, hier schien sich ein Seitenärmchen des Hornbachs aufgestaut zu haben. Es ruckelte kurz und das treue Nutzfahrzeug hatte sich um weitere, bedrohliche Zentimeter zum Wasser hin geneigt.

»Wir haben nur eine Chance«, rief ich den anderen zu.

Dann fuhr ich den kleinen, treuen Wegbereiter so weit wie möglich nach vorn. Legte den Rückwärtsgang ein, gab Vollgas und ließ die Kupplung schlagartig kommen.

Die tapfere rot-gelbe Zugmaschine machte einen gewaltigen Satz nach hinten. Der Erdnagel wurde herauskatapultiert und durchschlug die Holzwand der morschen Scheune. Die durchdrehenden Räder des unkontrollierbaren Traktors rutschten von den Brettern. Er kippte über die linke Seite ins Wasser. Ich versuchte ebenfalls, auf der linken Seite in weitem Bogen ins Wasser hinein abzuspringen, um nicht vom stürzenden landwirtschaftlichen Gefährt eingeklemmt zu werden. Nach rechts zu springen, wie ich es ursprünglich geplant hatte, war nicht mehr möglich, da die rechte Seite des Porsche-Traktors zu steil nach oben ragte. Der Getreue legte sich wie in Zeitlupe in das dunkle Wasser. Beim Absprung blieb ich mit meinem rechten Fuß am langen Schaltstock hängen. Plötzlich war ich unter Wasser. Es war verdammt kalt. Ich versuchte, vom sich langsam auf den Kopf drehenden Porsche Diesel wegzukommen. Ich hing aber immer noch am Schaltstock fest. Instinktiv hatte ich beim Eintauchen ins kühle Nass die Luft angehalten. Nun ging sie mir schlagartig aus. Wild zappelte ich im undurchsichtigen Gewässer. Auf einmal löste sich mein eingeklemmter Fuß und ich kam hustend mit dem Kopf aus dem Wasser. Ich ergriff Butzis Hand.

39 MORGENMUSTERUNG

Das Buch Ijob
7:17 Was ist der Mensch, dass du groß ihn achtest und deinen Sinn auf ihn richtest,
7:18 dass du ihn musterst jeden Morgen und jeden Augenblick ihn prüfst?

Schon früh klingelte es an der Tür. Ich war noch im hell-dunkelblau gestreiften Schlafanzug, der mir sehr gut stand. Schnell schlüpfte ich in meine Cowboystiefel, um auf dem gekachelten Boden keine kalten Füße zu bekommen. Es war die langbeinig Ermittelnde.

Grinsend musterte sie mich von oben bis unten, einen Kommentar wollte oder konnte sie sich nicht ersparen:

»Guten Morgen, Herr Bönle, obwohl Mahlzeit schon angebrachter wäre. Ein sehr schöner Schlafanzug, ein Erbstück, nicht wahr? Den haben Sie bestimmt mit dem Haus übernommen? Passt auf jeden Fall sehr gut zum Schuhwerk, Kompliment, sehr stilsicher! Wo ist Ihre Partnerin?«

»Welche meinen Sie?«

»Oh, der Herr gibt sich polygam. Reden Sie schon, wo steckt Frau Maier?«

»Noch im Kuschelbettchen. Sie kennen ja das Problem, ohne Schönheitsschlaf, … die Falten, die Krähenfüßchen, aber das kennen Sie ja aus Erfahrung.«

»Nehmen Sie mal Gas weg! Wäre es zu verwegen, Ihre Partnerin zu wecken?«

»Sie wissen, wir hatten eine harte Nacht und haben unsere Aussagen Ihren Kollegen schon zu Protokoll gegeben. Aber ich hole sie.«

Cäci ließ es sich nicht nehmen, sich kurz herzurichten, während ich mit der blonden Edelwüchsigen Belanglosigkeiten austauschte.

»Wollen Sie sich nicht etwas anziehen, Herr Bönle?«

»Nein, ich denke, mein Outfit erregt Sie.«

»Ja, vor allem der Schlafanzug, Modell Methusalem. Scheint auch 187 Jahre alt.«

»Respekt, Frau Kommissarin, Sie scheinen bibelfest. Sie wissen, Methusalem war 187 Jahre alt, als er Lamech zeugte. Ich bin knapp über 30.«

»Sie wirken wie 15 und ob sie zeugungsfähiger als Methusalem sind, bezweifle ich. Außerdem bin ich religiös sozialisiert und getauft, Sie brauchen mir nicht mit Ihrer Theologie zu kommen.«

»Ich bin auch getauft, allerdings mit Riedwasser.«

»Apropos Riedwasser, da haben Sie ja gestern einiges davon geschluckt?«, grinste sie eine Spur zu kokett.

»Kein Problem für mich, Riedwasser macht nicht dick.«

»Dann trinkt Ihr Geisterkollege nicht nur Riedwasser?«

»Sie meinen Butzi? Und was meinen Sie mit Kollege?«

»Ja, den meine ich, Ihren Moped-Spezel, und mit Kollege meine ich vor allem, dass …, aah, guten Morgen, Frau Maier. Gut sehen Sie aus.«

Cäci stand, aufgebrezelt wie für den Rummelplatz, in der Küchentür. Sie trug eine schwarze, enge Leggins, ein eng anliegendes T-Shirt in rosa, auf dem unnötigerweise noch Pailletten glitzerten, die man Jahre später noch in allen Ritzen finden würde. Ihre Haare waren frisch geföhnt und standen füllig ab. Die Kommissarin erhob sich und drückte meiner Lebenspartnerin freundlich und warm die Hand.

Cäci bot der blonden Beamtin einen Kaffee aus

meiner guten Maschine an, ich hob fordernd eine Hand:

»Ich hätte auch gern einen.«

»Sooo, wo soll ich anfangen?«, fragte uns die Ermittlerin mit übergeschlagenen Beinen und musterndem Blick. »Das war für Sie beide und Ihre alkoholisierten Freunde ja ein wirklich aufregender Abend. Zuerst mal ein kleines Lob und Gratulation an Sie und die beiden Chaoten: Schön, dass Sie Hilde gefunden haben. Die Ärzte meinten, dass sie eine weitere Nacht im Ried nicht mehr überlebt hätte. Sie war völlig unterkühlt und ausgehungert. Sie wird aber körperlich ihre Gefangenschaft gut überstehen, glauben die Ärzte. Ihre selbstgebastelte Isokleidung hat ihr wohl das Leben gerettet.«

Wir atmeten erleichtert auf. Gestern noch dachten wir, als Hilde in den Krankenwagen geschoben wurde, sie könnte sterben.

Interessiert fragte Cäci:

»Wer hat sie denn entführt? Hat sie etwas gesagt?«

»Das ist das Problem. Ich hatte sie gestern noch befragt, sie kann sich nicht erinnern.«

»Eine Amnesie?«

»Nein, wohl eher der Einfluss von giftigen Pilzen. Sie hatte Pilze gegessen und war dann wie weggetreten.«

»Was für Pilze?«

»Die Ärzte reden da vom Pantherina-Syndrom durch den Fliegenpilz. Als Lateiner wissen Sie ja, Amanita muscaria. Die Latenzzeit ist beim Genuss des Fliegenpilzes sehr kurz, das geht ruckzuck, je nach Menge und Körperkonstitution liegt sie innerhalb weniger Minuten oder bei bis zwei Stunden. Und Frau Knaus ist eben kein Schwergewicht. Die ersten Anzeichen für so eine Vergiftung sind Schwindel und Müdigkeit, es steigert sich dann bis hin zu einem rauschartigen Zustand, zu dem Sinnestäuschungen, Koordinationsstörungen, Verlust des Zeitgefühls, Selbstüberschätzung und Aggressivität bis hin zu Tobsuchtsanfällen gehören können. Am Schluss fällt die Vergiftete dann in eine Art Tiefschlaf. Vermutlich ist sie schlafend entführt worden.«

Fasziniert lauschten wir den Ausführungen der attraktiven Pilzexpertin.

»Kann man daran auch sterben?«

»Über einzelne Todesfälle durch Schock oder Atemstillstand wurde in der Fachliteratur schon berichtet. Sie sind aber selten. Da muss man schon große Mengen essen.«

»Wie lange dauern die Symptome denn an? Kann man Medikamente dagegen nehmen?«

»Das kann bis etwa zehn Stunden so gehen. Die Erholung tritt jedoch sehr schnell wieder ein. Man kann aber nur die Symptome behandeln, es gibt kein Gegengift, das man spritzen könnte.«

»Dann ist das also wie auf Droge.«

»Es ist eine Droge, es kommt zu Verwirrung, Sprachstörungen, Sehstörungen und je nach Stimmungslage zu Depressionen oder Euphorie. Manche vergleichen es mit einem LSD-Rausch. Vergiftete berichten sogar von Flughalluzinationen.«

»Aha, daher der Name Fliegenpilz?«, wollte ich mich auch mal wieder in die Unterhaltung des Damenkränzchens einbringen.

»Kann sein«, giftete mich die Blonde an.

»Bei Alexandra hat man noch zusätzlich das Toxin vom grünen Knollenblätterpilz im Körper nachweisen können.«

»Woher wissen Sie das?«

»Vom Stammtisch.«

»Das ist richtig. In Alexandras Körper konnte Amatoxin nachgewiesen werden. Wobei man bei einer Amatoxinvergiftung auch nicht auf der Stelle tot umfällt. Das kann Tage gehen, die Leber wird zerstört. Bei Alexandra ging es wohl schneller. Die Obduktion hatte ergeben, dass sie ein schwaches Herz hatte.«

»Hauptsache, Hilde wird wieder gesund«, bemerkte Cäci mitfühlend.

»Da machen Sie sich mal keine Sorgen, die wird schon wieder. Zweites Thema: Ihre Chaoten-Freunde. Da ja nun geklärt ist, dass die beiden hinter diesem Geister-Treiben stecken, sie haben das gestern noch gestanden, sehen wir von einer Anzeige ab.«

Unschuldig fragte ich die stramme Blondine:

»Ich wusste gar nicht, dass es ein Strafdelikt ist, mit Frauenkleidern im Ried herumzulaufen. Dann könnte ich Sie ja auch anzeigen, das tun Sie zurzeit ja ständig.«

»Herr Bönle, halten Sie einfach Ihren Mund, glauben Sie mir, das ist besser so. Sonst kann es schon sein, dass da noch etwas auf die beiden zukommt, vielleicht auch auf Sie. Drittes Thema: Ich komme gerade vom

Fränkel-Hof, der Junge ist immer noch nicht aufgetaucht. Wissen Sie, wo er sich aufhält?«

Mit versteinerter Mine fixierte sie mich.

»Nein, warum brauchen Sie ihn denn so dringend? Wird er verdächtigt? Der ist doch erst 17, da kann er wohl kaum etwas mit dem Tod der Asiatin zu tun haben.«

»Er hat aber mit Alexandra Hold zu tun gehabt. Sie wissen genauso gut wie ich, dass sie sich jede Woche mehrmals getroffen haben.«

»Was heißt das? Dass sie etwas miteinander hatten?«

»Das geht Sie nichts an, holen Sie sich Ihre Informationen über die Medien! Viertes Thema, es gibt Hinweise, dass Sergej sich im Großraum Stuttgart aufhält und nicht, wie wir ursprünglich dachten, in der Ukraine. Es könnte sein, dass er sich am Mörder seiner Schwester rächen will. Wenn Sie irgendetwas hören oder wissen: kein Alleingang! Ist das klar?«

»Ja, ich weiß schon, sonst reißen Sie mir den Arsch auf bis zum Genick.«

»Ich sehe schon, Sie haben mich verstanden.«

Cäci und ich nickten mit den Köpfen wie zwei Wackeldackel auf dem Rücksitz eines Ford Granada, der über einen Feldweg donnert. Dann verließ uns die Gestresste – ohne einen angemessenen Abschiedsgruß.

40 FETTSUCHT

Das Buch Ezechiel
39:19 Fresst euch satt am Fett, und berauscht euch am Blut meines Opfers, das ich für euch geschlachtet habe.

Die Oma blickte mich freundlich an. Sie saß wie immer gebeugt unter dem Herrgottswinkel, den Rosenkranz um die Hände gewickelt. Vor ihr lag eine aufgeschlagene Bibel.

»Ja, grüß dich, Dani, du hast Glück, der Horst ist auf Saulgau gefahren. Was treibt dich schon wieder auf unseren Hof?«

»Ich soll Ihnen was ausrichten.«

»Von wem?«

»Vom Tobi. Ihm gehts gut, soll ich Ihnen sagen, das war ihm wichtig, und Sie sollen sich keine Sorgen machen.«

»Wo steckt der denn?«

»Das darf ich nicht sagen.«

»Ich kann es mir schon vorstellen.«

»War die Polizei auch schon bei Ihnen?«

»Nicht nur einmal, die blonde Kommissarin taucht jeden Tag auf. Sie hat gestern den Horst über eine Stunde ins Gebet genommen. Der hatte nichts zu lachen.«

»Was wollte sie denn wissen?«, forschte ich neugierig weiter.

»Alles, vor allem, wo der Tobi steckt. Und wo Horst und Tobi an dem Tag waren, als die Alexandra umgebracht wurde und wie oft das Mädchen hier war. Sie hat sogar so einen Wattestäbchentest, wie man das im Fernsehen sieht, gemacht. Der Horst hat getobt.«

»Sie meinen einen Speicheltest, einen Gentest?«

»Auf jeden Fall hat er getobt und rumgebrüllt, sie soll lieber den Mörder suchen als hier ständig auf dem Hof herumzuspionieren.«

Die Oma deutete auf einen großen Brotlaib, der auf einem rot-weiß karierten Geschirrtuch lag, und fragte mich:

»Du hast bestimmt noch nichts Rechtes gegessen. Willst ein Leberwurstbrot? Wurst und Brot sind ganz frisch.«

»Ja, gern.«

Sie nahm den großen, frischen Brotlaib, mit dem Messer kritzelte sie routiniert drei Kreuze auf die feste Kruste, bevor sie ihn anschnitt.

»Darfs auch das Knäuzle sein?«

»Gern, das ist am knusprigsten.«

Mit dem Dosenöffner bearbeitete sie umständlich eine messingfarbene 500ml-Wurstdose, bis der scharfrandige Deckel den duftenden, fettumrandeten Inhalt preisgab.

»Gestern frisch gemetzgert.«

Mit dem Messer kratzte sie die weiße Fettschicht ab, die sich oben abgesetzt hatte, sie hob das Messer gegen mich und fragte:

»Oder magst du das Fett?«

Ich nickte. Die Alte schnitt drei dicke Scheiben aus der frischen Wurstspezialität und legte sie auf den Brotanschnitt und das Folgestück.

»Ein Essiggürkle dazu?«

Ich nickte, ich hatte meinen Mund so eingespeichelt, dass ich zuerst schlucken musste, bevor ich antworten konnte. Die alte Frau deutete zum Kühlschrank. Ich verstand und reichte ihr das kühle Glas mit den eingelegten Gurken heraus.

»Hab ich selbst eingelegt, Dillgürkle.«

Wieder musste ich kräftig schlucken.

»Iss ruhig, ich schmier dir gern noch mal eins. Ihr jungen Leut esst ja so wenig heutzutage. Wir haben viel gegessen seinerzeit … wenns was gab. Aber heutzutag, die zennen ja an allem rum, die Jungen. An der Alexandra war ja auch nichts dran. Ich hab zum Tobi gesagt, du musst dir eine suchen, wo du auch was zum Festheben hast und keine so eine dürre Geiß! Aber da sind die heute anders. Die deine, die Cäci ist ja auch so dürr.«

Ich nickte, einen Widerspruch hätte sie nicht verstanden, sie war mit einem anderen Schönheitsideal groß geworden. Um nicht nur gut ernährt, sondern auch gut informiert zu werden, wechselte ich das Thema:

»Ja, hat denn die Alexandra nichts zu essen bekommen?«

»Ja, jetzt frag nicht so blöd, was willst denn wissen?«

»Hatte der Tobi was mit ihr?«

»Ich glaube, der war schon verliebt in sie. Aber

ob was gelaufen ist, das weiß ich nicht. Dem Horst hats halt nicht gepasst. Der Bub sollte auf dem Hof schaffen und nicht rumbussieren. Und die Elsbeth, die sagt ja nie was.«

»Was denken Sie, warum die, ääh, Leichenteile von Alexandra gerade bei Ihnen am Scheunentor hingen? Wer könnte da etwas damit zu tun haben?«

Die Oma zuckte mit den Schultern:

»Wenn du denkst, der Tobi hätte was damit zu tun, da bist du auf dem Holzweg. Der kann keiner Fliege was zu Leide tun, der würde sich eher selbst etwas antun als anderen.«

»Wer könnte denn hinter all dem stecken? Glauben Sie, dass die Knochenfunde im Ried und der Mord an Alexandra zusammenhängen?«

»Woher soll ich das wissen? Aber wenn kein Zusammenhang besteht, wär das schon ein großer Zufall.«

Mittlerweile war ich schon bei der zweiten Scheibe Leberwurstbrot und fragte kauend weiter:

»Aber es muss doch etwas mit dem Hof zu tun haben, sonst wäre das Zeugs, äääh, die Leichenteile nicht hier gefunden worden.«

»Das hat bestimmt was mit dem Riedweib zu tun.«

Ich versuchte die Oma aufzuklären und sie mit den neuesten Informationen in Sachen Riedweible zu versorgen:

»Das Riedweible, das wissen Sie vielleicht noch nicht, wie soll ichs sagen? Das hat sich aufgeklärt, das waren ein paar Spinner aus Saulgau, die sich verkleidet haben.«

»Quatsch, ich meine doch nicht deine Freunde und diesen Affenzirkus. Ich hab ja auch nicht Riedweible gesagt, sondern Riedweib. Da geht doch schon lang eine um, mir hat bloß nie jemand geglaubt. Der Horst hat immer gesagt, ich würde das Spinnen anfangen, und mit der Elsbeth kann man über so etwas ja gar nicht reden, die hält ja immer ihre Gosch. Und du, du hast sie doch mit deiner Cäcilia auch gesehen.«

»Ja, schon, aber wer soll das sein?«

»Was weiß ich, ich hab keine jungen Füße mehr und kann nicht mehr ins Ried springen, um zu gucken, wer sich da rumtreibt. Und manchmal nachts, wenn ich nicht schlafen kann, hab ich das Gefühl, dass da jemand auf dem Hof rumschleicht. Willst noch ein Leberwurstbrot?«

»Ja, gern!«

»Das gefällt mir, wenn die Jungen was essen. Du warst früher auch ein bissle schlanker. Aber das steht dir gut, ein richtiger Mann muss auch was darstellen.«

»Äääh, ich bin doch schon satt, hat supergut geschmeckt.«

»Supergut. Recht solls sein.«

»Haben Sie die Frau schon einmal gesehen?«

»Nein, auf dem Hof nie, das war eher so ein Gespür, wie wenn … ich kanns nicht recht ausdrücken, wie wenn da immer wieder mal jemand mitwohnen würde. Obwohl man ihn nicht sieht und hört und nicht riecht.«

»Hatten Sie das Gefühl erst jetzt?«

»Nein, ich hab schon vor Jahren dem Horst gesagt,

er soll einen Hund hertun, einen scharfen Wachhund, aber das war ihm zu teuer.«

»Sie haben also seit Jahren das Gefühl, dass immer wieder mal jemand auf dem Hof ist und Sie beobachtet?«

»Ja, aber versteh mich nicht falsch. Ich bin alt und fühl mich oft einsam, vor allem nachts, da gehen einem schon die komischsten Geister durch den Kopf. Wenn man stundenlang wach liegt, da hört man schnell mal was und denkt dann weiß Gott was. Es ist nicht schön, das Altwerden. Nicht immer. Und wenn dann nachts was war, wenns hell ist, hat mans am Morgen gern vergessen. Und das ist ja nicht häufig, das Gespür. Das kommt ja ganz selten vor. Aber zurzeit hab ichs. Auch gestern Abend wars wieder da, das Gespür.«

»Und auf so einem großen Hof gibt es ja Versteckmöglichkeiten genug«, bestätigte ich die Alte.

»Da hast du recht, Dani. Du glaubst also, da könnt schon was dran sein, dass da eine umgeht?«

»Ja, aber kein Geist, sondern jemand aus Fleisch und Blut. Aber wer?«

»An einen Geist hab ich da auch nie gedacht. Eher an Vagabunden, die mal einen Unterschlupf suchen. Aber mein Gespür sagt, das triffts auch nicht genau.«

Ich nickte und grübelte.

»Willst du eine frische Dosenleberwurst mitnehmen und eine Blutwurst?«

»Gern, danke.«

»Für die Jagd-Schweinswürste, da müsst ich was verlangen. Da sind noch ein paar ganz harte vom letzten Metzgern da. Die halten noch eine Weile, die sind gut geräuchert, Buchenholz mit Wacholder.«

»Nein, die mag ich nicht so, zu viel Majoran.«

Ich konnte ja nicht sagen, dass mir diese Metzgerware zu teuer erschien, und so packte ich das doppelte Wurstgeschenk in meinen adretten, schwarz-orangenen Rucksack mit der gestickten Aufschrift: Motor Harley-Davidson Cycles.

Ich gab Tobis Oma zum Abschied die Hand. Sie nahm die Bibel vom Tisch, blätterte kundig und zitierte:

»Das Gleichnis vom wachsamen Hausherrn: Bedenkt: Wenn der Herr des Hauses wüsste, zu welcher Stunde in der Nacht der Dieb kommt, würde er wach bleiben und nicht zulassen, dass man in sein Haus einbricht. Darum haltet auch ihr euch bereit! Denn der Menschensohn kommt zu einer Stunde, in der ihr es nicht erwartet … So schreibt es der Matthäus. Es kommt halt immer anders, als man denkt. Und glaub mir, ich habe schon viel erlebt, es trifft einen immer ganz überraschend, es kommt, wann es kommt.«

Die alte Frau zwinkerte mir zum Abschied jugendlich zu und rief mir hinterher:

»Iss die Wurst nicht allein, gib deinem Mädle auch was, die verträgt etwas Speck auf den Rippen.«

Als ich über den kiesknirschenden Hof zu meiner schwarz glänzenden Harley-Davidson schritt, von deren Ledermonositz mich mein Helm anstarrte, hatte ich das Gefühl, beobachtet zu werden.

41 HERRMANNSLACHEN

Das Buch Kohelet
7:3 Besser sich ärgern als lachen; denn bei einem vergrämten Gesicht wird das Herz heiter.
7:4 Das Herz der Gebildeten ist im Haus, wo man trauert, das Herz der Ungebildeten im Haus, wo man sich freut.
7:9 Lass dich nicht aufregen, so dass du dich ärgerst, denn Ärger steckt in den Ungebildeten.
7:10 Doch frag nicht: Wie kommt es, dass die früheren Zeiten besser waren als unsere? Denn deine Frage zeugt nicht von Wissen.

»Ja, Scheißdreck, im Ried versenkt. Haha, das gibts ja nicht. Den kriegst du da nie mehr raus. Haha, im Ried versenkt, den Porsche, haha! Groß Religion und Erdkunde studiert und den ganzen anderen Kruscht noch dazu, länger an der Uni gewesen wie andere schaffen, aber dann zu blöd zum Traktorfahren! Ja, das darf doch wohl nicht wahr sein, der Studierte, hahaha, im Ried abgesoffen. Wenn ich das jemandem erzähl, hahaha, das glaubt mir ja gar keiner! Hast du deinen Führerschein auch an der Uni gemacht, hahaha?«

Vor lauter Freude über seine gelungenen Witze schlug er sich mit der rechten Hand immer wieder auf den Oberschenkel. Ich dagegen hielt meine Hände ruhig in der Hosentasche, damit sie nichts Unüberlegtes taten. Ich hob zum großen Konter an und meinte ironisch:

»Ja, und das obwohl deiiiin heiliger Christophorus darin war! Wo war denn jetzt die wundersame Errettung?«

Blitzartig drehte sich der gewichtige KFZ-Mechaniker um und hielt mir seinen obligaten Schraubenschlüssel unter die Nase:

»Ja, was meinst du denn, Herr Besserwisser-Theologe, was da passiert wäre ohne den Christoferross? Häää? Weißt du das? Gar nicht auszudenken! Ich weiß es schon. Du wärst im Ried ersoffen wie eine Scheißkatz. Verdammt noch mal, wie eine Katz. Der Christoferross hat dich gerettet und nichts anderes. Da kannst du mir dankbar sein, dass ich dir den reingemacht hab, sonst wärst du jetzt tot, mausetot wie eine ersoffene Katz.«

»Katzen haben aber sieben Leben.«

»Halt bloß dein Maul, du mit deinen Scheißsprüchen! Jetzt brauchst du wohl ein neues Winterfahrzeug?«

»So ists, Herrmann, hast du noch was Passendes? Also zur Not geht auch ein Auto, aber es sollte eben schon mehr als drei Liter Hubraum haben.«

»Ja, ja, ich weiß, der Herr Akemiker hat immer Sonderwünsche, es darf ja auf keinen Fall was Normales sein. Ich kann mirs schon wieder vorstellen, fünf Liter Hubraum, 300 Pferdchen, V8-Motor, darf aber nicht mehr als vier Liter Super schlucken, soll kaum Steuer und Versicherung kosten und für den Herrn Theologen, wegen dem Scheißgewissen auch noch eine grüne Umweltplakette haben. So eine Scheiße, dann kauf dir doch gleich einen Smart. So einen fahrenden Fingerhut! Da hocken doch sonst die feinen Akemikerfrauen drin, Stadtfahrzeug, da würde deine Cäcilia auch reinpassen als Akemikerpüppchen!«

»Hei, Herrmann, was ist denn heute mit dir los, soll ich meine Fahrzeuge irgendwo anders kaufen? Entschuldigung, dass du Geld mit mir verdienst. Entschuldigung, dass mein Wohlstand deine Kinder ernährt. Entschuldigung, dass du zu doof bist, Akademiker richtig auszusprechen. Stell dir einfach mal vor, eine Dachplatte wie du würde Kinder in der Schule unterrichten.«

»Hei, lass gut sein, Dani, war ja nicht so gemeint. War ein Späßle, sei doch nicht gleich so beleidigt. Jetzt bleib mal auf dem Boden, simmer wieder gut miteinander? Wer kann dir denn sonst deine Lehrer-Spinnerwünsche erfüllen, häää, außer Herrmann, hääää? Bei dir kann es ja nie was Normales sein, Scheiß Indualität!«

»Individualität, Herrmann!«

Er ging mit mir wieder in den hintersten Winkel seines Schrottplatzes.

»Ja, solls wieder ein Traktor sein?«

»Kann, muss nicht.«

»Ja, Heilandsakramentnochmal, was jetzt, Traktor oder nicht?«

Ich schaute mich auf dem Platz um und wieder stach mir der alte Mercedes W 110 ins Auge, die Heckflosse.

»Das ist ein echter Oldie!«, bemerkte Herrmann aufmerksam.

»Musst du da viel machen?«

»Nein! Kopfdichtung, Ölwanne, Kupplung, Servo, Krümmer, Auspuff, Stoßdämpfer, Rahmen schweißen, bisschen Lack, Kofferraum hat ein Loch … sonst ist der wie neu.«

»Wie viel?«

»Sechsfünf!«

»Wie viel? Herrmann, ich will kein Neufahrzeug.«

»Hahha, ich krieg mich nicht mehr, der Herr Erbmillionär geizt mal wieder! Sechs!«

»Also, dann tschüss, Herrmann, sag deiner Susi, dass es zu Weihnachten kein neues Handtäschchen gibt.«

»Du Depp, Scheiße. Letztes Wort: fünffünf!«

»Okay, aber fünffünf mit Christophorus!«

»Mit Christoferross 5505! Hahahaha! Aber Vorkasse.«

»Wie bitte?«

»Die fünf Euro, für den Christoferross. Hahaha!«

Ich schlug ein, er war begeistert, dass wir gehandelt hatten:

»Keine Sau handelt heute mehr, du sagst den einfältigen Deppen sechs, und die zahlens dann auch noch. Und das Teil war dann höchstens zwei wert. Aber nicht deins, das ist ein echter Oldie. Schau im Internet nach, was du für so ein Scheißteil heute zahlst. Das ist ein Daimler, kein Lada.«

Mein zweites Winterfahrzeug war ein stattliches, standesgerechtes Fahrzeug.

Bei einem dünnen Kaffee in Herrmanns Büro, dessen Sitzgelegenheiten aus ausgemusterten, übereinander gestapelten Autoreifen bestanden, besprachen wir das Projekt W 110 und kamen dann aber doch ins Private.

»Duuu, das war doch die Knaus, die Lehrerin«, genießerisch spitzte er seine Lippen und machte mit seinen rußschwarzen Pranken eine Kurvenbewegung von oben nach unten, »die ihr da aus dem Ried geholt habt. Da hab ich euch doch geholfen, ihre Kellertür aufzubrechen. Erzähl mal!«

Da ich mich immer noch im Ferienzustand befand, hatte ich Zeit und schilderte Herrmann dem Lauschenden die Ereignisse in den buntesten Farben. Herrmann war ein guter Zuhörer. Jeden meiner Sätze kommentierte er fachmännisch mit »Scheiße!«. Immer wieder musste ich ihm die Stelle erzählen, als der Traktor kippte, ich unter Wasser festhing und wie ich auf wundersame Weise vom heiligen Christophorus errettet wurde.

»Du, weißt du was, Daniel?«

»Nein, Herrmann.«

»Du, ich mach dir eine Votivtafel, besser sogar zwei, eine fürs Ried, dort wo der Traktor liegt, und eine für die Kirche.«

»Und warum?«

»Als Dank, du Depp, meinst du zum Spaß? Ich kann ganz gut malen. Und du machst den Text.«

»Danke, das ist wirklich lieb von dir, aber …«

»Ja, Scheiße, was bist denn du für ein Theologe? Du wirst aus der Gefahr vom Christoferross gerettet, ja, dann sagt man doch auch Danke. Das hat man früher auch immer gemacht und früher war nicht alles schlechter.«

»Okay, Herrmann, zwei Votivtafeln, du malst, ich schreibe den Text, super Idee, danke, Herrmann.«

»Das ist aber schon ein Aufwand, das Material, die Zeit …«

»Mensch, Herrmann, ich lad dich auf ein Bier in den Franziskaner ein, okay?«

Herrmann strahlte wie ein Castortransport. Ich nutzte sein Glück und fragte:

»Weißt du, wem der Schuppen gehört, in dem Hilde gefangen gehalten wurde?«

»Hmmm, der gehört, so viel ich weiß, der Gemeinde. Da hat früher noch jeder seinen Schrott reingebracht, bevor das mit der Renuta … Renate… Reanturierung anfing. Bauschutt, Elektroschrott …«

»Renaturierung.«

»Sag ich doch. Da liegen von mir auch noch ein paar Getriebe drin. Wenn das die Naturschützer wüssten, hahaha.«

»Ich wusste gar nichts vom Schuppen.«

»Den kennen nur wenige, da kommt man ja kaum hin, viel zu unsicher. Hast du ja gemerkt, hahaha! Da verirren sich höchstens ein paar Pilzsammler hin. Und gibts schon was Neues von der Frau, die da im Ried umgehen soll, vom echten Riedweible? Nicht von deinen Deppen-Freunden.«

Mittlerweile gab es also schon ein echtes Riedweible.

»Nein, aber was erzählt sich denn das Volk so? Du

hast doch ständigen Kundenkontakt. Autos gehen immer kaputt.«

»Da wird halt Scheiß geschwätzt, echter Scheißdreck-Scheiß, das sei die Echte vom Schwaazen Vere, die würde sich rächen, weil deine Deppen-Freunde sie lächerlich gemacht hätten.«

»Gibt es noch andere Theorien?«

»Ja, das sei halt eine, die hier öfters umgehen würde. Eine Pennerin, die in den alten Hütten übernachtet. Also nichts Dramatisches.«

»Und sonst?«

»Manche sagen halt, das sei eine Serienmörderin und alle ungeklärten Morde gingen auf ihr Konto.«

»Was heißt alle?«

»Alle!«

»Ja, alle auf der Welt?«

»Depp, nein, halt alle!«

So kam ich auch nicht weiter.

»Und was wird denn so über die Fränkels geredet? Da hat man ja die Leichenteile gefunden.«

»Die Leute sagen, dass das der Bruder von der Alexandra war, der hat Dreck am Stecken. Drecks-Russenmafia!«

»Der soll seine Schwester ermordet haben und dann Leichenteile …«

Herrmann schlug sich mit seiner radkappengroßen Hand dreimal gegen die Stirn und hinterließ dort dunkle Flecken:

»Ja, denk du Depp halt auch mal nach, das ist doch ganz klar: Die Russen schmuggeln Waffen, der Bruder kriegt raus, dass es die Schwester rausgekriegt hat und der macht sie ruckzuck kalt. Dann kriegt der Bruder raus, dass die was mit dem Fränkel-Bub hatte und der wird dann halt gewarnt mit dem abgeschnippselten Scheißzeugs da. Damit er das Maul hält. So einfach ist das. Wenn ich die Bullen wäre, ich hätte den Russen schon längst eingesperrt.«

»Der ist verschwunden.«

»Ich weiß, der ist bestimmt schon mit seinen Scheiß-Waffen in Somalia und verkauft die an einen Dirigator.«

»Diktator.«

»Und die, die machen dann wieder ihre Scheiß-Kriege und es trifft immer den kleinen Mann, so wie bei uns auch.«

Nachdenklich verließ ich Herrmann.

42 KRANKENHEILUNG

Das Buch der Sprichwörter
18:14 Der Geist des Menschen überwindet die Krankheit, doch einen zerschlagenen Geist, wer kann den aufrichten?

Ich schämte mich für den Herbstblumenstrauß, den Cäci mir für Hilde mitgegeben hatte, ich hätte ihn mit den Blüten nach unten in den Rucksack stecken müssen. So hatte der Fahrtwind an den bunten Chrysanthemen, Gladiolen, Astern und den Tagetes sein Verwüstungswerk verrichtet. Nur noch wenige Blütenblätter waren um die Fruchtkörper versammelt. Trotzdem wollte ich nicht ohne den Strauß zur mählich Genesenden.

Hilde lag noch sehr weiß im weiß überzogenen Krankenhausbett. Die weiß getünchten Wände und das weiße Nachttischchen sowie die weißen Stühle am weißen Tisch des Einzelzimmers unterstrichen den weißen Charakter des Krankenhauses. Nicht unwesentlich zum weißen Gesamtcharakter des Genesungsunternehmens trugen die ebenfalls weiß gekleideten Krankenpfleger und Ärzte bei, die geschäftig durch die Gegend huschten.

Ich hatte aber Glück, als man mir an der Rezeption Hildes Zimmernummer gab, ich durfte meine schwarze Kleidung anlassen.

Als ich der farblosen Hilde das Missgeschick mit dem Blumenstrauß erklärte, zog sie mich mit schwacher Hand heran und küsste mich heftig auf Wange und Hals.

»Danke, Dani, danke, dass du mich gerettet hast.«

Sie ließ mich gar nicht mehr los und ich drohte in ihrem kurzen, frisch gewaschenen und wohlriechenden Haar zu ersticken.

»Danke, mein … Retter!«, hauchte sie noch einmal und zog mich noch weiter ins weiße Krankenbett hinein.

»Das waren eigentlich Butzi und Flaschen-Gordon, die dich gefunden haben«, korrigierte ich sanft die anschmiegsame Lehrerin.

Sie wollte es offensichtlich so nicht wahrhaben und wenn ich ganz ehrlich sein soll, würde ich an Hildes Stelle auch lieber von mir gerettet werden als vom leptosomen, sturzbesoffenen Flaschen-Gordon und seinem untersetzten, schmerbäuchigen und noch betrunkeneren Freund Butzi. Da war ich schon der deutlich attraktivere und romantischere Retter, schwarzgelockt und für mein Alter doch recht gut gebaut. Ich hatte es schon immer geahnt, dass ich bei der Riedhagener Damenwelt – über 25 – recht beliebt war und bestimmt nicht nur wegen meines Vermögens. Hildes Dankbarkeit mir gegenüber schien auf jeden Fall sehr groß zu sein. Sie drehte meinen Kopf flink mit beiden Händen so, dass unverhofft Mund auf Mund lag, und schob zum Zeichen ihrer Dankbarkeit ihre Zunge in meine erstaunte Gesichtskörperöffnung. Ich ließ die Rekonvaleszierende eine gewisse Zeit gewähren, um den Heilungsprozess nicht zu gefährden. Hilde war glücklich, auch für mich war es nicht unangenehm.

Nach Hildes feuchtem Dankeschön hatte sie schon etwas mehr Farbe im Gesicht. Ich war froh, den Wiedergenesungsprozess auf so angenehme Art beschleunigt zu haben.

»Dani, erzähl, was vorgefallen ist, solange ich im … Loch war.«

Die Erinnerung allein genügte und Hilde brach in

Tränen aus. Sie schlug die Hände vors Gesicht und schluchzte:

»Weißt du, auf den Beinen bin ich schnell wieder, ich könnte jetzt schon raus. Mein Körper ist zäh, ich habe viel Sport gemacht. Aber ich habe Angst vor der Dunkelheit. Ich habe heute Nacht ganz schlimme Träume gehabt, dass ich in einem Gewölbe sitze, das sich mit Wasser füllt.«

»Wenn du willst, kann ich mal mit Cäci reden, die kennt bestimmt jemanden, der dir hilft, das Erlebte zu verarbeiten.«

»Das wäre lieb, denn bei so etwas leidet die Psyche mehr als der Körper. Aber erzähl mal, was sich alles ereignet hat, solange ich gefangen war.«

Ich war es mittlerweile gewohnt, kurze und präzise Inhaltsangaben zu verfassen. Hilde lauschte mir staunend. Immer wieder griff sie nach meiner Hand, um das Gehörte besser verstehen zu können.

»War die Kommissarin schon bei dir?«

»Ja, gestern schon, nachts. Ich war aber noch völlig durcheinander. Sie will heute auch noch einmal vorbeischauen. Ich kann mich an gar nichts erinnern, also ich meine, an die Entführung.«

»An was erinnerst du dich?«

»Das war ja der Freitag, letzter Schultag. Ich bin nach Hause gekommen, wollte eigentlich nur relaxen, die Schule von mir abfallen lassen. Ich hab mir dann was gekocht und …«

»Was hast du dir gekocht?«

»Das hat doch gestern schon die Kommissarin alles gefragt. Was geht dich das eigentlich an?«

»Hilde, ich will einfach, dass die Sache aufgeklärt wird, und ich glaube eben nicht, dass da irgendwelche Geister oder Riedweible dran schuld sind. Irgendjemand wollte dir etwas antun und ich habe da vielleicht mehr Informationen als die Polizei«, flunkerte ich.

Mit großen Augen schaute sie mich an und fragte mit leiser Stimme:

»Meinst du, dass ich immer noch in Gefahr bin?«

»Nein, das glaube ich nicht, wenn dich jemand wirklich, äääh, töten wollte, dann hätte er es schon längst gemacht.«

»Vielleicht war es ja auch eine Verwechslung und man hat gar nicht mich gemeint?«

»Das kann auch sein. Oder es war eine Warnung.«

»Warum, ich habe doch nichts Falsches getan oder irgendetwas mit den Morden zu tun. Da ist doch gar kein Zusammenhang«, stammelte sie.

»Einer muss sein, wir sehen ihn nur noch nicht.«

»Dani, das alles macht mir Angst.«

»Gab es irgendetwas, was anders war als sonst? Telefonanrufe, Leute, die auftauchten, Unbekannte, ungewöhnliche Post, halt irgendetwas Verdächtiges?«

»Nein, da war nichts, alles war so, wie es sonst auch ist.«

»Männerbekanntschaften?«

»Nein, leider nicht. Mein Traummann ist schon vergeben.«

»Äääh, ja. Was macht eigentlich Philipp so?«

»Ganz okay, habe kaum Kontakt. Aber da fällt mir ein, seine erste Mail aus Heidelberg, da war er doch noch recht böse, ich denke, er hat die Trennung nicht verkraftet. Aber Philipp würde mir nie, aber auch gar nie etwas antun. So etwas könnte der gar nicht. Außerdem ist er in Heidelberg und nicht hier.«

»Was macht dich so sicher, dass dein Ex …?«

»Vergiss es einfach, der hat nichts damit zu tun, der ist viel zu soft. Philipp ist sehr nett, aber kein richtiger Mann.«

Sie griff wieder zart nach meiner Hand. Ich tat, als ob es mich am Kopf kratzte und entzog mich so ihrem Wunsch nach Halt.

»Noch mal zurück zum Freitag. Du hast gekocht und dann weißt du nichts mehr. Was hast du gekocht?«

»Na, das Pilzragout, das habe ich aber gestern auch schon erzählt. Und da waren wohl auch schlechte Pilze dabei. Meinst du, man wollte mich vergiften?«

»Wer könnte Interesse daran haben?«

»Niemand, ich kann mir das einfach nicht vorstellen, dass mich jemand umbringen will.«

»Du weißt, dass man in Alexandras Körper eine hohe Dosis von diesem Fliegenpilzgift und dem Gift des grünen Knollenblätterpilzes gefunden hat?«

Hilde nickte und schluckte trocken. Nervös fuhr sie sich mit gespreizten Fingern durchs dunkle Haar.

»Wo hast du die Pilze gekauft?«

»Das habe ich der Kommissarin auch schon erzählt.

Von Fränkels, da hole ich die immer, auch die Bio-Eier. Meinst du, da waren ebenfalls Giftpilze darunter?«

»Den Symptomen nach vermutlich nur Fliegenpilze. Wären Knollenblätterpilze dabei gewesen, dann … Wo haben die Fränkels denn die Pilze her?«

»Aus dem Ried.«

»Wer sucht die?«

»Der Tobi verdient sich damit ein bisschen Taschengeld dazu.«

43 LAUSCHANGRIFF

Das Buch Ijob

13:16 Schon das wird mir zum Heile dienen, kein Ruchloser kommt ja vor sein Angesicht.

13:17 Hört nun genau auf meine Rede, was ich erkläre vor euren Ohren.

13:18 Seht, ich bringe den Rechtsfall vor; ich weiß, ich bin im Recht.

13:19 Wer ist es, der mit mir streitet? Gut, dann will ich schweigen und verscheiden.

13:20 Zwei Dinge nur tu mir nicht an, dann verberge ich mich nicht vor dir:
13:21 Zieh deine Hand von mir zurück; nicht soll die Angst vor dir mich schrecken.
13:22 Dann rufe, und ich will Rede stehen, oder ich rede, und du antworte mir!
13:23 Wieviel habe ich an Sünden und Vergehen? Meine Schuld und mein Vergehen sag mir an!
13:24 Warum verbirgst du dein Angesicht und siehst mich an als deinen Feind?

Der Krankenbesuch bei Hilde hatte mich nachdenklich und hungrig gemacht. Und da ich noch keine Lust hatte, ins traute Riedhagen zu fahren, stand mir der Sinn nach Bad Saulgauer Kneipen- und Gastwirtschaftenflair. Mein Magen gebot mir, einen Abstecher ins Paradies zu machen, um saisonal korrekt Sauerkraut mit Blut- und Leberwürsten zu vertilgen. Mäck, der Charles Bronson unter den Metzgern, machte einfach die besten. Mein Lebeleichtundlockergewissen befahl mir aber, nur eine Kleinigkeit zu verspeisen, und so machte ich einen Abstecher zum Sternen, zu Andrea. Hier konnte ich in Ruhe die Zeitschriften zur Förderung meiner Allgemeinbildung, die ich am Bahnhofskiosk erworben hatte, studieren. Mit den Bikernews, Hot Rod, Essen und Trinken rückte ich in die Kneipe mit dem Afrikaflair ein. Die Wände waren mit den unterschiedlichsten Afrikadevotionalien geschmückt, vom Speer mit echtem Pfeilgift bis hin zu einem echten Schrumpfkopf aus Holz. Die fesche, große Wirtin war erstaunt, mich zu dieser Tageszeit zur raren Kundschaft zählen zu dürfen. Sie brachte mir einen Kaffee und eine Seele in eine der Sitznischen mit den runden Tischen. Kräftig biss ich in das längliche, mit Käse und Schinken belegte Gebäck.

»Ach, du hast ja noch Ferien!«

»Mhh.«

»Wie gefällts dir denn so in der Schule, du warst doch gar nie richtig im Schuldienst? Das ist doch bestimmt anstrengend mit den Schülern, null Motivation?«

»Mhh.«

»Du kennst doch auch die, die im Ried eingesperrt war, ist doch eine Kollegin von dir?«

»Mhh.«

»Stimmt es, dass sie halb verhungert war und jetzt noch ums Überleben kämpft?«

»Hmm!«

»Das hab ich mir gleich gedacht, typischer Stadttratsch.«

»Mhh!«

»Sorry, ich muss mal, Kundschaft.«

»Mhh.«

Die Tür war aufgegangen und durch die dichte Efeutute-Pflanze erkannte ich Hauptkommissar Härmle und seine stramme blonde Kommissarin.

Andrea nickte ihnen freundlich zu:

»Hallo, darfs auch was zu essen sein?«

Der Kommissar und seine hellhaarige Begleiterin setzten sich in die Nische neben mich, ohne mich zu bemerken. Ich gab Andrea mittels Zeigefinger und gespitztem Mund ein eindeutiges Signal, mich von nun an als Gast zu ignorieren. Sie verstand. Und ich verstand, was die beiden Berufskriminalisten sprachen. Ich spitzte meine Ohren, so würde ich an wertvollste Informationen aus erstem Munde kommen.

Härmle sprach mit leiser Stimme zu seiner Kollegin:

»Die Seelen sind echt spitze hier, ich nehm immer die mit viel Knoblauch.«

Die Kollegin flüsterte zurück:

»Ich nehme lieber einen kleinen Wurstsalat, sonst komm ich mir so vollgestopft vor.«

»Du kannst es dir doch leisten.«

»Ich finde, ich habe zugenommen.«

»Wo auch?«

»Ist ja echt nett hier, so afrikanisch, und der schöne Blumenschmuck. Gerbera, ausgerechnet Pink Gerbera, meine Lieblingsblumen.«

Die blonde Romantikerin zog mit ihren Handmodelhänden die Blumenvase an sich, bis die Blütenblätter der Gerbera in Pink ihre Nasenspitze kitzelten. Tief sog sie ein, die Blütenblätter hielten Stand.

Andrea baute sich freundlich vor den sympathischen, plaudernden Ermittlern auf:

»Was darfs denn sein?«

»Ich hätte gern eine Seele mit Schinken und Ei, geht statt Schinken auch Salami mit Gurke und ohne Ei?«

»Klar, und zum Trinken?«

»Eine Halbe!«

»Die Dame?«

»Den großen Wurstsalat bitte, geht statt Käse auch Paprika und bitte keine Zwiebeln und kein Knoblauch.«

»Klar, und zum Trinken?«

»Ein großes Mineralwasser, ohne Zitrone, oder sind das Bio-Zitronen? Aber ein bisschen Zwiebeln können Sie schon drauf machen.«

»Ja, kann ich machen, weiße oder blaue Zwiebeln? Die Zitrone ist Bio.«

»Weiße, oder machen Sie doch lieber blaue, aber ganz wenig, und das Wasser mit Zitrone bitte.«

»Danke, kommt sofort!«

»Entschuldigung, machen Sie doch lieber ganz ohne Zwiebeln.«

»Gern, danke!«

Für kurze Zeit herrschte Stille am Nachbartisch. Ich duckte mich noch weiter hinter die tarnende Efeututе und versuchte nur ganz leise zu atmen. Geräuschlos. Dann unterbrach Härmle flüsternd die Stille. Endlich würde ich an meine Infos kommen:

»Die Bluse steht dir echt klasse.«

»Danke, ist aus Ravensburg.«

»Teuer?«

»35!«

»Aaah.«

»Ich habe richtig Hunger.«

»Ich auch, ich habe heute nicht einmal Zeit zum Frühstücken gehabt. Ist vielleicht auch besser so. Der Magen!«

»Ich frühstücke immer nur ein Müsli, das baut mich richtig auf, einen frisch gepressten Karottensaft dazu ...«

Ich konnte mir den substanzlosen Diskurs, in den die beiden verstrickt waren, kaum mehr länger mit anhören. So konzentrierte ich mich auf die schönsten Hot Rods der Welt, als ich vom Nachbartisch plötzlich das mir vertraute Wort Bönle hörte. Die schöne Blonde lamentierte:

»Dieser Bönle treibt mich noch zum Wahnsinn. Den zu verhören ist eine Kunst für sich und ich habe das unbestimmte Gefühl, der weiß mehr, als er sagt. Ich bin mir sicher, dass er den Ort genau kennt, wo der junge Fränkel steckt. Vielleicht hat er ihn sogar versteckt. Wenn sich das bewahrheitet, dann reiß ich dem arroganten Sack den Arsch auf.«

Härmle pflichtete ihr großspurig bei:

»Der bekommt ein Verfahren an den Hals: Behinderung polizeilicher Ermittlungsarbeit.«

»Die Sperma-Analyse war ja eindeutig.«

»Klar, wir müssen den Jungen finden!«

»Ich knöpf mir den Landeier-Cowboy heute Mittag noch einmal vor und wenn der nicht singt, drohe ich ihm mit Beugehaft.«

»Gute Idee!«

»Der wird mich noch kennenlernen, ich denke, der weiß auch, wo dieser Russenlümmel steckt. Die waren doch zusammen in einer Klasse. Vielleicht nehme ich auch seine Psychologin ins Gebet, die ist leichter zu handhaben, die ist nicht so zäh. Ich denke, die kippt auch schneller, wenn ich da etwas schärfer nachfrage.«

»Ja, gute Idee!«

»Der wird mich noch kennenlernen, der Cowboystiefel-Heini. Ich werde einfach sagen, ich würde gern sein Haus von oben bis unten sehen, der Hausdurchsuchungsbefehl würde nachgereicht werden. Da fällt mir schon was ein. Das Gleiche gilt für die Dicke, seine Schwiegermutter in spe. Aber da mache ich es anders. Die haben seit dem Geistergeplänkel so viel Betrieb, da merkt es niemand, wenn ich mich gründlich umschaue.«

»Ja, super Idee.«

Andrea kam freundlich lächelnd mit den Tellern.

Sie nickte den beiden zu:

»Mahlzeit!«

Sie nickten in feierlichem Parallelismus zurück:

»Mahlzeit! Mahlzeit!«

Die beiden Ermittlungsbeamten nickten sich gegenseitig zu: »Mahlzeit!«

»Mahlzeit!«

»Danke!«

»Bitte.«

Die beiden Höflichen ließen es sich schmecken und die Wohlgerüche vom Nachbartisch aktivierten meine Magensäfte. Immer wieder kam ein knurrendes Geräusch aus der Mitte meines Körpers. Hoffentlich bemerkten sie mich nicht.

»Super knusprig!«

»Mein Wurstsalat ist auch hervorragend.«

»Da können wir öfters mittags her.«

»Ja, gute Idee!«

»Manchmal habe ich den Verdacht, dass der nicht

richtig tickt. Der kann sich doch nicht in unsere Ermittlungen einmischen. Ein Religionslehrer, der soll unterrichten und seine Nase aus unserer Arbeit herauslassen. Das entwertet unsere Arbeit, wenn uns Laien ins Handwerk pfuschen.«

»Aber du weißt ja, der hat es gar nicht nötig zu arbeiten. Ich kenne ja seinen Rektor gut, der meint, der Bönle würde nur an der Schule arbeiten, um ihn und seine Kollegen zu ärgern.«

»Ach was, der überlegt sich doch solche Dinge gar nicht. Der will doch nur ein bisschen Lehrer sein, bis er ein anderes Spielzeug gefunden hat. Der will nur spielen. Wer kauft sich schon einen Traktor als Winterfahrzeug?«

»Und jetzt ist sein Spielzeug im Ried versunken, mal sehen, womit er uns diesmal überrascht.«

»Na ja, man darf aber nicht vergessen, dass er blitzschnell kombinieren kann. Du weißt noch, die Sache mit der Leiche in der Kapelle damals, da war der ganz fix. Vor allem als seine Freundin verschwand, war der uns immer einen Schritt voraus.«

»Meinst du, wir sollen auch noch mal seine beiden Geister-Kumpane in die Zange nehmen? Ich weiß nicht, ob das reiner Zufall war, dass ausgerechnet die beiden die Knaus gefunden haben, das kommt mir komisch vor. Wenn ich denen die Daumenschrauben anziehe … Die sehen zwar aus wie harte Biker, es sind aber zwei komische Käuze. Man muss sich das mal vorstellen, da hüpfen zwei erwachsene Männer im Suff mit Frauenklamotten im Feuchtgebiet herum. So viel Humor hätte ich den beiden Pseudo-

Rockern gar nicht zugetraut. Das stinkt doch förmlich nach Bönle.«

»An diesem Fall ist alles komisch.«

Härmle hob den Arm und streifte dabei das uns trennende Grünzeugs. Für den Bruchteil einer Sekunde sah ich direkt in die braunen Augen der blonden Ermittlerin. Ich zuckte zusammen.

»Bezahlen bitte!«, rief der Hauptkommissar.

Die Kommissarin seufzte:

»Dann auf ein Neues, auf zu Bönle, mir graut schon davor. Entweder redet er nichts oder Mist.«

»Hast du dir eigentlich schon mal überlegt, dass er mit der Sache etwas zu tun hat? Rein theoretisch ist das schon denkbar. Erstens: Verhältnis zur Schülerin. Zweitens: Eifersuchtsstreit wegen Fränkel junior, Krise beginnt. Drittens: Der Hobbykoch tötet sie mit Pilzen und so weiter. Viertens: Seine Bekannte Knaus hat ihn beobachtet und erpresst ihn, Liebe, Geld. Fünftens: Er versteckt sie im Ried, nimmt Tod in Kauf, Erde drauf, fertig. Moorleiche, wird in 1.000 Jahren gefunden.«

»Blödsinn, der Bönle ist zwar eigenartig, aber kein Mörder. Er hätte dann auch Alexandra besser versteckt und was soll das mit der entfernten Rippe? Und was ist mit der anderen Toten, dem Schädel?«

»Sechstens: Triebtäter, hatte Asiatin schon vor Jahren ermordet, und Frau Knaus hat ihn erpresst.«

»Und die Zeichen an Fränkels Scheunentor? Die komische Unbekannte, die im Ried herumgeistert? Die Inschrift RIPP auf Alexandras Kreuz? Die fehlende Rippe? Da steckt mehr dahinter, da steckt mehr dahinter.«

»Siebtens: Falsche Spuren legen, intelligent. Christliche Symbole, das passt.«

»Quatsch! Wir haben zwei heiße Spuren, wir brauchen keine dritte. Wenn wir nur wüssten, wo die beiden Jungen untergetaucht sind!«

»Du hast recht, war ja nur eine Idee. Wir dürfen in diesem eigenartigen Fall zunächst mal gar nichts ausschließen.«

Staunend verließ ich nach dem kreativen Duo den Sternen. Es war ein billiger, aber nichtsdestotrotz informativer Aufenthalt. Andrea lachte mir zwinkernd zu und machte mit ihrer Hand eine Daswarjaknapp-Bewegung. Ich freute mich, dass so viele Frauen freundlich zu mir waren. Bevor ich auf das schwarze, schwere Eisen stieg, das ich in Andreas Hinterhof geparkt hatte, zückte ich mein blaues Monsterhandy und gab Cäci einige präzise Anweisungen. Zuhause würde schon eine blonde Überraschung auf mich warten. Ich freute mich richtig. Zuvor fuhr ich aber noch bei der Gärtnerei am Friedhof vorbei, sie lag auf der Strecke.

44 GEFAHRENANALYSE

Das Buch Ester
4:17 Herr, unser König, du bist der einzige. Hilf mir! Denn ich bin allein und habe keinen Helfer außer dir; die Gefahr steht greifbar vor mir.

Sie hatte den großen, blonden Burschen schon gestern Abend aus ihrem Versteck heraus gesehen, als er um den Fränkel-Hof herumschlich und die beiden Bauersleute observierte, wie sie das geschlachtete Schwein verarbeiteten. Sie schätzte ihn auf knapp 20 Jahre. Den slawischen Zügen und seiner Kleidung nach könnte es ein Russe sein. Instinktiv wusste sie, dass Gefahr von ihm ausging, große Gefahr.

Schon wieder beobachtete er den Fränkel-Hof, schaute vorsichtig durch die erleuchteten Scheiben, schlich durch Stall und Heuboden und ahnte nicht, dass jeder seiner Schritte mit aufmerksamen Augen kontrolliert wurde. Wenn sie etwas beherrschte, dann das Unsichtbarsein. Schon als Kind kannte sie die besten Verstecke. Versteckspielen war ihre Lieblingsbeschäftigung. Der junge Mann griff immer wieder in seine rechte Jackentasche, als ob er sich vergewisserte, dass er nichts verloren hatte.

Hans hatte sie wieder, ohne groß nachzufragen, bis zur Kreuzung gefahren und nun saß sie schon seit Stunden mit ihrer warmen Jacke auf Beobachtungsposten. Heute galt ihr ganzes Interesse ihm. Und als der Blonde, sichtlich unzufrieden, den Fränkel-Hof verließ, folgte sie ihm auch. Sie wusste, dass sie allein war, sie konnte niemanden um Hilfe bitten. Sie schlug ein hastiges Kreuz und murmelte in die Dunkelheit:

»Bitte, lieber Gott, hilf mir!«

Sie griff in ihrer Tasche nach dem Bild und spürte den zerfledderten Rand.

45 RACHEGEDANKEN

Das Buch Jesaja
59:17 Er legte die Gerechtigkeit an wie einen Panzer und setzte den Helm der Hilfe auf. Er machte die Rache zu seinem Gewand und umhüllte sich mit leidenschaftlichem Eifer wie mit einem Mantel.
59:18 Wie es die Taten verdienen, so übt er Vergeltung; er zürnt seinen Gegnern und vergilt seinen Feinden; bis hin zu den Inseln übt er Vergeltung.
59:19 Dann fürchtet man im Westen den Namen des Herrn und im Osten seine Herrlichkeit. Ja, er kommt wie ein reißender Strom, den der Sturm des Herrn vor sich hertreibt.

Sergej lachte still in sich hinein. Er hatte ihn doch noch gefunden, obwohl er vom Hof abgehauen war. Ahnte er, dass ihm jemand auf den Fersen war? Vermutlich war er aus Angst vom Hof geflohen. Oder wollte er nur der Arbeit entgehen, es gibt ja schönere Arbeiten als eine Sau zu verwursten.

Die Polizei ist garantiert auch schon hinter ihm her, die sind ja auch nicht blöd. Nur deshalb ist er abgehauen. Die können auch eins und eins zusammenzählen. Auf jeden Fall war es wichtig, dass er ihn vor der Polizei gefunden hatte. Die Waffe würde er danach im Ried verschwinden lassen. Er wusste auch schon wo. Dann ab nach Stuttgart und von dort wieder zurück in die Ukraine. Kurz, ganz kurz kamen die Zweifel zurück. Wenn er doch nichts damit zu tun hätte? Aber außer ihm kam keiner in Frage und wer flieht, ist schuldig.

Also lag er mit seinem Verdacht richtig, niemand würde fliehen, wenn er unschuldig wäre, niemand! Seine Schwester war zwar eine Schlampe, aber eine Hold bringt man nicht einfach so um. Dafür musste auch jemand sterben, das ist nur gerecht: Auge um Auge, Zahn um Zahn. Er würde wieder für Gerechtigkeit sorgen. Der Bönle hatte da in seinem Reli-Unterricht zwar eine andere Meinung vertreten, man müsse, wenn man eine gescheuert bekommt, auch noch die andere Seite hinhalten. Aber das ist ja wohl Schwachsinn, das würde selbst der Bönle nicht tun. Ist so etwas gerecht?

Der Tod von Alexandra musste gerächt werden, das hatte ihm sein Vater am Tag der Beerdigung in

Sevastopol gesagt und ihm die Adresse in Stuttgart gegeben.

Schon sein erster Verdacht war richtig. Bei Herrn Bönle, dem Lehrer, würde er den Tobi finden, wenn er nicht auf dem Hof ist, das war ja klar. Der hatte ihn schon während der Schulzeit immer auf seinem Motorrad mitgenommen. Tobi, seinen Liebling.

Und jetzt beobachtete er von der dichten Haselnusshecke aus, die das Grundstück abgrenzte, wie Tobi sich in Bönles Haus bewegte. Wäre da die Tusse nicht gewesen, hätte er einfach geklingelt und Tobi die Kugel in die Stirn gejagt. Peng und aus! Aber da war ja ständig diese Frau, vermutlich Bönles Frau.

Er umschloss mit fester Hand das kalte Metall der Waffe. Er hatte ja Zeit, alle Zeit der Welt.

46 BLUMENSPRACHE

Der erste Brief des Petrus
1:24 Denn alles Sterbliche ist wie Gras, und all seine Schönheit ist wie die Blume im Gras. Das Gras verdorrt, und die Blume verwelkt.

Durchgefroren kam ich zuhause an. Im Ried lag der Nebel wie ein fein gewobenes Leichentuch. Sommers wie winters fuhr ich mit meiner leichten Lederhose mit attraktivem Jeansschnitt. Entweder war diese für solche Witterungen zu dünn oder es wurde höchste Zeit, dass Herrmann bald mit meinem standesgemäßen Winterfahrzeug fertig würde.

Der VW-Beetle der Kommissarin stand schon in meiner Hofeinfahrt, in der Dämmerung leuchtete er schimmelgrün. Ich stellte, da mir die Zufahrt zur Garage blockiert war, mein Eisen direkt hinter das kugelige Frauengefährt.

»Hi, Dani, das ist auch das erste Mal, dass du mir Blumen mitbringst. Aber warum ausgerechnet Gerbera? Und dann noch in Pink!«

In trauter Zweisamkeit saßen die beiden Wohlgeformten an meinem Küchentisch.

»Die sind nicht für dich, die sind für die Frau Kriminalbeamtin.«

Sie sah den Strauß. Es war das erste Mal, dass ihr das Gesicht entgleiste.

»Für mich? Was soll der Sch … ääh, woher wissen Sie …? Lassen Sie einfach den Blödsinn und setzen Sie sich her.«

»Wenn ich darf, in meinem Heim? Und ich dachte einfach, vielleicht mögen Sie Pink Gerbera, hätte ja sein können. Ich hatte nicht damit gerechnet, dass Sie ausgerechnet auf Pink Gerbera so aggressiv reagieren.«

Sie funkelte mich an und zischte wie ein frisch eingefahrener Plattfuß an einem Motorroller:

»Bönle, Sie sind mir ein Rätsel. Noch! Aber ich komme dahinter, das verspreche ich Ihnen.«

Cäci, die mir sonst in manchen Dingen der Empathie voraus war, begriff überhaupt nichts und besänftigte:

»Jetzt reichts mit dem Blumengeschiss!«

Als Praktikerin schritt sie forsch zur Tat und steckte die geschmähten Blumen in ein Väschen mit frischem Leitungswasser. Die Schnittpflanzen lachten in ihrem herrlichsten Pink.

»Herr Bönle, die Dinge werden nicht einfacher in diesem Fall. Uns fehlen zwei wichtige Personen, die wir gern verhören würden. Ich gehe davon aus, dass Sie mir immer noch nicht sagen wollen, wo sich Tobias Fränkel befindet. Ist das richtig so?«

»Ja, er hat mich darum gebeten, ihn nicht zu verraten. Und er hat mir gesagt, dass er mit dem Mord an Alexandra nichts zu tun hat, das würde er auf die Bibel schwören. So soll ich es Ihnen ausrichten.«

»Ihre Bibel interessiert mich nicht. Kann es sein, dass Sie beide versteckt halten?«

»Beide?«

»Sergej Hold und Tobias Fränkel.«

»Nein.«

»Faktum ist, dass wir Tobias vernehmen müssen, um weiterzukommen. Faktum ist auch, dass Sie durch Ihr Schweigen unsere Arbeit behindern. Herr Bönle. Ich werde ganz subtil ausloten, wie ich Sie drankriegen kann. Ich bin mir sicher, wenn ich Ihr Haus oder das Ihrer Schwiegermutter in spe durchsuche, im Keller werde ich Tobias finden. Bei der Kälte treibt er sich nachts nicht im Ried herum.«

»Sie können mich gern alles fragen, ich gebe Ihnen bereitwillig Auskunft. Sie dürfen mich aber nicht fragen, wo Tobi steckt.«

Ich war tatsächlich etwas verzweifelt und flehte:

»Das müssen Sie doch verstehen, mein Versprechen und dazu noch die Schweigepflicht.«

»Ich verstehe es nicht, es geht hier um Mord.«

Die Frustrierte erhob sich, nickte distanziert und verließ bar jeglichen Grußes mein Haus.

»Die geht jetzt zu Frieda und durchsucht die Räume. Da wird sie nichts finden.«

»Herr Bönle, wären Sie so liebenswürdig und würden Ihr Moped beiseite schieben, damit ich wegfahren kann«, rief es verstimmt von draußen.

Ich stürmte mit den Pink Gerbera hinaus, salutierte:

»Immer zu Diensten, Ihr ergebener Landeier-Cowboy, und hier noch Ihre Blümchen.«

Dieses Mal havarierte ihre Mimik nicht, sie sog lediglich hörbar Luft ein und zischte mich an:

»Bönle, ich reiß … Ach, lassen Sies einfach gut sein. Und vielen Dank für die Blumen!«

Sie nahm keck das Sträußchen Pink Gerbera entgegen und machte einen artigen Knicks und murmelte:

»Bönle, da ich weiß, dass Sies mir nicht übel nehmen und es bestimmt jeden Tag 100 Mal zu hören bekommen: Sie sind infantil!«

Mit zu hoher Drehzahl und radierenden Pneus verließ die ansehnliche Blondine mein ruhiges Grundstück.

Ich suchte das Gespräch mit Cäci:

»Wo ist Tobi gerade?«

»Hier, im Keller. Meinst du, sie ahnt etwas? Bekommen wir jetzt Schwierigkeiten? Ich meine, Tobi müsste sich stellen.«

»Keine Ahnung, ich werde mal mit ihm reden, wie lange das Versteckspiel noch dauern soll.«

»Der ist heute eh seltsam drauf, er scheint Angst zu haben.«

Um 21.30 Uhr trafen wir uns bei Frieda. Die MIKEBOSSler waren vollständig vertreten, um die Festvorbereitungen zu besprechen. Sie wunderten sich allerdings über den seltsamen Tagungsraum. Wir saßen in Friedas Spirituosenkeller. Auch Tobi war mit dabei, er wollte nicht in meinem Erbheim bleiben, er meinte, es würde jemand ums Haus schleichen. Vermutlich suche ihn die Polizei. Also begleitete er uns abends in Friedas Keller.

Ich erklärte den MIKEBOSSlern Tobis dramatische Lage. Sie hatten vollstes Verständnis für die Änderungen und schworen Stillschweigen.

Wir hatten eine Biertischgarnitur aufgebaut und den kleinen Bullerofen eingeheizt. Frieda hatte uns ein Fässchen regionaler Braukunst hingestellt und einen Fleischkäse herausgebacken. Auf dem Tisch lag ein Laib Brot. Für die Unkosten hatte sie ein Porzellanschwein auf dem Tisch platziert.

»Ich lass euch dann den ganzen Abend in Ruhe, ich weiß von nichts. Die Kommissarin taucht bestimmt noch einmal auf, das hab ich im Urin.«

Sie stellte uns zum Abschluss einen prächtigen Herbststrauß auf den Tisch:

»Damit ihrs hier unten ein bisschen gemütlicher habt.«

Gesicht klopfte mit einem Kugelschreiber an sein Glas, erhob sich und eröffnete unser außerplanmäßiges Treffen. Er räusperte sich umständlich, schaute unsicher in die Runde und sprach:

»Liebe Cäcilia, lieber Tobias, lieber Präsident«, wohlwollend nickte er in meine Richtung, »und liebe MIKEBOSSler. Ich begrüße euch zur spontanen Vollversammlung. Zuerst möchte ich aber in meiner Funktion als Road-Captain unserer lieben Wirtsfrau Frieda noch einen Dank …«

»Mein Gott, Gesicht, fang endlich an! Meiner Mama kannst du später persönlich Dankeschön sagen!«

Cäci grinste mir zu, ich verdrehte die Augen und Tobi staunte über unseren eigenartigen Verein. Gesicht nickte devot in meine Richtung, schaute auf sein Manuskript und las:

»Lieber Präsident Dani, deinem Engagement ist es zu verdanken, dass unser Verein, die MIKEBOSSler, nun schon in das zwölfte Jahr gehen. Daher, danke, Dani, für alles!«

Ich war schon etwas gerührt, forderte aber Gesicht auf:

»Nun komm schon zur Sache!«

»Liebe MIKEBOSSler und Gäste, folgende Tagesordnungspunkte stehen für heute zur Diskussion: Top 1: Eventuelle Verlegung des Festaktes auf einen anderen Termin. Top 2: Vorstellung und Diskussion des Slogans: Das dreckige Dutzend ist voll. Top 3: Bewirtung und Räumlichkeiten. Wenn das nämlich so weitergeht, feiern wir irgendwann im Winter. Top 4: Musikalische Untermalung. Top 5: Sonstiges.«

Wie immer war es sehr schwierig, der kaugummizähen Rhetorik von Gesicht zuzuhören.

»Hat noch jemand eine Ergänzung?«

Butzi hob eine seiner Pranken:

»Ja. Laden wir noch Gäste ein?«

»Das müssen wir diskutieren! Ich denke, Familie und Freunde reichen, da sind wir schnell bei 30 Personen.«

So ging es gefühlte Ewigkeiten hin und her.

47 SCHUSSFOLGEN

Das Buch Jeremia
51:20 Du warst mein Hammer, meine Waffe für den Krieg. Mit dir zerschlug ich Völker, mit dir stürzte ich Königreiche,
51:21 mit dir zerschlug ich Ross und Lenker, mit dir zerschlug ich Wagen und Fahrer,

51:22 mit dir zerschlug ich Mann und Frau, mit dir zerschlug ich Greis und Kind, mit dir zerschlug ich Knabe und Mädchen, …

Sergej versteckte sich noch dichter im Haselnussgesträuch. Die hatte ihm gerade noch gefehlt, die Blonde. Sie blieb aber nicht lange. Aber nun waren sie zu dritt, der Bönle war auch wieder da. Aber kein Problem, er hatte ja Zeit, alle Zeit der Welt. Der Junge summte ein russisches Volkslied vor sich hin:

»Hat zwei Fenster meine Seele:
Morgenfenster, Abendfenster.
Morgenfenster war das helle,
Abendfenster war das dunkle,
Durch das Morgenfenster sah
Ich mein Licht, die Sonne, kommen.«

Er würde töten. Nicht so wie damals, das waren Katzen. Er würde einen Menschen töten. Er würde ihn einfach erschießen. In den Kopf. Die Katzen hatte er in einen Sack gesteckt und dann mit einem Prügel draufgeschlagen. Es hatte ihn eigenartig erregt, als sie geschrien hatten wie kleine Kinder. Und diese Erregung spürte er wieder, als er den kalten Lauf der Waffe berührte. Er würde Tobi töten, heute noch. Er hatte zwar viel Zeit, aber irgendwann musste er es auch zu Ende bringen. Sonst könnte es sein, dass diese Erregung verloren ging. Was dann? Dann bliebe der Tod an seiner Schwester ungerächt. Auch wenn die Polizei Tobi bald finden würde. Was würde dem in Deutschland schon passieren? Gar nichts, mit einem guten und mit einem schlechten Verteidiger ist er in wenigen Jahren wieder auf freiem Fuß. So funktioniert deutsche Gerechtigkeit … und das durfte nicht sein. Er wollte seine Gerechtigkeit.

Dann endlich bewegte sich etwas in den hellen Fenstern des Hauses. Sie brachen auf, alle drei. Sie hatten auf der Straße Tobi schützend in ihre Mitte genommen und blieben immer an den dunkelsten Stellen. Sie liefen zum nahen Gasthaus. Sergej folgte ihnen.

Und ein Schatten folgte Sergej.

Sergej umrundete nervös den Goldenen Ochsen, hinein traute er sich nicht. Zu viele der Gäste kannten sein Gesicht. Gut, dass er den Skoda hier abgestellt hatte. Er öffnete die Tür und steckte den Schlüssel ins Zündschloss. Vielleicht musste es nachher schnell gehen. Nach kurzem Suchen hatte er entdeckt, dass sie alle im Keller saßen. Leider waren es viele. Aber Tobi machte den entscheidenden Fehler selbst. Er setzte sich direkt vor den Blumenstrauß ans milchige Kellerfenster. Keine zwei Meter von der Glasscheibe entfernt saß sein Ziel, sein Opfer. Sergej starrte durch die Scheibe auf den Hinterkopf von Tobi. Sergej beobachtete die Gesellschaft. Tobi rutschte anfänglich aufgeregt auf der Bank hin und her und bot ein unsicheres Ziel. Endlich war der dunkle Kopf in Ruhe. Mit kalter Hand zog Sergej die Waffe aus der Tasche und entsicherte sie mit dem Daumen, so wie er es in den letzten Tagen hunderte

Male geübt hatte. Er hob langsam die Hand mit dem tödlichen Eisen, zielte und drückte ab. Gleichzeitig verspürte er einen heftigen Schlag an seiner Schulter. Mit der ohrenbetäubenden Explosion des Treibsatzes verließ das tödliche 9mm-Geschoss den kurzen Lauf der Makarov-Pistole. Die Scheibe des Kellerfensters zersplitterte in glitzernde, wirbelnd tanzende Scherben. Tobis Kopf bewegte sich schlagartig nach vorn.

48 NIESNUTZEN

Das Buch Ijob
41:10 Sein Niesen lässt Licht aufleuchten; seine Augen sind wie des Frührots Wimpern.
41:11 Aus seinem Maul fahren brennende Fackeln, feurige Funken schießen hervor.
41:12 Rauch dampft aus seinen Nüstern wie aus kochendem, heißem Topf.
41:13 Sein Atem entflammt glühende Kohlen, eine Flamme schlägt aus seinem Maul hervor.
41:14 Stärke wohnt in seinem Nacken, vor ihm her hüpft bange Furcht.

Ich fragte mich, ob ich im richtigen Verein war. Cäci drückte mir mitfühlend die Hand, als Gesicht gerade umständlich Top 2: ›Vorstellung und Diskussion des Slogans: Das dreckige Dutzend ist voll!‹ erklärte:

»... und vor allem stolz bin ich auf die Doppeldeutigkeit des Slogans. Versteht ihr, die Doppeldeutigkeit! Nämlich voll wie voll und voll eben wie voll ...«

Mit seinen Händen versuchte er unsicher den Unterschied zwischen voll und voll seinen Zuhörern begreifbar zu machen.

Tobi schien gleichermaßen amüsiert wie gelangweilt und spielte mit Friedas buntem Herbststrauß. Er zog die Vase zu sich heran, sog den würzigen Duft der Blumen ein und musste sofort niesen.

Im selben Augenblick durchbrach ein fürchterlicher Knall die langweiligen Ausführungen von Gesicht. Glas splitterte, feurige Funken schossen durch den Raum, weißer, beißender Rauch raubte den Atem. Und von draußen hörte man dumpfe Geräusche und russische Schimpfworte. Tobis Gesicht lag zwischen den Blumen, Blut sickerte durch sein dunkles Haar aus seinem Hinterkopf.

Cäci schrie auf, rannte zu Tobi. Butzi sprang zur Tür und stürmte hinaus, Gesicht setzte sich und fuhr sich mit beiden Händen durchs Gesicht, Joe kramte nach seinem Handy, Flaschen-Gordon sprang mit Verzögerung ebenfalls zur Tür. Und ich rüttelte sachte an Tobis Schultern. Nichts!

Dann hob er langsam sein Gesicht aus dem derangierten Herbststrauß, griff sich vorsichtig an den Hinterkopf und schimpfte:

»Scheiße, da stecken Scherben drin. Au verdammt, das blutet ja.«

»Was war das?«

»Ein Schuss!«

»Tobi, bist du irgendwo getroffen?«

»Nein.«

In dem Augenblick hetzte Flaschen-Gordon wieder zur Tür herein. Atemlos japste er:

»Der ist abgehauen! Die Waffe liegt noch vor dem Fenster. Er ist in einen hellen Skoda gestiegen und ab in Richtung Königseggwald. Butzi ist ihm hinterher – mit der Fat Bob! Und da war noch jemand da draußen, ich glaube eine Frau, die ist aber jetzt auch weg!«

»Dann hat er keine Chance ihn einzuholen! Mit der Fat Bob nicht!«

»Hat jemand gesehen, wer es war?«

Flaschen-Gordon machte große Bewegungen mit seinen Händen, als er den Flüchtenden beschrieb. Ich nickte Tobi zu, Tobi nickte mir zu und murmelte:

»Sergej!«

49 WASSERFLUCHT

Die Klagelieder
3:52 Wie auf einen Vogel machten sie Jagd auf mich, die ohne Grund meine Feinde sind.
3:53 Sie stürzten in die Grube mein Leben und warfen Steine auf mich.
3:54 Das Wasser ging mir über den Kopf; ich sagte: Ich bin verloren.

Butzi sah gerade noch, wie der Fliehende in einen abgehalfterten Skoda stieg und mit aufheulendem Motor in die Dunkelheit startete. Er überlegte nicht lange, zog den Schlüssel aus seiner Hosentasche, warf den schweren Motor seiner Fat Bob an und schwang sich in den Sattel. Ohne Helm und Jacke nahm er mit wehendem Haar die Verfolgung der im Ried entschwindenden Rücklichter auf. Butzi drehte den Motor seines Milwaukee-Lieblings in besorgniserregende Drehzahlbereiche. Er schlingerte, wild am Lenker korrigierend, in die erste 90-Grad-Kurve und sah die roten Rücklichter auf der welligen Geraden vor sich. Hier konnte er die Distanz schnell verkürzen. Kühler Fahrtwind und würzige Riedluft peitschten ihm die Tränen aus dem Gesicht. Der Skodafahrer schien bemerkt zu haben, dass sein Verfolger deutlich aufholte und gab seinem altersschwachen Gefährt die Sporen. Wie ein wilder

Hengst bockend jagte das tschechische Automobil mit überforderten Stoßdämpfern über die lange Riedallee. Butzi war mittlerweile bis auf 100 Meter an den Flüchtenden herangekommen. Er bremste vor dem leichten Rechtsknick die schwere Maschine heftig ab. Die belohnte das Manöver mit einem leichten Mäandern am Hinterrad. Dann war sie wieder stabil. Das schlingernde Gefährt vor ihm löste das Kurvenproblem nicht so souverän wie die bärenstarke Zweizylindermaschine.

Ein riesiger, pelziger Schatten bewegte sich schwerfällig, den abgeplätteten Schwanz hinter sich herziehend, im Scheinwerferlicht auf der Straße. Der unerfahrene, weil führerscheinlose Lenker übersteuerte vor Schreck den unkommoden Wagen in der Kurve und versuchte schleudernd dem Biber auszuweichen. Das panische Lenkmanöver beförderte die linken Räder vom griffigen Asphalt weg auf den kiesigen, unbefestigten Randstreifen. Sergejs Wagen geriet außer Kontrolle, rutschte nach links, überschlug sich und landete, eine riesige Fontäne produzierend, im dunklen Riedtümpel. Butzi stoppte seine Fat Bob und rannte zum Wasser. Ohne zu zögern, sprang er hinein.

Der Biber fuhr sich erstaunt mit beiden Pfoten über die Schnauze.

50 LIEDERLICHKEITEN

Das Buch Jesus Sirach
47:14 Wie weise warst du in deiner Jugend, von Bildung strömtest du über wie der Nil.
47:15 Die Erde bedecktest du mit deinem Wissen, bis zur Himmelshöhe ließest du Lieder aufsteigen.
47:16 Bis zu den fernsten Inseln gelangte dein Ruhm, und man begehrte danach, dich zu hören.
47:17 Durch Lied und Sinnspruch, Rätsel und Gleichnis hast du die Völker in Staunen versetzt.

Der Goldene Ochsen glich einer Festung. Vor dem Gasthaus standen vier schicke, blau-silberne Polizeiautos, die im Rekordtempo von Bad Saulgau und als Verstärkung von Sigmaringen angerückt waren. Im Inneren der übervollen Gastwirtschaft hielten sich vermutlich mehr als zehn Beamte auf. Der Notarztwagen war wieder abgerückt, nachdem Tobi sich geweigert hatte, zur Untersuchung mit ins Krankenhaus zu gehen.

Die blonde, ermittelnde Beamtin, die in Friedas Reich wohl noch auf der Suche nach Tobi gewesen war, hatte versucht, das erste Tohuwabohu zu ordnen, bis die angeforderten Beamten eingetroffen waren. Alle, die etwas gesehen oder gehört hatten, mussten in der Gaststätte bleiben. Und das waren alle.

»Keiner verlässt ohne meine Erlaubnis den Raum!«

Frieda wurde mit dem Dienstpersonal gebeten, ein Auge auf die Gäste zu haben. Es waren bestimmt 60 Personen. Allmählich beruhigte sich die aufgewühlte Stimmung und auf ein nicht wahrnehmbares Zeichen hin war es auf einen Schlag still in der Gastwirtschaft. Alle schauten auf die Kommissarin und ihre bewaffneten Begleiter.

»Butzi! Warum ist Butzi immer noch nicht da?«, schrie plötzlich Cäci.

Im Durcheinander hatten wir völlig vergessen, dass er immer noch hinter dem Schützen herjagte. Mittlerweile waren 20 Minuten vergangen.

Die Blonde beruhigte:

»Ich habe schon eine Fahndung nach Ihrem Freund und dem Skoda rausgegeben. So weit können die ja noch nicht sein. Mit den Fahrzeugen!«

In diesem Augenblick wurde die Tür aufgestoßen und Butzi wankte keuchend mit Sergej am Schlawittchen herein. Sofort bildeten sich kleine Pfützen unter ihnen.

»Hallo, kann jemand meine Harley holen und mir das Arschloch abnehmen?«

Sergej wollte sofort auf Tobi losgehen, als er diesen mit einem Kopfverband am Tisch sitzen sah.

»Ich dich umbringe, du Sau. Du chast meine Schwester auf Gewissen!«

Schäumend vor Wut hatte er sich von Butzi losgerissen. Schnell kreuzten drei eifrige Beamte seinen Weg.

Härmle, der mittlerweile ebenfalls eingetroffen war, nickte nur und murmelte:

»Handschellen.«

Der tobende Sergej rief immer wieder in Richtung Tobi:

»Dafür du wirst bezahlen! Wenn du gestern auf Hof gewesen, chätte ich dir kalt gemacht wie Sau. Dann chätten dein Eltern auch Wurst von dich gemacht.«

Härmle hielt eine Hand auf seinen Bauch und rief:

»So, Ruhe jetzt, wir trennen mal die Spreu vom Weizen.«

Er deutete auf die MIKEBOSSler, Sergej, Tobi, Herrn und Frau Fränkel, die von zwei eifrigen Beamten abgeholt worden waren, Cäci und mich.

»Ab ins Nebenzimmer! Vier Beamte mit! Der Rest bleibt hier, übliche Routine!«

Frieda schob die Butzenscheibenglastrennwand vor, wir bildeten einen intimen Zirkel von Zeugen und Verdächtigen. Von draußen aus dem großen Schankraum hörte man keinen Mucks, alle versuchten sie als dunkle Schatten, dicht an die mehrfarbige Scheibe gedrängt, zu lauschen.

Härmle deutete unauffällig in seine Magengegend und nickte der imposanten Blonden auffordernd zu. Sie stand breitbeinig, unbändige Tatkraft suggerierend, die Hände in die festen Hüften gestemmt, auf der schmalen Erhebung, auf der auch der Kachelofen stand.

»Ich bitte Sie alle hierzubleiben. Wenn jemand einen Rechtsanwalt anrufen will, bitte! Einige Fragen möchte ich gern sofort stellen, wenn wir schon alle auf einem Haufen zusammen haben. Übrigens, Herr Hold, brauchen Sie einen Arzt?«

Sergej schüttelte seinen Kopf und meinte lakonisch:

»Ich nix brauche, nur mein Waffe, um den da totschießen!«

Sergej deutete auf den blassen Tobi.

»Du Russenarsch, wie oft soll ichs dir noch sagen, ich habe deiner Schwester nichts getan! Ich habe sie geliebt!«

»Dann ist das also Ihre Waffe?«

Die Beamtin in Blond nickte einem Kollegen zu, der die Pistole mit spitzen Fingern in einer Plastiktüte hochhob. Sergej nickte, er wusste, dass man seine Spuren finden würde.

»Wir machen das nun so: Alle bleiben hier, Sergej Hold und Tobias Fränkel kommen mit nach Saulgau.«

»Handschellen?«, fragte ein treuer Beamter mit einem schnellen Blick auf Tobias.

Die Kommissarin nickte kurz und bestimmt.

»Was soll das?«, schrie Tobi verzweifelt auf.

»Ich habe der Alex doch nichts getan!«

Seine letzten Worte gingen in ein Schluchzen über.

In diesem Augenblick wurde die Schiebetür aufgerissen und eine Frau mit dunklen Haaren und funkelnden Augen stürmte herein.

»Lassen Sie Tobi in Ruhe, der hat nichts damit zu tun. Ich wars, ich habe die beiden Frauen getötet!«

Die Frau, die sich Luna nannte, stand mit einer

schier unglaublichen Präsenz im Raum. Ihre Lippen zitterten, als sie noch einmal rief:

»Der Tobi hat nichts damit zu tun. Ich wars!«

Im Neben- und im Gastraum hätte man ein Spätzle fallen hören können. Niemand atmete, nicht einmal der mächtige entleibte Keiler, der über dem Kopf der Kommissarin drohte.

»Wer sind Sie?«, hauchte der bleiche Härmle.

»Ich heiße Ann-Kathrin, Ann-Kathrin Fränkel. Manche nennen mich auch das Riedweible.«

Alle schauten die Frau verständnislos an, nur Frau Fränkel schluchzte unverhofft auf und rief mit kehliger Stimme:

»Ann-Kathrin, ja aber … was machst du denn hier? Du bist doch schon so lange …«

Dann brach sie schluchzend mit zuckenden Schultern über dem Tisch zusammen.

»Wer sind Sie, woher kennen Sie Frau Fränkel?«, forschte die Kommissarin sachte nach.

»Ich bin Ann-Kathrin Fränkel, das ist meine Mutter. Tobi ist mein Bruder und die Drecksau da hinten ist mein Vater.«

Fränkel sprang wie elektrisiert vom Stuhl auf und brüllte:

»Was, das Ripp, das dreckige spinnt ja. Ich müsste es ja wissen, wenn ich eine Tochter hätte.«

Tobi schaute fassungslos zur Frau, die behauptete, seine Schwester zu sein. Er schätzte sie auf ungefähr 25 Jahre und als er das dunkle Haar und die ebenmäßigen Züge studierte, fuhr er sich vorsichtig durch sein Gesicht und schüttelte den Kopf.

»Mama, stimmt das?«

Frau Fränkel schluchzte unaufhörlich und würgte:

»Ja, es stimmt, Ann-Kathrin! Was machst du denn hier?«

Dann stand Frau Fränkel auf und drosch kreischend auf ihren Mann ein. Der zog sich in eine Burg von Händen, Armen und Ellbogen zurück und ließ seine Frau so lange gewähren, bis zwei flinke Polizisten eingriffen. Mit großem psychologischem Geschick, das sie aus vielen amerikanischen Kriminalserien erlernt hatten, redeten sie auf die Veitstänzerin ein:

»Beruhigen Sie sich, Frau Fränkel, alles wird wieder gut! Alles wird wieder gut!«

Dann brach die Rasende auf der Ofenbank zusammen. Ihr Kopf knallte gegen die emaillierten Platten des Kachelofens.

»Notarzt!«

Die Beamten nickten. Der Polizist neben Tobi hob fragend die Handschellen in Richtung Härmle, dessen Übersäuerung des Magens einen bedenklichen Wert erreicht hatte. Der leidende Leitende blickte fragend zu seiner adretten Kollegin. Die Kommissarin schüttelte in Richtung des ratlosen Kollegen mit den baumelnden Handschellen den Kopf und nickte zackig in Richtung Ann-Kathrin Fränkel. Sie deutete auf die vier Fränkels, auf Butzi und auf Sergej und meinte trocken zu Härmle:

»Alle mit auf die Wache? Oder?«

Härmle stieß es sauer, aber befreiend auf. Er nickte. Die aufsteigenden Gase brannten in der Speiseröhre, doch der beunruhigende Druck war auf einen Schlag weg.

»Darf ich nicht mit?«, fragte ich die zufriedene Blondine.

»Bönle, halten Sie einfach Ihren Mund. Wenn ich etwas von Ihnen will, dann melde ich mich bei Ihnen.«

»Ich würde aber gern ...«

»Sie würden gar nichts gern, haben Sie mich verstanden!«

»Aber Tobi braucht ...«

»Halten Sie einfach Ihren Mund. Ich könnte jetzt jeden brauchen, sogar den Geist von Roy Black, nur nicht Sie!«

»Darf ich mit, wenn ich ein Geständnis ablege?«

Ich streckte ihr meine beiden Hände entgegen und rief zu einem ihrer eifrigen Kollegen:

»Handschellen!«

Nachdem die Beamten und die übrigen Anwesenden das Jagdzimmer verlassen hatten, tat die unberechenbare Schöne etwas, was mir völlig unverständlich vorkam und meine zukünftige Verlobte Cäcilia und ebenso ihre Mutter – die als Wirtin ja so einiges gewohnt war – als Zeuginnen des schier unglaublichen Geschehens aufs Peinlichste berührte. Sie kam ganz nahe zu mir her, zog mich zweimal kräftig mit Daumen und Zeigefinger an der rechten Wange, so dass ein schlabberndes Geräusch entstand. Sie gab mir einen feuchten Kuss auf die Wange und sang:

»Schlaf, mein Bönle, schlafe ein
Die Nacht, die schaut zum Fenster rein
Der runde Mond der hat dich gerne
Und es leuchten dir die Sterne
Schlaf, mein Bönlein, träume süß
bald bist du im Paradies
Denn gleich öffnet sich die Tür
und ein Monster kommt zu dir
mit seinen elf Augen schaut es dich an
und schleicht sich an dein Bettchen ran
du liegst still da, bewegst dich nicht
das Monster zerkratzt dir dein Gesicht
Seine Finger sind lang und dünn
wehr dich nicht, 's hat keinen Sinn
und es kichert wie verrückt
als es deinen Hals zudrückt
du schreist, doch du bist allein zu Haus
das Monster sticht dir die Augen aus.

Bönle, wissen Sie, was Ihnen fehlt? Ein Papa, der Ihnen mal so richtig den Hintern versohlt, und eine Mama, die Sie in den Schlaf singt.«

Ich staunte, sie kannte Die Ärzte, das Schlaflied und hatte es auch noch vollbracht, mich mit einer personalisierten Interpretation zu ehren und zu beglücken. Eine tolle Frau!

»Respekt, Frau Kommissarin, das war gut, Respekt!«, rief ich der blonden Poetin von edlem Wuchs zu.

»Ich sehe Sie morgen. Ich rufe noch an, Sie kommen mit Ihrer Freundin aufs Revier. Ich sage Ihnen,

Ihr schlimmster Albtraum ist ein Feuchttraum im Vergleich zu dem, was Sie auf dem Revier erwartet. Ich werde, wo es geht, rechtliche Schritte gegen Sie einleiten.«

»Einleiten. Hmm, wenn ich Sergej richtig verstanden habe, wollte er Tobi gestern töten. Denken Sie nicht, dass es ganz gut war, dass er nicht zuhause war? Und ansonsten, ich weiß nicht, was gegen mich sonst noch vorliegt.«

»Mag sein, Bönle, wir haben, so wie es aussieht, die Täterin. Sie halten sich aber gefälligst aus allem raus! Arbeiten Sie lieber mit den Schülern in Ihrem Religionsunterricht die Traumata auf, die hier entstanden sind!«

Geübt drehte sie sich auf ihren Highheels und stolzierte aus der Jagdstube. Der Keiler an der Wand sabberte. Ich freute mich, dass Frauen hinten keine Augen haben und betrachtete zufrieden und ausgiebig die Kehrseite der Medaille. Ich bekam einen trockenen Mund. Cäci giftete mich an:

»Musst du eigentlich jeder auf den Arsch schauen?«

Das Nebenzimmer war plötzlich leer. Die MIKE-BOSSler waren mit ihrem Helden Butzi gegangen. Sie brachten ihm fürs Verhör trockene Klamotten auf die Wache – zu dritt. Ich summte meine Melodie und mein Gehirn sang den Text automatisch mit, um Distanz zum Geschehenen zu bekommen: Schöööön ist es auf der Welt zu sein …

»Was summst du denn da die ganze Zeit? Nichts sagen, ich habs, das ist, von dem, von dem Toten.

Die Kommissarin hat doch vorher das mit dem Geist gesagt, dass sie jeden brauchen könnte, sogar ... Roy Black. Das ist von Roy Black! Schön ist es auf der Welt zu sein. Ich habe gar nicht gewusst, dass du auf so infantile Musik stehst.«

Das Nebenzimmer mit dem erstaunten Keiler gehörte nun Cäci und mir.

»Begreifst du das? Da taucht mir nichts dir nichts eine Schwester von Tobi auf, von der wohl nur die Mutter wusste, und gesteht die Morde.«

Ich hatte immer noch das Liedchen im Kopf. Die Melodie wurde aber zunehmend rockiger und blieb trotzdem sanft. Sie ging in Don McLeans American Pie über und schwang deutlich in meinem Kopf. Von dort strömte sie aus meinem Mund in Cäcis Ohr:

»And the three men I admire most
The Father, Son and Holy Ghost
They caught the last train for the coast.«

»Was singst du da, father, son and holy ghost?«

»Nichts.«

»Vater, Sohn, heiliger Geist. Das erinnert mich an das Bild aus den Leichenteilen an Fränkels Scheune. Das muss doch irgendeine Bedeutung haben. Lass uns die Bilder noch mal anschauen. Vielleicht ist uns was entgangen. Die Ann-Kathrin gesteht diese Morde, mich interessiert aber das Motiv. Vielleicht finden wir etwas auf den Bildern.«

Cäci war voller Tatendrang und ich wollte nichts anderes als meine wohlverdiente Ruhe.

»Mir brennen die Augen!«, nörgelte ich.

»Ja, ist ja schon gut, nur noch ein Durchgang.«

»Stopp hier, vergrößere mal das Eck links oben heraus!«

Das Bild zeigte in einer Weitwinkelaufnahme den Fränkel-Hof mit der Gesindekammer.

»Hier, das Fenster, der Vorhang, vergrößere das mal!«

Ich bewegte den zur Minilupe mutierten Mauszeiger zum linken Bildrand. Schlagartig war auch mein Interesse geweckt. Beim Zoomen des Fensters der Gesindekammer konnte man neben dem zurückgeschobenen Vorhang hinter der Scheibe undeutlich so etwas wie ein Gesicht erkennen.

»Meinst du, das ist die Ann-Kathrin, und sie hat die ganze Zeit den Hof beobachtet?«

»Möglich, aber warum hat sie das getan? Das Risiko entdeckt zu werden ist doch viel zu groß. Wenn ich zwei Leute umgebracht hätte, wäre ich schon längst wieder verschwunden.«

»Lass uns die anderen Bilder noch einmal durchschauen.«

Wir durchblätterten all die Aufnahmen, die ich vom Fränkel-Hof geschossen hatte.

»Stopp, hier am Rand, der Korb, da sind doch Pilze drin.«

Am Rande eines Bildes erkannte man unscharf einen Korb mit einer Hand.

»Aber man kann nicht erkennen, wer den Korb trägt. Es muss aber eine Frau sein. Am Rand sieht man noch den Rest der Kittelschürze. Vergrößere mal! Das gibts doch nicht! Das ist doch die Kittelschürze von …«

Cäci schaute mich an, ich nickte nur, beide hatten wir den gleichen Gedanken.

»Vielleicht nimmt sie die Pilze nur zum Säubern, aber gesucht hat sie jemand anderer?«

»Das glaube ich nicht, schau dir die Schuhe an. Die trägt man im Wald, auf dem Hof trägt man Gummistiefel.«

»Ich habe gedacht, Tobi sei für die Pilze verantwortlich?«

»Hmm, könnte es nicht sein, dass sie …?«

Cäci schaute mich an, wieder las sie aus meinen Augen und nickte:

»Na klar, so kann es gewesen sein!«

Beide sprangen wir auf.

»Komm schnell. Wir besuchen heute noch das Revier, mal sehen, was die beiden Chefermittler von unserer Theorie halten.«

In diesem Augenblick klingelte das Telefon, es war Frieda:

»Du, Dani, mir ist da was eingefallen, wegen dem Schädel, weißt du, dem Asiatenschädel aus dem Ried. War nicht mal beim Fränkel eine, als er noch die Metzgerei hatte? Da war doch mal ganz kurz eine, so eine Dürre, mit langen dunklen Haaren.«

Auch das passte zu unserer Theorie.

51 LIPPENBEKENNTNISSE

Das Buch der Sprichwörter
8:6 Hört her! Aufrichtig rede ich. Redlich ist, was meine Lippen reden.
8:7 Die Wahrheit spricht meine Zunge, Unrechtes ist meinen Lippen ein Greuel.
8:8 Alle meine Worte sind recht, keines von ihnen ist hinterhältig und falsch.
8:9 Für den Verständigen sind sie alle klar und richtig für den, der Erkenntnis fand.
8:10 Nehmt lieber Bildung an als Silber, lieber Verständnis als erlesenes Gold!
8:11 Ja, Weisheit übertrifft die Perlen an Wert, keine kostbaren Steine kommen ihr gleich.
8:12 Ich, die Weisheit, verweile bei der Klugheit, ich entdecke Erkenntnis und guten Rat.

Eigentlich war es ja gar nicht meine Idee, aber ich hatte mich an die Worte erinnert: Halten Sie sich gefälligst aus allem raus. Arbeiten Sie lieber mit den Schülern in Ihrem Religionsunterricht die Traumata auf, die hier entstanden sind!

Jawohl, das ist moderner, problemorientierter Unterricht. Nach all den Ereignissen freute ich mich richtig darauf, meine Kollegen und meinen Chef wiederzusehen, aber ganz besonders freute ich mich, 23 traumatisierte Schüler therapieren zu können. An den

Ratschlag der blondgewellten Kommissarin hatte ich mich dankbar erinnert, als ich vor der schwierigsten aller Lehrerfragen stand: Was könnte ich denn unterrichten?

Am Montag, dem 3. November, hatte ich in der PLK Zwiefalten, der Psychiatrischen Landesklinik angerufen, die sich mittlerweile ZfP nennt. Ich erklärte Herrn von Abwinkel-Krausermann, dem Arzt mit psychiatrischer Facharztausbildung, mein Anliegen. Nach kurzem Zögern und unter dem Vorbehalt, dass seine Patientin ebenfalls für dieses spannende Experiment schon bereit sei, stimmte er meinem Plan zu.

Ann-Kathrin hatte sich direkt nach den Ereignissen in das Zentrum für Psychiatrie in Zwiefalten einweisen lassen. Nun erklärte sie sich bereit, als Opfer und Mittäterin den Schülern Rede und Antwort zu stehen. Mein geliebter Rektor Saitling war ebenfalls von der Idee angetan, lebensnah, praxis- und problemorientiert, empathisch und beziehungszentriert, handlungs- und berufsbezogen zu unterrichten. Er hatte mir sogar auf die Schulter geklopft, als ich meinen Vorschlag vorstellte, und gemeint, dass ich nun auf dem richtigen Weg sei. Wenn ich mir vielleicht noch in Sachen Schuhmode von der Frau Parelli, die die Friseurinnen unterrichtet und in allen Modefragen die Koryphäe war eine kleine Anregung holen könnte …

Auf jeden Fall war nun Donnerstag und es hatte tatsächlich geklappt. Ich hatte die Fotografen-Stunde in eine Doppelstunde umgemodelt. Kollege Berzel war überglücklich, mir seine fünfte Stunde abzugeben, so könne er bei Aldi noch die Elektromotorsäge für seine Frau holen. Ich kannte seine Frau nicht.

Ann-Kathrin saß da, wo ich sonst meine Füße auf das Pult legte, neben ihr saß Herr Doktor von Abwinkel-Krausermann. Es war ihm wichtig, mit dabei zu sein, für den Fall, dass übermächtige Erinnerungen, die quasi verdrängt und verschüttet im Unbewussten schlummerten, durch ungeschickte Fragen der Schüler wieder an das Licht des Bewusstseins drängten und dann das Über-Ich eventuell ein spontanes Problemchen bekäme. Er war für diese Doppelstunde eine fleischgewordene Seelennotbremse.

Nervös zuckend hatte sich Doktor von Abwinkel-Krausermann den 23 Schülern in einer zehnminütigen Powerpoint-Präsentation vorgestellt. Geschickt versteckte er sich dazu hinter dem Schutz bietenden Pult. Den Blickkontakt mit den Schülern vermied er tunlichst. Die Schüler wussten nun, dass er 56 Jahre alt, zweimal geschieden und kinderlos war. Seine Hobbys: Golf, Tauchen und Oldtimer. Sein größtes Problem: Aufgrund einer traurigen Erfahrung in seiner Kindheit hatte er Schwierigkeiten, anderen Menschen in die Augen zu schauen. Herr von Abwinkel-Krausermann war ein sehr offener Psychiater.

Endlich überließ er Ann-Kathrin Fränkel die Arena.

Freundlich blickte sie in die Runde und forderte die Schüler auf:

»Vorstellen muss ich mich in dieser Runde nicht. Wenn ihr Fragen habt, stellt sie bitte, ich werde versuchen, alles wahrheitsgemäß zu beantworten. Wenn ich eine Frage nicht beantworten kann oder will, denke ich einfach, dass ihr Verständnis dafür habt. Ich habe mich jetzt nicht mit einem Referat vorbereitet, ich möchte, dass Fragen und Antworten spontan kommen. Also, ihr seid jetzt an der Reihe!«

Ann-Kathrin lehnte sich entspannt im Stuhl zurück und lächelte in die Runde. Die Ähnlichkeit mit ihrem Bruder war augenfällig, die ruhigen dunklen Augen, das schwarze glänzende Haar, die feinen und ebenmäßigen Gesichtszüge. Sie öffnete die Hände auffordernd zur Klasse hin. Niemand traute sich, außer Alisa:

»Frau Fränkel, stimmt es, dass Sie das Riedweible sind, ähh, waren?«

Ann-Kathrin Fränkel lachte:

»Nein und ja. Für die, die mich im Ried gesehen haben, da gehört ja euer Lehrer auch dazu, war ich das Riedweible. Ich muss mich korrigieren, für euren Lehrer und seine Partnerin war ich wahrscheinlich noch nicht das Riedweib. Die Leute haben dann halt aus dem, was sie sich nicht erklären konnten, eben das Riedweible gemacht. Ich war es also nicht, ich wurde dazu gemacht.«

Ein anderer Arm schnellte schnipsend in die Höhe:

»Wo haben Sie dann immer gewohnt?«

»Gute und wichtige Frage. Das ist so: Wenn man wie ich über längere Zeit obdachlos ist, findet man immer irgendwelche Winkel zum Unterschlupfen. In der Stadt hat man auch Kontaktadressen und, wenn's nicht anders geht, Caritas, Bahnhofsmission und so. Also, man kommt immer irgendwie unter. Problematischer ist es auf dem Land, da fallen Fremde in einem kleinen Dorf sofort auf. Die Leute sind neugierig und misstrauisch, sie wollen wissen, wer sich da rumtreibt. Deshalb muss man hier sehr vorsichtig sein. Übernachten, vor allem in der kalten Jahreszeit, wird zum Problem. Das Allerwichtigste ist ein guter Schlafsack und dann muss man eben suchen. In den Wäldern gibt es die Holzarbeiterhütten, am Rande der Dörfer Scheunen oder Reitställe. Man findet immer etwas, man braucht aber das Gespür, nicht entdeckt zu werden. Ihr glaubt gar nicht, wie gut ein Förster sein Revier kennt.«

Der psychiatrische Arzt, Herr Doktor von Abwinkel-Krausermann lauschte, andächtig neben Ann-Kathrin sitzend, ihrer Erzählung, nickend ermunterte er sie, ihre Geschichte weiter zu erzählen. Wieder meldete sich Alisa:

»Es wurde herumerzählt, dass Sie vom Fränkel-Hof verstoßen wurden. Aber der Tobi hat gesagt, keiner wusste von Ihnen. Doch irgendjemand muss ja von Ihnen gewusst haben, man kommt ja nicht völlig unbemerkt auf die Welt.«

Ann-Kathrin konzentrierte sich und schaute lange in die Klasse, bevor sie anfing zu reden:

»Ja, jetzt kommen wir zum Kern der Sache. Warum war ich überhaupt im Ried, warum habe ich den Hof meiner Eltern beobachtet? Da muss ich weit zurückgreifen. Als meine Mutter meinen Vater kennenlernte, wurde sie schnell schwanger – mit mir. Meine Mutter hat mir erzählt, dass das meinem Vater alles zu schnell ging. Vor allem hatte er Angst, ein Mädchen zu bekommen, und er bestand auf eine Untersuchung, die damals ganz neu, aber auch riskant war. Pränatale Diagnostik, er verlangte von meiner Mutter eine Fruchtwasseruntersuchung, um das Geschlecht bestimmen zu können. Eine Ultraschalluntersuchung reichte ihm nicht aus. Obwohl damals das Risiko einer Fehlgeburt durch diese Art der Untersuchung noch deutlich höher war als heute, bestand mein Vater darauf. Und es kam, wie es kommen musste. Ein Mädchen, ein Ripp!«

Wieder ging eine Hand hoch:

»Warum wollte Tobis Vater kein Mädchen?«

»Ich vermute, das hängt mit alten Denkstrukturen zusammen: das erste Kind ein Junge, der männliche Erbe, der den Hof mal übernehmen kann. Männer können zupacken. Frauen müssen verheiratet werden und kosten Geld. Die hauen dann eh wieder vom Hof ab.«

»Ja, aber heute ist es doch nicht mehr so«, meldete sich ein Zwischenrufer.

»Es ist nicht mehr so, aber in manchen Köpfen ist das immer noch drin, und mein Vater ist eben so einer. Und er verlangte von meiner Mutter, mich abtreiben zu lassen. Sie sollte nach Holland, er hatte eine Adresse herausgesucht. Meine Mutter konnte das aber nicht, sie ging von meinem Vater weg zu ihrer Mutter ins Bärental. Sie hat sich geweigert, den Namen des Vaters preiszugeben, auch nicht bei den Behörden. Meine Oma hat hinter der ganzen Geschichte einen

Liebhaber vermutet, der sich aus dem Staub gemacht hat. Bei ihr kam ich dann zur Welt und sie hat mich dann auch aufgezogen.«

»Warum ist die Frau Fränkel, ich meine Ihre Mutter, wieder zu ihrem Mann zurückgegangen?«

»Was sollte sie machen, sie konnte nicht für immer bei ihrer Mutter, also meiner Oma bleiben. Es war einfach nicht genug Geld da. Die Oma hatte mich dann quasi adoptiert und mein Vater hat nie etwas davon erfahren, dass er eine Tochter hat. Die Mutter ist zurück auf den Hof und hat gesagt, sie hätte das Kind bei der Geburt verloren. Mein Vater empfing sie wieder mit offenen Armen, da er jemanden brauchte, der tüchtig in der Metzgerei war und die Arbeiten auf dem Hof ebenfalls ohne Murren erledigte. Und Arbeiten und den Mund halten, das konnte sie früher.«

Eine übereifrige Hand schnellte nach oben:

»Sind Sie dann ganz allein aufgewachsen, ohne Vater und Mutter?«

»Ich hatte doch meine Oma. Sie hat sich rührend um mich gekümmert und meine Mutter hat mich immer wieder mal besucht. Ich kann mich vor allem an die Zeiten erinnern, es muss mit vier, fünf Jahren gewesen sein, da kam sie einmal im Monat. Sie saß dann die ganze Zeit bei mir. Wir spielten Schwarzer Peter oder sie zeichnete mit mir.«

Im Klassenzimmer kehrte Stille ein, niemand hatte eine Frage parat. Und Ann-Kathrin hatte den Blick weit in die Ferne gerichtet – in ihre Kindheit.

Vicky war die Stille unerträglich, sie meldete sich:

»Sie haben gerade vom Zeichnen gesprochen. An dem Scheunentor von den Fränkels war doch auch so eine Art Zeichnung, ääh, vielmehr ein Objekt.«

Ann-Kathrin sammelte sich, sie überlegte, wie sie es der Klasse erklären konnte.

»Da muss ich genau dahin, wo ich gerade aufgehört habe: in meine Kindheit. Die Mutter hat viel mit mir gemalt, sie hat auf ihren Besuchen immer Stifte und Hefte mitgebracht. Und eine Zeit lang hat sie mit mir versucht, Gott zu malen, wie er mich beschützt. Ich hatte damals wohl Ängste, vermutlich Verlassensängste, und meine Mutter wollte mir zeigen, wie Gott sie und mich beschützt. In der Zeit haben wir immer wieder diese Bilder gemalt ...«

Ann-Kathrin stand auf und kramte aus ihrer Handtasche ein völlig zerknittertes, verblasstes Bild.

»Hat jemand Tesa?«

Ich sprang auf und wurstelte aus meinem Rucksack einen runden Haftmagneten. Ann-Kathrin befestigte das Blatt mit der kindlichen Zeichnung an der hellen, kleinen Präsentationstafel.

»Von hinten könnt ihr das nicht sehen. Ich zeichne deshalb das Bild mit Kreide groß nach.«

Mit einfachen Strichen zeichnete Ann-Kathrin in den oberen Bereich der klassischen, dunkelgrünen Schul-Tafel ein Dreieck, in das Dreieck ein Auge und an die Ecken jeweils einen Mund, eine Nase und ein Ohr. Darunter skizzierte sie zwei Strichmännchen und beschriftete sie mit ›Mama‹ und ›Ich‹.

»Als ich die Ängste hatte, erklärte mir meine Mutter, sie wäre immer bei mir, auch wenn ich sie nicht sehen würde. Und genau so würde das auch Gott im Himmel machen. Er würde immer auf mich heruntersehen und mit all seinen Sinnen bei mir sein. Er würde, wie gesagt, alles sehen, alles hören, alles wissen und, meine Mutter hatte dann lachend dazu gesagt, und auch alles riechen. Ich nahm das damals sehr ernst.«

»Dann waren Sie das mit dem Zeichen, dem Objekt am Scheunentor?«

»Ja.«

Betroffenes Schweigen kroch durch das Klassenzimmer. Herr Doktor von Abwinkel-Krausermann schaute besorgt zu seiner Patientin.

»Ich bin in Ordnung. Ich habe das ja auch schon bei der Polizei ausgesagt.«

Eine brummelnde Jungenstimme fragte:

»Warum haben Sie dann kein Auge genommen, ääh, die Lippen und so waren ja auch von …, ääh, halt echt?«

»Das hört sich vielleicht komisch an, aber das konnte ich nicht. Es ist etwas anderes, ein Ohr abzuschneiden als ein Auge aus einem toten Menschen herauszuschneiden. Es schaut einen an. Man sagt ja auch: Augen sind der Spiegel zur Seele.«

»Wenn Ihre Mutter immer mit Ihnen gezeichnet hat, warum haben Sie dann nicht bloß eine Zeichnung gemacht? Man muss doch nicht an einem Menschen, auch wenn er tot ist, etwas abschneiden?«

»Ich wollte, dass man wusste, dass ich Bescheid weiß. Ein Bild allein hätte da nicht gereicht. Die Leichenteile waren der Beweis.«

»Warum haben Sie das überhaupt ans Scheunentor gemacht?«

Ann-Kathrin lächelte kurz und schaute zum Fenster hinaus:

»Das ist ganz einfach, es sollte eine Warnung sein.«

»Eine Warnung? An wen?«

»An die Täterin – meine Mutter!«

Im Klassenzimmer hämmerte die Stille im synchronen Herzschlagrhythmus der Schüler.

»Ja, ich wusste, dass meine Mutter für die beiden Morde verantwortlich war.«

»Woher wussten Sie das?«

»Da muss ich wieder weit zurück. Es gab eine Phase, da wollte ich wissen, wer ich bin, ich war auf der Suche nach mir selbst. Ich war 16 oder 17. Ich wollte auch wissen, warum mich meine Mutter nicht mehr besuchte. Mich interessierte vor allem, wie mein Vater aussah und wie er als Mensch war. Ich nahm eine Stelle an im Restaurant auf dem Höchsten, in der Küche. Von hier aus konnte ich mit wenig Aufwand das Treiben auf dem Hof meiner Eltern beobachten. Da sah ich irgendwann auch zum ersten Mal meinen kleinen Bruder.«

Liebevoll lächelte Ann-Kathrin zu Tobi, der betont lässig mit weit ausgestreckten Beinen in seinem Stuhl hing. Sein bleiches Gesicht wurde von einer kurzweiligen Hagebuttenröte überzogen. Er räusperte sich und setzte sich aufrecht hin.

»Ich wollte also wissen, wer ich bin, ich habe nach meinen Wurzeln gesucht. Abends bin ich oft stundenlang um den Hof geschlichen und habe meine Familie beobachtet. Meinen Vater fand ich zuerst gar nicht so schlimm, bis es passierte. Ja. wie soll ich das erklären? Auf jeden Fall war da diese hübsche, kleine Asiatin, eine Vietnamesin. Vater hatte sie als Verkäuferin eingestellt … nicht nur als Verkäuferin. Ich musste aus meinen Verstecken heraus mit ansehen, wie er mit seinen Weibergeschichten meine Mutter demütigte. Die hatte nämlich alles mitbekommen, was da mit der Asiatin lief.«

Vicky meldete sich bedächtig, klimperte mit ihren überlangen Wimpern und fragte mit rauchiger Stimme:

»Warum hat dann Ihre Mutter diese Schlitzbüchs nicht rausgeschmissen?«

Ich fuhr auf:

»Bitte Vicky, keine Ausdrücke!«

»Sorry, Herr Bönle, ich meinte, äääh, die Schlampe!«

Ann-Kathrin nickte mit ernstem Gesicht:

»Das ist eben das Problem, wenn sich eine Frau nie emanzipiert hat. Sie war meinem Vater hörig und außer Metzgern und Haushalt konnte sie ja nichts. Was sollte sie tun? Dann hat sie eines Abends doch gehandelt. Es war auch im Herbst, ich hatte sie beobachtet und mich noch gewundert, warum sie die kleine Asiatin zum Mittagessen eingeladen hatte. Denn mein Vater war mit der Oma und dem kleinen Tobi weg. Die kleine Asiatin hat das Essen nicht überlebt. Meine Mutter hat die Leiche dann mit dem Traktor ins Ried gefahren … und ihr eine Rippe herausgeschnitten. Ich bin dann geflohen. Ich konnte das alles nicht einordnen. Dann war ich eine längere Zeit am Bodensee, bin herumgetingelt, mal hier, mal dort gekellnert, Ravensburg, Sigmaringen, Riedlingen, Saulgau. Immer in der Nähe, um meine Mutter und den Rest der Familie beobachten zu können. Interessant wurde es wieder, als Tobi seine Freundin mitbrachte und wie er versuchte, vor seinen Eltern zu verheimlichen, dass es seine Freundin ist. Da wurde es wirklich spannend, das war für mich wie der Einblick in ein Aquarium. Weil ich ohne Arbeit war, zog ich in die Gesindekammer auf dem Hof meiner Eltern ein. In der Höhle des Löwen ist man am sichersten.«

Ann-Kathrins triumphierender Blick durchwanderte die Klasse. Die Schüler waren in dieser fünften Stunde frischer und interessierter als in jeder anderen. Die Köpfe leuchteten, die Münder waren leicht geöffnet und Augen und Ohren sogen den Fluss der spannenden Erzählung auf. Ann-Kathrin nahm einen Schluck aus einer Kunststoffmineralwasserflasche und fuhr fort.

»Irgendwie hatte ich geahnt, dass etwas passieren würde, aber doch nicht noch einmal so etwas. Mein Vater, das Schwein, war natürlich auch sofort hinter der Alexandra her, die wusste sich kaum zu wehren. Meine Mutter hatte nicht begriffen, dass Alexandra gar nichts von meinem Vater wollte, sondern ein Opfer seiner Geilheit war. Sie dachte in ihrem Wahn, Alexandra würde sich an ihn heranmachen. Dann hat sie wohl auch wieder Pilze gekocht, um sie zu vergiften. Zu diesem Zeitpunkt war ich nicht am Hof, ich war in Sigmaringen, Besorgungen machen. Nur am Verhalten meiner Mutter merkte ich, dass etwas nicht stimmte. Und als ich ihr ins Ried folgte, wusste ich, dass mich mein Gefühl nicht getäuscht hatte. Ich sah die Leiche da liegen, mit dieser tiefen Wunde in der Seite. Es war schrecklich. Vermutlich hatte sie wieder eine Rippe herausgeschnitten. Es war das gleiche Muster.«

Ann-Kathrin sammelte sich kurz und erzählte weiter:

»Ich habe mir solche Vorwürfe gemacht. Wenn ich da gewesen wäre, hätte ich es verhindern können.«

Ann-Kathrin schwieg. Langsam hob sich eine Hand.

»Wie war dann das mit der Frau Knaus?«

»Ja, das war der Freitag. Das war euer letzter Schultag, ihr ward im Ried bei Alexandras Kreuz. Ich habe euch gesehen und bin dann geflüchtet, nach Wilhelmsdorf. Ich hatte jemanden aus der Suchtklinik kennengelernt, bei dem ich übernachten konnte. Und so bekam ich an dem Tag nicht mit, was bei Fränkels geschah. Die Kommissarin meinte, meine Mutter hätte vermutet, es ginge mit der Untreue weiter. Weil nun die hübsche Lehrerin Eier und Pilze vom Hof holte, dachte sie, er hätte was mit ihr oder würde etwas mit ihr anfangen. Meine Mutter ist krank, die hat wie unter Zwang gehandelt …«

»Warum hat sie die Frau Knaus nicht umgebracht?«

»Das hat mir meine Mutter noch auf der Fahrt ins Präsidium erzählt. Die wollte wohl nachschauen, ob sie bei der Entführung der Lehrerin Spuren hinterlassen hat. Dabei hat sie wohl einen Brief entdeckt. Den Brief hatte die Lehrerin an ihren Ex-Freund verfasst und darin hatte sie sich anscheinend auch über meinen Vater beklagt, der sie wohl angemacht hatte. Sie hatte sich so deutlich über das Verhalten meines Vaters beschwert, dass selbst meiner krankhaft eifersüchtigen Mutter klar war, dass die Lehrerin kein Interesse an ihrem Mann hatte. Da hat sie ihre Tat nicht vollendet und Frau Knaus im Gefängnis liegen lassen. Sie hatte mir auch noch erzählt, dass dort auch noch die anderen Knochen vom ersten Opfer liegen müssten.«

»Warum war der Schädel an einem anderen Ort?«

»Tiere, Füchse, Hunde, Krähen, was weiß ich, die schleppen das fort.«

»Wie war das mit dem Hasen, äh Kaninchen und dem Kreuz mit dem Unterhemd und den Schriftzeichen?«

»Da müsstet ihr eigentlich meine Mutter fragen. Ich erkläre mir das so, sie konnte nicht ertragen, dass Alexandra als Tote mehr Beachtung bekam als sie. Sie wusste ja von Tobi, dass ihr das Kreuz besucht. Meine Mutter hat dann einen Hasen vom Hof getötet …«

»Warum gerade ein Kaninchen, sie hätte doch auch irgendeine Farbe nehmen können?«

»Ja, oder einen Lippenstift«, ergänzte Vicky.

Ann-Kathrin überlegte kurz und antwortete:

»Das könnte euch vielleicht Herr Bönle besser erklären. Der Hase ist ja ein Fruchtbarkeitssymbol.

Wir kennen ihn ja auch als Osterhasen und Ostern ist das Fest der Auferstehung. Vielleicht wollte sie so die Schuld von sich weglenken, sich ent-schuldigen, ihr sollte ja die Frucht, das Kind, genommen werden. Und trotzdem vielleicht die Hoffnung für Alexandra, dass sie auferstehen wird. Andererseits hat meine Mutter sie ja für schuldig empfunden. Sie hat ja nicht meinen Vater getötet, der es eher verdient hätte, sondern die Alexandra, weil sie sie für eine Verführerin hielt. Meine Mutter ist krank, sie ist krankhaft eifersüchtig.«

»Warum hat sie Ripp hingeschrieben?«

»Ripp, so wurde sie wohl selbst von ihm immer beschimpft.«

»Ja, aber warum hat sie ihren Opfern eine Rippe herausgeschnitten? Und wo sind die Rippen?«

»Ich denke, dass das Rippenherausschneiden eine Art Opferritual war ... vielleicht sogar eine Art Entschuldigung. Meine Mutter kennt natürlich die Bibelstelle, wo Gott aus der Rippe des Mannes die Frau schafft, das Ripp. Vermutlich wollte sie in diesem grausamen, rituellen Akt die Erschaffung der Frau aus einer männlichen Rippe wieder rückgängig machen. Eine Frau darf nicht nur ein Restprodukt des Mannes sein. Wir Frauen sind mehr als das, was uns Jahrhunderte lang die Kirche lehren wollte, nämlich dem Mann untergeordnet, da wir aus dem überflüssigen Teil eines Mannes geschaffen wurden. Und als Metzgersfrau wusste sie natürlich um den Wert der Rippen, die früher sogar verschenkt wurden. Da ist ja kaum Fleisch drauf. Und wo die Rippen der Opfer geblieben sind, das weiß ich nicht. Ich möchte es auch nicht wissen.«

»Und das Unterhemd, warum hat sie das mitgenommen und an das Kreuz gehängt. Das passt doch alles gar nicht zusammen.«

»Meine Mutter handelte nicht rational. Sie wollte Alexandra nicht entblößen… vielleicht wollte sie das nicht sehen, was meinen Vater so aufgegeilt hat. Deshalb hat sie die Rippe durch das Unterhemd entnommen… als Metzgersfrau war das für sie kein Problem. Warum sie das Unterhemd dann doch mitgenommen hat, ich weiß es nicht. Vielleicht als Trophäe, und als die Holds dann das Kreuz für Alexandra aufstellen …«

Ann-Kathrins Stimme erstickte. Sie senkte kurz den Kopf, räusperte sich und fuhr mit leiser Stimme fort:

»Es kann sein, dass das Weiß des Hemdes als Farbe der Unschuld sie dazu bewegt hat. Vielleicht wollte sie irgendeine Art von Abbitte leisten, indem sie das Hemd dann an das Kreuz hängte. Das Kreuz ist ein Auferstehungssymbol, vielleicht wollte sie so etwas ihrer Schuld rückgängig machen. Ich weiß es einfach nicht. Das sollen Psychiater klären.«

»Was geschieht nun mit Ihrer Mutter?«

»Ich denke, die Chancen stehen gut, dass sie in die forensische Psychiatrie eingewiesen wird, Experten können ihr vielleicht helfen, das zu verstehen, was sie anderen angetan hat.«

Von Abwinkel-Krausermann nickte zustimmend und ernst, er fragte unsicher:

»Gibt es sonst noch Fragen, die meine Patientin beantworten könnte?«

»Wie war das mit dem Sergej? Haben Sie den wirklich halb totgeschlagen, als er auf Tobi geschossen hat?«

Ann-Kathrin musste laut lachen. Sie warf ihren Kopf weit ins Genick und sagte:

»Das war so. Schon am Vortag hatte ich bemerkt, dass da jemand den Hof meiner Eltern beobachtete. Ich hatte natürlich keine Ahnung, wer das war. Hätte ich geahnt, dass er Tobi erschießen will, hätte ich die Polizei eingeschaltet. Am nächsten Tag bin ich ihm einfach gefolgt. Zuerst war er auf Bönles Grundstück, dann ging er zur Gastwirtschaft. Ich dachte mir schon, dass er etwas von Tobi wollte, aber das ... Auf jeden Fall, als er plötzlich die Waffe zog, war mir alles klar. Ich sprang auf ihn zu und schlug ihm mit einem Prügel gegen den Arm. Wenn Tobi nicht hätte niesen müssen und ich Sergej nicht getroffen hätte ...«

Mit wässrigen Augen blickte sie zu ihrem Bruder.

»Ich habe dann noch ein paar Mal auf ihn eingedroschen. Dann ist er abgehauen – und ich auch. Weitere Fragen?«

»Frau Fränkel, warum haben Sie Ihre Mutter nicht schon beim ersten Mal angezeigt? Jetzt sind zwei Menschen tot.«

»Ich konnte es nicht, ich hatte ein völlig verklärtes Bild von meiner Mutter. Das könnt ihr nicht verstehen, sie war immer noch die Mutter meiner Kindheit. Ich hatte sie einmal verloren, vielleicht wollte ich sie nicht auf diese Art, als Mörderin, noch einmal verlieren. Es gab für mich nichts Schöneres, als sie zu beobachten. Sie war, äääh ist meine Mutter, und sie wird es immer bleiben. Hätte mein Vater, der geile Bock ... ach, lassen wir das. Man muss einfach verstehen, was sie durchgemacht hat. Sie hat mir erzählt, dass die Asiatin sie immerzu angegrinst und verhöhnt hätte. Und der Horst hat sie sogar mit ins Haus genommen. Das muss man sich mal überlegen! Überall, in der Metzgerei und im eigenen Haus, wurde meine Mutter mit der Geliebten ihres Mannes konfrontiert.«

Ann-Kathrin wirkte erstmals emotional aufgewühlt. Sie hatte rote Flecken auf der Stirn und ihre Stimme war laut geworden. Ihre Augen suchten jenseits des Fensters die Weite. Mit zittrigen Händen griff sie in ihre Tasche.

»Den Zettel hat sie mir mitgegeben und hat gesagt, das sei ihr Vermächtnis. Es ist ein Gedicht.«

Mit leiser, aber fester Stimme las Ann-Kathrin vor, was ihre Mutter in höchster Seelenpein verfasst hatte:

»Ripp hat mich ausgelacht
Ich seh, hör, rieche sie im Haus
Pilze hab ich angemacht
Pust das Lebenslicht ihr aus und schneid ihr eine Ripp heraus
RIP(P) steht am Kreuz mit blut'ger Schrift
Ich seh, hör, riech sie immer noch
Pilze wirken durch ihr Gift
Pein und Not leid ich all Tag, ich seh die Rippe immer doch
Requiescat
In
Pace
Puella.«

Die Stille im Klassenzimmer wurde durch das Schniefen Tobis unterbrochen. Alisa meldete sich:

»Was heißt Pulla?«

»Puella ... Requiescat in pace, puella. Das ist Lateinisch und bedeutet: Das Mädchen soll in Frieden ruhen. Puella heißt Mädchen.«

»Woher konnte Ihre Mutter Lateinisch?«

»Meine Mutter ist eine gebildete Frau, sie hat Abitur. Was glaubt ihr, warum sie unter all dem so gelitten hat? Bestimmt nicht, weil sie zu dumm zum Begreifen war. Eine kluge, hübsche Frau, die in einer Metzgerei auf dem Land dahinvegetiert. Den ganzen Tag Tiere zerschneiden und verwursten. Der Mann rennt jeder Schürze hinterher. Die harte Arbeit auf dem Hof ... Mädchen, schaut, dass ihr etwas aus euch macht! Was nützt euch eure Ausbildung, wenn ihr nachher mit drei Kindern am Herd versauert. Und schaut euch euren Zukünftigen genau an! Der schöne, starke Held eurer Jugend verwandelt sich sehr schnell in einen dickbäuchigen Sesselfurzer, der nach seinem Feierabendbier schreit.«

Die Mädchen aus der Klasse nickten trotzig mitfühlend. Ich wollte mich melden, einen Einwand bringen und die Einseitigkeit der Darstellung kritisieren, unterließ es aber in Anbetracht der Gesamtsituation.

»Haben Sie sich deshalb auch zuerst als Mörderin ausgegeben, weil Sie Mitleid mit Ihrer Mutter hatten? Das kann ich nämlich überhaupt nicht verstehen, dass Sie zwei Morde gestehen, die Sie nicht begangen haben. Da wandern Sie garantiert zuerst mal in den Knast, unter diesen Umständen sowieso: Denn wenn die Techniker in den Laboren mit der Genanalyse ein bisschen rumpfuschen und nicht präzise arbeiten, dann sehen die halt, dass wegen der Blutsverwandtschaft eine genetische Ähnlichkeit mit den gefundenen Spuren da ist. Und schon sitzen Sie lebenslänglich im Bau«, meldete sich fachmännisch Rolf.

»Ja, das hängt schon damit zusammen. Aber Auslöser war die einfache Tatsache, dass die Polizisten meinen Bruder in Handschellen abführen wollten, wie einen Schwerverbrecher. Und ich wusste ja, dass er unschuldig ist. Wir standen alle im Schankraum, ich direkt an der Scheibe. Wir konnten jedes Wort verstehen, was im Nebenzimmer geredet wurde. Da bin ich einfach ausgerastet und habe die Schuld auf mich genommen. Mir war schon klar, dass meine Mutter irgendwann auch gestanden hätte. Sie hätte Tobi nie unschuldig im Gefängnis gelassen. Aber ich denke … sie hatte noch etwas vor.«

Ann-Kathrins Blicke flogen wieder durch die Scheibe nach draußen, ohne jedoch das Draußen wahrzunehmen.

»Was?«

Im Klassenzimmer hörte man nur das Zischen und Ticken der Heizkörper. Alle warteten gespannt auf Ann-Kathrins Antwort.

»Ich habe mir in den letzten Tagen viele Gedanken gemacht. Ich kann mir vorstellen, dass sie versucht hätte, ihren Mann, meinen Vater, zu töten. Sie ist krank, sie sieht alles wie durch einen Tunnel. Sie sieht nicht mehr, was links und rechts abläuft, sie lebt in einer anderen Welt. Nachdem sie bemerkt hatte, dass sie eine Unschuldige, die Lehrerin, durch ihre

Pilze beinahe getötet hatte, war sie wohl völlig verwirrt. Vermutlich kam es von diesem Punkt an zu einer Wende: Sie hat ihren gesamten Hass nicht mehr auf die Frauen projiziert, sondern auf ihren Mann.«

»Warum hat sie dann die Lehrerin nicht freigelassen? Die wäre ja gestorben.«

»Das weiß ich nicht, ich kann lediglich Vermutungen anstellen. Sie wird es ganz einfach verdrängt haben. Es kann sogar sein, dass sie es versucht hat, als Frau Knaus ohnmächtig war, aber die Eisenstangen, die das Abdeckgitter hielten, waren ja kaum aus dem Boden zu bekommen. Das hat ja Herr Bönle kaum mit dem Traktor geschafft.«

»Wie hat sie dann die Haltestangen rein bekommen?«

»Das ist einfach in dem weichen Boden, mit einem Hammer oder etwas Ähnlichem.«

Anita, Vickys dralle Nebensitzerin, meldete sich, ohne den Arm zu heben, zu Wort:

»Warum sind Sie eigentlich in der Klapse? Sie wirken gar nicht voll gaga!«

Bevor Ann-Kathrin antworten konnte, intervenierte ich:

»Erstens, Anita, meldet man sich, wenn man etwas zu sagen hat. Und zweitens: Formuliere den Satz bitte mal in deutscher Sprache.«

Anita schaute mich bar jeglichen Begreifens an und maulte dann:

»Also, warum sind Sie in der Irrenanstalt? Ich finde, Sie sind gar nicht so behindi, so plemplem eben.«

Ann-Kathrin schaute zu ihrem betreuenden Arzt und nickte ihm auffordernd zu. Herr Doktor von Abwinkel-Krausermann versuchte, Anitas Frage zu beantworten:

»Da muss ich einen kleinen Exkurs vorschieben für ein paar wenige Basisinformationen, um den hermeneutischen Spielraum einzuengen. Forensische Psychiatrie ist nur partiell Psychiatrie, quasi Segment eines Totum und unterliegt in ihrem Kontext primär der Jurisprudenz in ihrer …«

Ann-Kathrin schritt sensibel ein und unterbrach den fremdwortgewaltigen Doktorbetitelten:

»Ich bringe es mal auf einen ganz kurzen Nenner: Für euch mache ich hier gerade einen normalen Eindruck.«

Bei dem Wort ›normal‹ beschrieb Ann-Kathrin zwei Anführungszeichen in der Luft und fuhr fort:

»Die Schatten des Erlebten kommen aber in der Nacht, in jeder Nacht. Ich kann schlecht schlafen und fürchterliche Albträume plagen mich. Ich weiß, dass ich diese Therapie brauche. Weitere Fragen?«

Vicky setzte sich aufrecht auf ihren Stuhl, schüttelte ihr langes Haar und fragte kokett:

»Sie haben vorhin gesagt, Sie hätten sich bei jemandem in Wilhelmsdorf versteckt, in der Klinik. War das ein Mann?«

»Das habe ich vorhin schon erwähnt. Nächste Frage!«

Alisas zartes Ärmchen ging in die Höhe:

»Frau Fränkel, bekommen Sie jetzt auch eine Strafe?«

»Ich habe seit gestern einen Rechtsanwalt, es kann sein.«

Eine Lautsprecherdurchsage unterbrach die ruhige Stimme Ann-Kathrins:

»Herr Bönle, bitte sofort ins Rektorat!«

»Entschuldigung. Vielen Dank, Frau Fränkel. Für den Fall, dass es länger geht, vielen Dank, Herr von Abwinkel-Krausermann.«

Ich gab beiden die Hand und verließ schleunigst, mich nochmals entschuldigend, nichts Gutes ahnend, das Klassenzimmer in Richtung Rektorat.

52 STAATSGEWITTER

Das Buch Jesaja
30:30 Der Herr lässt seine mächtige Stimme erschal-
len, und man sieht, wie sein Arm herabzuckt mit zor-
nigem Grollen und verzehrendem Feuer, mit Sturm,
Gewitter und Hagel.
30:31 Vor der Stimme des Herrn wird Assur erschre-
cken, wenn er zuschlägt mit seinem Stock,
30:32 jedesmal, wenn die Zuchtrute auf Assur herab-
saust, mit der der Herr auf es einschlägt. Unter dem

Klang von Pauken und Zithern und bei schwungvollem Reigentanz kämpft er gegen Assur.

Mein mächtiger Rektor sah wie immer gut aus. Die rote Fliege saß korrekt, das dunkle Haar seiner Halbglatze war mit viel Gel und einem feinzinkigen Kamm streng an den Schädel geklebt worden, sodass die schön parallel verlaufenden Furchen im diffusen Herbstgegenlicht glänzend zu erkennen waren. Sein dunkelblauer Anzug war von unaufdringlichem Chic, das weiße Hemd blendete. Mit einer grazilen und ebenso bestimmten Handbewegung seiner DIN A4 großen Rechten beförderte er mich auf den Klassenzimmerstuhl vor seinem mächtigen Schreibtisch. Einige Sekunden blickte er mir ins Gesicht, dann nahm er seinen Pelikan-Füllfederhalter und zielte damit auf meine Brust. Freundlich fragte er:

»Bönle, wissen Sie, warum ich Sie habe rufen lassen?«

»Nein, Herr Oberstudiendirektor.«

Sein sensibles Naturell bemerkte mein Unwohlsein und er gestattete seinem Gesicht eine unverbindliche Mimik.

»Keine Angst, Bönle, ich wollte nur mal wieder mit Ihnen reden. Und da Sie mit Ihren sechs Stunden sehr selten an unserer schönen Schule sind, wollte ich die Gelegenheit gleich beim Schopfe packen und mich mit Ihnen austauschen. Kommunikation ist das A und O eines gelingenden Verhältnisses zwischen Chef und Unterge …, aaah, Kollegen. Unsere letzten Gespräche waren ja nicht sonderlich, aah, erfreulich, wenn ich so sagen darf. Nun, Bönle …«

»Was nun?«

»Na ja, einige Erfolge habe ich schon in Ihrer Angelegenheit erzielen können. Das, was heute bei Ihnen im Unterricht abläuft, alle Achtung! Ganz schön mutig! Das zeigt mir, dass Sie, wenn Sie willens sind, doch etwas leisten können, was Schüler und Schulleitung gleichermaßen anspricht. Das ist moderne Pädagogik, das ist Info- und Edutainment, wie es dem modernen Geist unserer Schule entspricht. Machen Sie weiter so! Im pädagogischen Bereich, da haben Sie meine Ratschläge befolgt – und schon sehen Sie den Erfolg! Aaaaber im privaten Bereich, nun ja, da sind mir doch Beschwerden zu Ohren gekommen. Also als Lehrer, als ein Mann der Öffentlichkeit können Sie sich doch nicht in polizeiliche Ermittlungen einmischen! Auch wenn die Ergebnisse gut sind, das tut man doch nicht als Religionslehrer! Ich erwähne in diesem Kontext jetzt bewusst nicht, dass mir auch Beschwerden, Ihre Partnerschaft betreffend, vorliegen. Ein Religionslehrer, im besten Heiratsalter, der in wilder Ehe lebt! Weiß das Ihr Bischof? Aber wie gesagt, das möchte ich Ihnen gar nicht sagen. Vielmehr appelliere ich an Ihre Intelligenz. Seien Sie doch nicht so dumm und setzen sich der Kritik der Öffentlichkeit aus!«

Mittlerweile war Saitling aufgestanden und durchwanderte angemessenen Schrittes bedächtig sein gepflegtes, mit grauem Teppichboden gepflastertes Reich.

»Und, Bönle, wir hatten das ja schon vor den Ferien, ich meine, vor der unterrichtsfreien Zeit: Ihr Aukfit! Das geht so nicht!«

»Outfit!«

»Sage ich doch, Bönle. Ihr Aukfit ist immer noch, aah, mangelhaft. Ich gestehe ja einem Theologen dunkle Kleidung zu, aber um Himmels Willen doch nicht aus Leder und so eng. Das sieht ja aus, also das möchte ich gar nicht sagen, wie! Und von den Stiefeln sollten Sie sich definitiv trennen. Das schadet dem Renommee der Schule! Bönle, Sie glauben gar nicht, wie oft ich von honorigen Bürgern angesprochen werde: Unterrichtet der bei Ihnen? Ist der Kollege an Ihrer Schule? Was ist denn das für einer? Aus welchem Zirkus haben Sie den aufgegabelt? Unterrichtet der mit Revolver? Bönle, denken Sie auch ein bisschen an mich! Ich muss mir die Beschwerden anhören, das ist auch demütigend für mich und für unsere gesamte Schule. Aber damit wir nicht so dissonant auseinander gehen: Ich habe immer noch Hoffnung mit Ihnen. Sie sind ja nicht dumm, so wie die Kollegen aus der Abteilung … na da möchte ich jetzt keine Namen nennen, Sie wissen das selbst … aah, Sie sind ja ein kluger Mensch. Sie sprechen Lateinisch und Griechisch, vermutlich sogar Englisch. Mensch, Bönle! Geben Sie sich einen Ruck, das wird schon. Sehen Sie doch die tolle Idee mit dem heutigen Unterricht. Machen Sie einfach weiter so. Die Stiefel, ich verstehe Sie ja, so was wirft man nicht einfach so in den Müll, die waren ja bestimmt nicht billig. Aber die kann man ja spenden, ich habe mich erkundigt.

Nächste Woche sammelt das Rote Kreuz Schuhe, da bekommen Sie die Tüte direkt in den Briefkasten. Und das ist ja auch noch ein gutes Werk, da können Sie dann stolz sein, wenn in Afrika ein Bedürftiger mit Ihren Stiefeln herumläuft.«

Ich wollte nicht stolz sein. Ich wollte auch nicht, dass in Afrika jemand mit kurzen Hosen in meinen Stiefeln herumläuft.

Um zu demonstrieren, dass die Unterredung nun beendet war, stellte sich mein Rektor breitbeinig, kolossvonrhodosgleich ans Fenster und bestaunte den schönen Parkplatz der Schule, der in einem blendenden Hauch von zartem Nebel lag.

»Auf Wiedersehen, Bönle. Wir schaffen das, gemeinsam!«

»Auf Wiedersehen, Herr Oberstudiendirektor. Und ich denke daran.«

»Aaaah, woran?«

»An die Fenster.«

»Oh ja, prima Bönle, die Energie, die wertvolle Energie. Sie sehen, wie schnell ein kollegiales Gespräch Früchte der Vernunft trägt. Sie müssen sie nur noch ernten, Bönle.«

Sachte schloss ich die Tür hinter mir und meinem gerührten Vorgesetzten. Die Sekretärinnen nickten mir wohlgefällig zu, weil es heute so ruhig zugegangen war. Die Stimmung war lau und mild. Das sanfte Klacken der sekretärischen Tastaturanschläge zauberte eine traute Melodei in den 4711-geschwängerten Raum. Ich nahm mir ein gülden verpacktes Sahnebonbon aus dem Teller mit dem Zettel ›Für die

Süßen‹ und wollte sachte dem Sekretariat entschweben, ohne durch irgendeine tölpelhafte Unachtsamkeit die positive Grundstimmung noch unnötig zu gefährden.

»Bööööönle!«, donnerte es hinter mir. »Bönle, sofort zurück! Hier, Platz!«

Ich machte erschrocken kehrt. Saitling, mein Rektor, stand immer noch am Fenster. Er deutete durch die Scheibe auf den Parkplatz. Hastig ließ ich das rutschige Sahnebonbon hinter meinen Lippen verschwinden.

»Bönle, was ist das?«

Seine Finger deuteten fuchtelnd zum Fenster.

»Eine Fensterglasscheibe?«

»Bönle, was ist das da auf meinem Parkplatz? Das kann doch nur Ihnen gehören!«

Ich schaute auf den Parkplatz und sah meinen wunderbaren Mercedes W 110 Diesel, Heckflosse, Baujahr 1963. Den hatte ich zu Beginn der fünften Stunde auf Saitlings Parkplatz abgestellt, weil zu dieser Zeit keine Parkplätze mehr frei waren, außer unzählige Behindertenparkplätze und Frauenparkplätze.

»Gehört dieses urzeitliche Gefährt auf meinem Parkplatz Ihnen?«

»Ja.«

»Wo ist mein Mauntenbeik?«

»Das habe ich zu den überdachten Fahrradständern gestellt, ich dachte …«

»Was fällt Ihnen ein, Bönle? Und Sie sollen hier nicht denken! Das ist mein Parkplatz! Bönle, Bönle, Sie fahren jetzt sofort Ihren Auldtaimer da weg und stellen mein Mauntenbeik wieder dort hin, wo es ursprünglich war. Was glauben Sie, warum da ein Schild mit meiner Nummer steht?«

»An Ihrem Mountainbike war keine Nummer.«

»Bönle, zügeln Sie sich! Das ist Amtsanmaßung, was Sie betreiben! Halten Sie sich einfach an die Regeln! Sie müssten sich doch mit Geboten auskennen, es gibt ja nicht umsonst die Zehn Gebote. Was sagen Sie dazu?«

»Jawohl, Herr Oberstudiendirektor, die Zehn Gebote. Da steht aber nichts von einem Fahrrad und einem Parkplatz. Ich dachte einfach, bevor ich nirgendwo parken kann, stelle ich mich …«

»Denken Sie nicht schon wieder! Denken Sie lieber, was Sie anrichten, und ob Sie das mit Ihrem ethischen Gewissen überhaupt vereinbaren können, so ein Monstrum zu fahren. Gerade Sie hätten doch das Geld, einen modernen Hybrid-Motor zu fahren. Denken Sie eigentlich nicht an die Umwelt? Ich sage nur: Genesis, die Schöpfung. Wie springen Sie denn mit der Schöpfung um? Bönle, das ist typisch für Sie: Immer dagegen!«

»Jawohl, Herr Oberstudiendirektor.«

Als ich den Echauffierten hinter mir gelassen hatte und zurück in die Klasse kam, war nur noch Tobi da. Ich fuhr ihn nach Hause auf den mutterlosen Hof.

53 STECKENGRÄBER

Die Psalmen
49:13 Der Mensch bleibt nicht in seiner Pracht; er gleicht dem Vieh, das verstummt.
49:14 So geht es denen, die auf sich selbst vertrauen, und so ist das Ende derer, die sich in großen Worten gefallen.
49:15 Der Tod führt sie auf seine Weide wie Schafe, sie stürzen hinab zur Unterwelt. Geradewegs sinken sie hinab in das Grab; ihre Gestalt zerfällt, die Unterwelt wird ihre Wohnstatt.
49:16 Doch Gott wird mich loskaufen aus dem Reich des Todes, ja, er nimmt mich auf.

»Kommen Sie mal her, Herr Bönle!«

Gebieterisch dirigierte mich Herr Fränkel zu sich.

»Also, ja. Meine Frau wird ja wohl nicht mehr nach Hause kommen und der Tobi … Ich weiß halt nicht, wie das jetzt alles weitergeht. Sie sind sein Lehrer und er hat ja schon ein gutes Vertrauen zu Ihnen. Ohne Frau wird das schwierig auf dem Hof, noch schwieriger, und die Oma kann auch nicht mehr so. Die ist alt, die hockt halt den ganzen Tag im Herrgottswinkel und betet. Jetzt bin ich so gut wie allein auf dem Hof. Der Tobi soll ruhig seine Schule machen, damit habe ich mich abgefunden, nicht dass es ihm so geht wie mir. Also, Herr Bönle, wenn Sie ein bisschen ein Aug auf ihn haben? Das heißt nicht, dass er jetzt nur noch seinen Fotografenkruscht machen soll. Der soll hier schon noch mit anpacken, sonst können wir den Hof nicht halten. Aber er muss doch auch wissen, wo er zuhause ist, wo er hingehört, er ist ja schließlich ein Fränkel.«

»Ich schaue ein bisschen nach ihm. Haben Sie schon was von Ihrer Frau gehört?«

»Ja, sie redet plötzlich nichts mehr.«

Er machte mit der rechten Hand eine Wischbewegung vor seinem Gesicht, schüttelte den Kopf und ging zum laufenden Traktor. Er fuhr dorthin, wo die nächste Arbeit auf ihn wartete, zu den Obstwiesen. Tobi war schon auf sein Zimmer gegangen, er wollte allein sein. Ich machte noch einen Abstecher zur Oma.

Sie saß an ihrem Stammplätzchen und wirkte sehr klein und bucklig. Vor wenigen Tagen kam sie mir noch jugendlicher und größer vor. Sie hatte die Bibel vor sich auf dem Tisch liegen, daneben lag der Rosenkranz. Sie war mit Kartoffelschälen beschäftigt und blickte nur kurz auf, als ich in die überheizte Küche eintrat.

»Grüß Gott, Dani. Kartoffelsalat!«

Sie hob eine halbgeschälte, goldgelbe Kartoffel in die Höhe, um mir zu demonstrieren, dass sie mit dem Herstellen von Kartoffelsalat beschäftigt war.

»Den mag doch der Bub so. Mit Sieglinde wird er am besten, die wird schön speckig beim Kochen und ist goldgelb. Willst eine? Und dann mach ich den einfach mit Fleischbrühe. Aber die Kartoffeln müssen kalt geschnitten werden, dann erst die heiße Brühe drüber. Das mag doch der Tobi so und dann noch Maultaschen dazu und ein Gurkensalat, da schleckt er immer! Magst keine?«

Sie hielt mir eine goldgelbe, dampfende Sieglinde vors Gesicht, ich konnte nicht widerstehen.

»Gern, danke. Und wie gehts so?«

»Na ja, 's geht so. Es ist halt viel Arbeit am Hof. Ich hock die meiste Zeit hier und mach noch die Küche, draußen, das kann ich nicht mehr. Und jetzt fehlt auch noch die Elsbeth … für länger. Ich hab ihn immer gewarnt, aber auf die eigene Mutter hört man doch nicht. Ja, ja, aber so stehts ja schon in der Bibel, wenn man so ein Ripp im Haus hat, dann läuft halt alles schief.«

Sie setzte ihre Lesebrille auf und rezitierte mit fester Stimme aus dem Buch der Sprichwörter:

»Die Warnung vor der fremden Frau: Mein Sohn, merk auf meinen weisen Rat, neige meiner Einsicht dein Ohr zu, damit du Besonnenheit bewahrst und deine Lippen auf Klugheit achten. Denn die Lippen der fremden Frau triefen von Honig, glatter als Öl ist ihr Mund. Doch zuletzt ist sie bitter wie Wermut, scharf wie ein zweischneidiges Schwert. Ihre Füße steigen zur Totenwelt hinab, ihre Schritte gehen der Unterwelt zu. Den ebenen Pfad zum Leben verfehlt sie, sie geht krumme Wege und merkt es nicht. Nun denn, ihr Söhne, hört auf mich, weicht nicht ab von den Worten, die mein Mund spricht. Halte deinen Weg von ihr fern, komm ihrer Haustür nicht nahe!

Sonst schenkst du andern deine Kraft, deine Jahre einem Rücksichtslosen; sonst sättigen sich Fremde an deinem Besitz, die Frucht deiner Arbeit kommt in das Haus eines andern, und am Ende wirst du stöhnen, wenn dein Leib und dein Fleisch dahinsiechen. Dann wirst du bekennen: Weh mir, ich habe die Zucht gehasst, mein Herz hat die Warnung verschmäht; ich habe nicht auf die Stimme meiner Erzieher gehört, mein Ohr nicht meinen Lehrern zugeneigt. Fast hätte mich alles Unheil getroffen in der Versammlung und in der Gemeinde.«

Sie schaute mich triumphierend an. Ich fragte etwas verunsichert:

»Was hat diese fremde Frau mit Ihrer Schwiegertochter zu tun?«

»Ja, Dani, sonst bist doch auch so neunmalklug. Die war hier auch mal fremd. Und ich hab ihn gewarnt, dass die nichts taugt, das habe ich der angesehen. Und genau diese Stelle habe ich damals dem Horst vorgelesen, als er mit der dahergekommen ist. Aber er hat mich nur ausgelacht und sich an der Bibel versündigt. Er hat gesagt, ich soll die Bibel auf die Miste schmeißen und selbst denken.«

»Haben Sie eigentlich nichts bemerkt, ich meine, von den Morden? Von hier aus hat man doch einen guten Einblick in den Hof.«

»Ich habe immer gesagt, da stimmt was nicht am Hof, das hatte ich im Gespür. Aber dass das Ripp gleich die Weiber umbringt … Wer denkt denn an so was?«

Sie schüttelte den Kopf und bekreuzigte sich mit

der Gabel, auf der eine duftendgelbe Kartoffel steckte. Dann deutete sie zur Fensterbank, blätterte in der Bibel und las mir noch einmal vor:

»Das sagt der Habakuk, Dani, hör mir gut zu! In der Bibel gibt es für alles eine Weisheit.

Was nützt ein Götterbild, das ein Bildhauer macht, ein gegossenes Bild, ein Lügenorakel? Wie kann der Bildhauer auf den Götzen vertrauen, auf das stumme Gebilde, das er selbst gemacht hat? Weh dem, der zum Holz sagt: Erwache! Und zum stummen Stein: Wach auf! Gibt der Götze denn Auskunft? Gewiss, er ist mit Silber und Gold überzogen, doch er hat keinen Geist, keinen Atem.«

Ich schaute sie verständnislos an. Sie nickte zur Fensterbank hin und deutete mit runzeliger und fleckiger Hand zu den Devotionalien.

Dort stand immer noch die große Madonnenfigur mit Kind, dahinter ein silbernes Beistellkreuz, um das ein Rosenkranz gewickelt war, der einen rindenlosen Stecken am Kreuz festhielt. Neben dem christlichen Mutter-Kind-Arrangement saß eine kitschige Engelsfigur, daneben stand ein Aral-Wackeldackel aus den 70er-Jahren, um den ich die Fränkels heftig beneidete.

Die Oma fuchtelte noch einmal mit der Kartoffel in Richtung Fensterbank und schimpfte:

»Da hat sie immer hingebetet, das Ripp! Zu ihren Götzen!«

»Ja, aber, das sind doch keine Götzen. Und den Wackeldackel wird sie wohl nicht angebetet haben?«

Die Alte fauchte:

»Götzen! Schaus dir nur an!«

Mein Blick wurde magisch vom Beistellkreuz und dem gebogenen Stecken, der vom Rosenkranz gehalten wurde, angezogen.

Dann wusste ich es. Vorsichtig nahm ich das silberne Kreuz in meine Hand und befreite den Stecken, der einen zusätzlichen Querbalken bildete, ohne den filigranen Rosenkranz zu beschädigen. Dann hob ich den Wackeldackel, schaute in den Blumentöpfen nach. Zuletzt hob ich die große Madonnenfigur mit Kind, sie war leichter, als ich dachte. Sie war hohl gegossen. Ich schüttelte. Es klapperte knöchern. Ich drehte die Figur um, unten war ein Loch. Ich schüttelte die Figur so lange, bis ebenfalls ein heller, gebogener Stecken zum Vorschein kam. Den zog ich vorsichtig heraus.

»Darf ich das mitnehmen?«

»Ja«, hauchte sie leise, »das Böse muss raus aus dem Haus!«

Mir fiel ein, was Ann-Kathrin vorgelesen hatte, die Zeile aus dem Gedicht ihrer Mutter: Pein und Not leid ich all Tag, ich seh die Rippe immer doch.

Als ich nach Hause fuhr, kam mir Cäci auf dem Weg zum Goldenen Ochsen entgegen. Ich nahm auch sie mit zu Deo, unserem Pfarrer.

»Deo, ich habe was für dich getan. Tust du bitte was für mich?«

Zu dritt standen wir an den beiden winzigen Gräbern, die wir mit wenigen Spatenstichen in einem schönen Winkel des herbstlichen Friedhofes ausgehoben hatten. Die Erde roch würzig und frisch, sie glänzte rötlich im Licht der schräg stehenden Novembersonne. Deo sprach ein Gebet über den kleinen Gräbern und segnete sie:

R I P!

Weitere Krimis finden Sie auf den folgenden Seiten und im Internet: www.gmeiner-verlag.de

MICHAEL BOENKE
Gott'sacker

275 Seiten, Paperback.
ISBN 978-3-8392-1046-8.

IM ZEICHEN DES KREUZES Ein heißer Sommer in Oberschwaben. Daniel Bönle, Lebenskünstler und »Mädchen für alles« in der Kirchengemeinde eines 800-Seelen-Ortes am Rande des Pfrunger-Burgweiler Rieds, will eigentlich nur eine entspannte Ausfahrt mit seiner Harley Davidson unternehmen, als er in einer zerfallenen Kapelle auf eine Leiche stößt. In ihrem Schädel steckt ein gusseisernes Kreuz. Die Angst geht um im Dorf, denn kurze Zeit später wird auch noch ein Schäferhund, zur Hälfte verscharrt und mit einem Kreuz im Maul, entdeckt …

SILKE PORATH / ANDREAS BRAUN
Klostergeist

227 Seiten, Paperback.
ISBN 978-3-8392-1124-3.

GEFALLENER ENGEL Pater Pius, Superior des Spaichinger Konvents, feiert mit seinen Brüdern die Morgenmesse auf dem Dreifaltigkeitsberg. Als die Mönche in den kühlen Novembermorgen hinaustreten, fällt ein Mensch vom Klosterturm, direkt vor Pius' Füße: Es ist Hans-Jürgen Engel, der Bürgermeister der kleinen Stadt.

Kommissarin Verena Hälble aus Rottweil und ihr Kollege Thorben Fischer leiten die Ermittlungen. Als dem neugierigen Pater Pius beim Trauergespräch mit der Witwe »zufällig« ein Kontoauszug in die Tasche seiner Kutte flattert, mischt auch er sich ein …

PETER PARADEISER

Himmelreich u. Höllental

324 Seiten, Paperback.
ISBN 978-3-8392-1121-2.

ÜBER DEN WOLKEN Der Himmel ist auch nicht mehr das, was er einmal war. Einzelzimmer, Roomservice, ewige Seligkeit – aber auch ein heftiger postmortaler Brummschädel. Zumindest bei Erwin Knautschke, dem Privatdetektiv aus Freiburg. Frisch verstorben, geht ihm das Gesäusel der Paradiesbewohner schon bald auf die Nerven, Nektar und Ambrosia sind auch nicht sein Fall. Wenn er wenigstens wüsste, wie er zu Tode gekommen ist! Und was soll dieser rätselhafte Zettel um seinen Zeh? Knautschkes Spürsinn ist geweckt. Und bald schon ahnt er: Antworten findet er nur auf der Erde …

MANFRED BOMM

Blutsauger

488 Seiten, Paperback.
ISBN 978-3-8392-1114-4.

DIAGNOSE MORD Im beschaulichen Geislingen am Rande der Schwäbischen Alb wird ein Mann nach einem Autounfall schwer verletzt in die Klinik eingeliefert. Kurz darauf stirbt er. Als es in derselben Nacht zu einem weiteren Todesfall kommt – eine Röntgen-Assistentin wird leblos zwischen ihren Apparaten entdeckt –, wird die Polizei verständigt.

Kommissar Häberle, der die Ermittlungen leitet, findet heraus, dass das Unfallopfer ein Arzt war, der an einer dubiosen Forschungsgesellschaft für Stammzellen beteiligt war …

GMEINER

Wir machen's spannend

BERND LEIX

Fächergrün

273 Seiten, Paperback.
ISBN 978-3-8392-1118-2.

GRÜN IST DIE GIER Fronleichnam. An diesem Feiertag im Juni schlägt für zwei alte reiche Brüder die letzte Stunde. Nach einem Ausflug auf die grünen Höhen des Schwarzwaldes sterben die ehemaligen Bauunternehmer so, wie sie gelebt haben: gemeinsam. In ihrem Gründerzeithaus in der Karlsruher Oststadt ereilt sie nach dem Genuss einer Flasche Rotwein ein grausamer Tod.

Das Team um Kommissar Oskar Lindt steht zunächst vor einem Rätsel. Erst, als die früheren Mitarbeiter der beiden – allesamt italienischer Herkunft – in den Fokus der Ermittlungen rücken, kommt Bewegung in den Fall …

SOKO METROPOLREGION

Mörderischer Erfindergeist

369 Seiten, Paperback.
ISBN 978-3-8392-1127-4.

FREI ERFUNDEN Auto oder Fahrrad? Keine Frage, beides! Denn diese Fortbewegungsmittel haben etwas Entscheidendes gemeinsam: Sie wurden beide in der Metropolregion Rhein-Neckar erfunden.

Der Großraum Mannheim – Heidelberg – Ludwigshafen – Neustadt ist eine wahre Erfinderregion. Dass er auch der Schauplatz für raffinierte Kriminalgeschichten sein kann, beweist die vorliegende Anthologie. Kriminelle Machenschaften, erdacht und aufgeschrieben von den besten Krimierfindern der Region …

GMEINER

Wir machen's spannend

ISABEL MORF

Satzfetzen

270 Seiten, Paperback.
ISBN 978-3-8392-1132-8.

ZÜRCHER AFFÄREN Die umstrittene Zürcher Kantonsrätin Angela Legler, gerade intensiv mit einem neuen Radwegekonzept für den Kanton beschäftigt, wird erstochen aufgefunden. Zunächst wird ein politisches Motiv vermutet, schließlich war die Politikerin kurz zuvor von einer Parlamentsmitarbeiterin beschuldigt worden, bestechlich zu sein. Oder handelt es sich um eine Beziehungstat? Denn die verheiratete Frau hatte offenbar auch eine Affäre …

Kommissar Beat Streiff ermittelt in alle Richtungen – unterstützt von seiner Freundin Valerie Gut, Besitzerin des Fahrradgeschäfts »FahrGut« im Stadtkreis Wiedikon.

PAUL OTT (Hrsg.)

Zürich – Ausfahrt Mord

xyz Seiten, Paperback.
ISBN 978-3-8392-1137-3.

TATORT SCHWEIZ Alle zwei Jahre trifft sich die Schweizer Krimiszene zu den »Mordstagen«. 2011 feiert das renommierte Krimifestival sein 10-jähriges Bestehen. Die passenden Geschenke zu diesem wahrhaft »mörderischen« Jubiläum liefert der vorliegende Band: Kriminalgeschichten altbekannter und neuer Krimiautorinnen und -autoren aus dem In- und Ausland. Sie alle haben die sonst so friedvolle Schweiz zum Schauplatz ihrer ebenso spannenden wie abwechslungsreichen Kurzkrimis gemacht.

GMEINER

Wir machen's spannend

Alle Gmeiner-Autoren und ihre Romane auf einen Blick